s Castle
mes

公爵家の建築家は逃げだした令嬢

シリア・ジェイムズ
旦紀子・訳

ラズベリーブックス

すべての偉大な夢は夢を持つ人から始まる。
覚えておいて。あなたは自分のなかに、世界を変えるだけの力と忍耐心と情熱を持っている。

ハリエット・タブマン

謝辞

心からの感謝をルシア・マクロ、アサンテ・サイモンズ、ブリタニー・ディメアに。エイボン社の皆さん、この本の刊行準備のために大変な激務に耐えてくれてありがとう。そして表紙をデザインしてくれたグイード・カロティにとっておきの感謝を送ります。最高にすてきな表紙だわ！

タマル・リジンスキー、役立つメモをたくさんありがとう。あなたを、そしてあなたがわたしのためにやってくれるすべてのことをいつも高く評価しています。

多大な感謝をローレル・アン・ナットレスに。十九世紀の英国の習慣と礼儀作法について、微調整が必要なことを細かく指摘してくれてありがとう。あなたの意見は計り知れないほど貴重でした。

そして、今は亡き夫ビルに最大の感謝を捧げます。いつもわたしの作品の一番の支持者で、とくにこの本は楽しみにしていてくれたわね。これから一生、息をするたびにあなたがいないことを寂しく思うことでしょう。

そして読者の皆さまへ。あなたがたがいなければ、この本は存在しませんでした。書くことはわたしの愛であり、人生です。いつも応援してくださって本当にありがとう！

公爵家の建築家は逃げだした令嬢

主な登場人物

キャサリン・ジェイン・アサートン……………米国の大富豪令嬢。

ランスロット（ランス）・グランヴィル…………ダーシー公爵。

ホノーラ・グランヴィル…………………………ランスの祖母。ダーシー公爵未亡人。

アレクサンドラ（レクシー）・カーライル………キャサリンの姉。ロングフォード伯爵夫人。

マデレン（マディ）・グレイソン………………キャサリンの姉。ソーンダーズ伯爵夫人。

ジョージ・パターソン……………………………キャサリンの上司。ロンドンの建築家。

ヘンリー・メゴワン………………………………公爵家の事務弁護士。

ウッドストン………………………………………公爵家の従者。

1

ダーシー公爵
コーンウォール州、セント・ガブリエルズ・マウント
一八九四年七月六日

公爵閣下

今朝打電いたしました電報をお受けとりいただけましたでしょうか。その件に関し、失礼とは存じますが、本状にてご説明申しあげます。わたくしごとですが、実は昨日馬から投げだされ、重傷を負ってしまいました。セント・ガブリエルズ・マウントの改装を早急に開始したいという閣下のご要望は重々承知しており、我が社の社員を派遣する必要を感じた次第でございます。

つきましては、我がチームの一員であるミス・キャサリン・アサートンをご紹介申しあげます。男の仕事に女性（しかも米国人）を派遣するのはきわめて珍しいとお感じでしょう。しかしながら、ミス・アサートンは女性として初めてロンドン造形芸術大学で建築学を修め、その後二年間、まさにご依頼いただいたような業務に関し、卓越した能力を発揮してまいりました。

以前の打ち合わせで申しあげた通り、ミス・アサートンの滞在期間はどの程度の修復を行うかによって変わりますが、彼女の通常の仕事の速度を考慮し、閣下のご要望に沿って必要な計測を行い、基本設計図を描くことなどに三週間ほど必要となるでしょう。その時点でミス・アサートンはロンドンに戻り、わたくしが監督して最終図面を仕上げます。

閣下におかれましては、何卒この方法をご了承賜りますようお願い申しあげます。セント・ガブリエルズ・マウントほど名高い古城の改装に携われることは誠に名誉であります。できるだけ早く直接閣下にお目にかかれますことを心より願っております。

あなたの従順なるしもべ　ジョージ・パターソン

パターソン建築設計事務所

ロンドン、ハットフィールドガーデンズ七番地

キャサリン・アサートンは、すでに何回も読んだその手紙をもう一度最後まで読むと、注意深くたたんで革製のかばんに入れた。

簡単だとはだれも言わなかった。この専門の分野を学んでいるあいだ、たやすいことなどひとつもなかった。建築家になるという夢に一歩踏みだした瞬間から、絶えず妨害や偏見や苦悩にさらされてきた。

「あなたは相続人なのよ、キャサリン」母からはしょっちょう怒鳴られた。「ニューヨークで一、二を争う大富豪令嬢。あなたが働けば、家族が恥ずかしい思いをするんですよ。しか

も、男性の職業なんて！　いったいなにを考えているの？」

キャサリンが考えていたのは、たった一度の人生なのだから、特別で重要ななにかをやりたいということだった。姉たちのように、爵位のために英国の貴族と結婚するだけでなく。もちろん、レクシーとマデレンが貴族と結婚したがっていたわけではない――母が望んだだけだ。でも、結果的にどちらも夫を心から愛しているから、本当によかったとキャサリンも思っている。

それなのに、一家の伯爵夫人がふたりになっても、ニューヨーク社交界の頂点をめざす母は満足しなかった。でも、キャサリンは自分がやりたいことをやると決心していた。

そして、キャサリンがやりたいこととは、だれかとの結婚ではなかった。はるかに大きな計画を心に抱いていたからだ。

曲がりくねった坂道の古い石畳はでこぼこで、ヒールの高いブーツではとても歩きにくい。キャサリンは長いスカートを片手で持ちあげ、もう一方の手で肩掛けかばんを抱えて慎重に歩いていたが、思いは手紙から離れなかった。

ミスター・パターソンが、まるで女性は男性より能力が劣っているかのように、派遣するのが女性とわざわざ書く必要があると感じたことが腹立たしい。社会通念なのかもしれないが、まったくのたわごとだ。彼が〝しかも米国人〟とつけ加えたことで怒りはさらに煽《あお》られた。まるで米国人であることが、キャサリンの欠点であるかのように。これもたわごと。

その一方で、この手紙に書かれた言葉のすべてではないにしろ、ミスター・パターソンに対して感謝すべきことはたくさんあると自分に言い聞かせた。ミスター・パターソンは、だれもそんなことはしなかった時にキャサリンを雇った。そして、この大切な仕事にも派遣してくれた。これほど有名な城の仕事をすれば、立派な業績になるだろう。

足を止めて一息つき、キャサリンは頭上にそびえる巨大な古城を見あげた。自分がこのセント・ガブリエルズ・マウント――コーンウォール南端の小さな潮間島《タイダル・アイランド》――に来ていることが信じられない。有名な城とわかっていても、影になった巨大な姿はまるで現実味がなく、おとぎ話の城のように見える。

城はとても大きくて、とても……なんというか……城らしかった。空に低くぶらさがった太陽が、六階分の高さにそびえる巨大な灰色の石壁に金色の光を投じている。最上階を囲む低い壁には古びた大きな塔や小塔が林立し、矢狭間が設けられた胸壁がかつて要塞として使われていたことを示している。城として唯一足りないのは濠《ほり》だけだろう。

島の真ん中の小高い丘の頂上に、まるで何層にもなったウェディングケーキのように建っているのだから、当然濠は必要ない。急斜面を走る目まいがするような狭いジグザグ道を使う以外に、城に到達する手段がないことは明らかだ。

キャサリンの指は、目の前の風景をスケッチしたくてむずむずしたが、そんな呑気なことをしている暇はない。島の小さな船着き場でおろしてくれた時、ボートの船頭は、自分が地元の人間を見つけて、馬が引く荷車で城まで乗せていってもらうように頼むから、それまで待つようにキャサリンに言った。その親切な申し出を断り、荷物だけ運んでくれるように依頼した。夕方の淡い光のなかをつかの間歩くのは、ロンドンからの列車で過ごした九時間に対して最適な解毒剤に思えたからだ。

その選択を悔やんではいないが、しっかりした足取りで二十分急坂をのぼっても、まだ丘の半分ほどしか来ていなかった。願わくは、約束よりも多少遅れることを、公爵が許してくれますように。

ごみごみした汚いロンドンで三年間を過ごしたあとに、海の音と香りに包まれるのは気持ちがよかった。潮の香りに満ちたさわやかな大気が、吸うたびに元気をくれる。頭上をぐるぐる飛んでいるカモメたちの甲高い鳴き声が喜びにあふれる合唱のように聞こえて、キャサリンの心ははずんだ。

こんな珍しい島で暮らしたらどんなにすてきだろうと思う。日に二回、干潮の数時間だけは、本土からセント・ガブリエルズ・マウントまで濡れた砂の広がりを横切って歩くことができると聞いた。いまのような満潮時には、ボートを使うしかない。

一歩一歩足を進めるごとに城が近づいてくるようになり、キャサリンの興奮は高まった。いまは英国のいたるところで上流階級の人々がマナーハウスを改築し、ヴィクトリア朝の規格に合う最新設備を導入するのが一般的になっている。そのなかでも、城の改装はとくにやりがいのある挑戦と言えよう。

もちろん、内装の再設計という点ではほかと違わない。夢の仕事というわけでもない。少なくとも自分の夢とは違う。でも、ミスター・パターソンがキャサリンを信頼して任せるのはそういう仕事だけだ。これまでのところは。少なくとも、貴重な経験にはなる。

公爵のことは、ミスター・パターソンから聞いた以外はほとんど知らず、そのなけなしの情報も、彼が数年前に公爵と会った時の印象によるものだ。ミスター・パターソンの記憶による公爵はウイットに富み、寛大で知的な独身主義者で、彼いわく「その晩の会食の費用をすべて持つと言い張り、これまで味わったこともない最高級のワインを注文した」らしい。

それこそ、公爵の性格を表す最たるものだろう。キャサリンは公爵に会うのが楽しみだったが、その一方で胸が締めつけられるほど不安にかられていた。公爵がどんなふうに迎えてくれるか見当もつかない。

たとえば、公爵がキャサリンの名字と家族との関係に気がついたら？　そもそも、女性がこの職業に就くことを真剣に受けとめる人はいない。キャサリンがアサートン家の相続人とわかれば、人々はますます不思議に思うだろう。キャサリンがなぜ仕事をしたいのかは決して理解してもらえない。

コーンウォールのこんな辺境ならば、公爵がキャサリンについて耳にしていないことを期待できないわけではないが、十中八九はかない望みだろう。姉ふたりがどちらもコーンウォールの伯爵と結婚したのだから。

しかし、それよりもっと心配なのは、公爵がキャサリンではなく、彼女の上司と会うつもりでいるということだ。もしも公爵が、建築学の学校を出たあとに雇ってくれるかもしれないと期待した人々――ミスター・パターソン以外の――と同じく、女性と働くことに反対だったら？　すぐに送り返されてしまったら？

　キャサリンは歯を食いしばった。そうならないようにがんばるしかない。紹介状を持っている。遠路はるばる来たのだし、自分はやるべき仕事をわきまえている。そして、その仕事を男性女性にかかわらず、だれよりもうまくやることができる。

　さらに五分歩いてようやく丘の頂上に着くと、目を見張るような眺めが開けた。背後では、この島とコーンウォールの海岸を分けている紺碧の水が陽光を受けてきらめいている。海岸はセント・ガブリエルズ湾を包みこむように伸びて、その向こうにペンザンスの美しい街が遠く見えている。そして前を向けば、光輝く広大な海が果てしなく広がり、白い雲の浮かぶ青空をカモメたちが飛び交っている。

　近づいてみると、城はふもとから眺めたよりもさらに古めかしく堂々として、絵のように美しかった。斜面を利用して建てられており、表玄関があるのは四階部分になっている。緑の草で縁取られた灰色の石段が急勾配で延々と続き、アーチに覆われた重厚なオーク材の表玄関につながっていた。

　キャサリンは長い石段をのぼりきると、扉の前に立って、息を整えながらノックをするべきだろうかといぶかった。城の扉をノックするのはなんとなく変な感じがする。そう考えたところで、そばの柱に錬鉄製の鈴がさがっているのに気づいた。結びつけられた紐をつかみ、勢いよく振る。鈴の音が鳴り響いた。

　扉の上の石壁には一六二四年の日付が刻まれ、それとともに、印象的な形の紋章とダーシーの名前——フランスが起源とわかる古い綴《つづ》り——も描かれている。

キャサリンは首をそらして、頭上にさがる巨大な鉄の落とし格子を観察した。ぶらさがっている恐ろしげな先端が、まさにその正門で敵をさえぎらねばならなかった時代をしのばせる。だが、そんな日々ははるか昔に過ぎ去った。セント・ガブリエルズ・マウントはもう三百年近く公爵とその家族の住居となっている。

公爵に家族がいれば、だけど。現在の公爵に家族がいないことは明らかだ。でも、こんな巨大な城に独身男性がひとりで暮らすなんて想像もできない！

かんぬきを引き抜く音が空気をつんざいた。大きくきしみながら重たい玄関扉が開く。戸枠のなかにひとりの男性の姿が現れた。

キャサリンの心臓がひとつ飛ばしで打った。執事か従者が迎えるとばかり思っていた。でも、この男性は服装から判断して使用人ではない。年の頃は三十代前半だろうか。肩幅が広く、引き締まった体型で、背丈はキャサリンより二十センチ以上高いから、優に一八〇センチは越えているだろう。黒いスーツは最上の生地を使った最高級の仕立てで、鍛えられた体にぴったり合っている。

彼が公爵本人だろうかとキャサリンは思った。でも、公爵はみずから玄関に出て応対しないだろう。それともするのかしら？

キャサリンは視線をあげた。濃茶色の短い髪と濃いひげ剃りあとに縁取られた顔立ちはとてもハンサムで感じがいい。顔と首は暑い地方で何年も過ごしてきたかのように日焼けしているが、手のひらを見ると、地肌はキャサリンと同じくらい白そうだ。

一言も発していないのに、まるで目の前のすべてが彼の指揮下にあるかのように、全身から毅然とした男らしい存在感を醸している。彼がキャサリンと目を合わせてしばし見つめた。知性にあふれた瞳は見たこともないほど美しい紺青色だ。たそがれ時の空の色。それとも嵐の海の色。彼はひと目でキャサリンを見極め、品定めしたらしい。その顔に興味と驚きの両方の入り交じった表情が浮かんだ。

彼の視線を感じた瞬間、全身に電気が走り、キャサリンは柄にもなく口ごもった。平常心を取り戻そうと必死になっているあいだに、その男性が礼儀正しくうなずいた。

「ごきげんよう」権威に満ちた深い声が、英国の上流階級特有の心地よい口調を作りだした。「ぼくがダーシー公爵だ」

第十代ダーシー公爵ランス・グランヴィルは戸口に立つ女性に軽くほほえんだ。「会えて嬉しい」

女性がかぶっている赤ワイン色のフェルト地の帽子は、後ろについた羽根飾りを除けば、むしろ男っぽい雰囲気だ。それが気になったのは、それ以外、彼女のすべてがいかにも女性らしかったからだ。彼の視線を受けとめている瞳はかすかに緑がかったアクアマリン色で、最初はためらいがちだったが、すぐに自信を取り戻し、好奇心いっぱいにきらめいている。

「こちらこそ嬉しく存じます、公爵さま」女性は膝を折ってお辞儀した。「わたしは――」

「きみがだれかはわかっている」ランスはさえぎった。

嬉しくない変化のせいで、この二週間が嵐のように過ぎ去った結果、まともに頭を働かせるどころか立っているのも奇跡という現状にもかかわらず、この女性がだれか見当をつけるのは難しくなかった。

馴染みあるものも愛するものもすべてを残し、七日間旅してバルセロナから戻ってきた。家に戻ってまず発見したのは、亡くなった兄の執務机に山積みとなった、戦艦も沈むほどの量の書類だった。

慌ただしく、しかし趣味よく手配された葬儀が昨日終わったばかりだ。そしてけさ、ロンドンのジョージ・パターソンという建築家から不可解な短い電報が届いた。

いったい全体、なぜヘイワードがセント・ガブリエルズ・マウントに建築家を招待したのか、ランスはまったくわからなかった。ちょっとした計画を思いついたか、小作人の家のひとつを改修したかったのか？　いずれにせよ、建築家がひとり――ミスター・パターソンの同僚――が、ここに来る途中であることは間違いない。

しかし、この若く美しい女性がロンドンのパターソンの同僚でないことは明らかだ。ということは、手紙を寄こして、次年度に必要なものを陳情するために面会を申しこんできた地元の村の教師に違いない。たしか、ミス・ケレンザ・チェノウェスという名前だった。

しかし、目の前の女性の言葉のアクセントが気になった。「きみは米国人だな」

「そうです」訪問者が答える。

村の学校の教師が大西洋の対岸出身とは奇妙なことだ。いったいなぜ、英国のこんな寂れた辺境に教えにやってきたのか、疑問を抱かずにはいられない。それに、大事そうに持っている特大の革製かばんにはいったいなにが入っているのか？　取り替える必要がある古い教科書を持参したのだろうか？

「入ってくれ」迎え入れるためにランスは数歩さがった。「約束の日はあしただったと思うが？」滑るように入ってきた女性に訊ねる。

その質問が彼女を困惑させたらしい。「いえ、きょうです。二時間ほど遅れましたが、公爵さま。大変申しわけありません。接続便に乗り損ねてしまったので」

「接続便？」彼は眉をしかめた。フェリーボートのことを言っているに違いない。「ということは、この島に住んでいないのかな？」

女性は小さく笑い声を漏らし、冗談を言われているのか確かめるように彼をちらりと見あげた。「住んでいません」

なるほど、と彼は思った。ではロスキーに住んでいるのだろう。城の使用人の何人かは、干潮時に島とのあいだに現れる土手道を渡り、そこから少し歩いた小村に住んでいる。

扉を閉めると、ランスは窓から斜めに差しこむ陽光で女性を観察した。楕円形の顔、クリーム色の肌、体つきも適所で丸みを帯びてとても――非常に――美しい。二十代後半だろう。赤ワイン色の上品なスーツを着用し、それによく合った帽子の下で、まとめて後ろに結んだ髪が金糸のようにきらめいている。学校の教師がこんなに高価な服を買えるだろうか？

ふと、昼夜なく燃えるような数日をともに過ごしたイスタンブールの学校教師を思いだした。そういえば、ナポリで出会った魅力的な女性も学校教師ではなかったか？　そうだった。教師をすると美しくなるのだろうか……。

くそっ、あの日々はもう過去のことだ。あまりに不本意ではあるが、いまの自分はダーシー公爵なのだから。魅惑的な若い女性とたまに遊ぶことさえ、もはやできない。あらゆることを期待されている。結婚とか後継ぎを設けるとか、この公爵領を瀕死の瀬戸際から救うために必要なことすべてだ。

ランスは数日前までまったく気づいていなかったが、二十年間にわたるまずい投資と英国史上最悪の不作のせいで追い詰められた兄は、ハンプシャーの領地を全部売却していた。残っているのはロンドンの街屋敷《タウンハウス》とこのセント・ガブリエルズ・マウントだけだ。そして、そのどちらも、限度額いっぱいまで抵当に入っている。しかも、古代の城が建つこの島は、ほとんど収入を生みださない教区だ。

自分の生活様式を維持しつつ、当然ながら教区民を財政的に支えるために、ヘイワードは莫大な借金を重ねてきた。そのうえに投資の失敗を繰り返して金を使い果たし、公爵領を借金で首がまわらない状態にした。さらに悪いことに、その借金の大半を借り換えでひとりの金貸しの一括払いにまとめていて、その支払いの期限が三カ月以内に迫っていた。

なんとかして、三カ月のあいだに六万八千ポンドを手に入れないかぎり、この城と土地すべてを売却するほかに選択肢はない。公爵位は領地も資産もない爵位だけとなる。それこそ、ランスが受け継いだ遺産だった。ありがとう、ヘイワード、魂が安らかに眠らんことを。

兄が結婚していて、ひとりでも息子がいれば、このあり得ない状況にランスが陥ることはなかっただろう。いまなお英国海軍で任務についていたはずだ。ヘイワードの息子が爵位を相続し、成年に達するまでは母親が領地を管理する。問題を解決するのは彼らであって、ランスではなかった。

いや、だめだ。それも理想的な解決にはならない。この領地の財政状態は、少年と母親が対処できる範囲をはるかに越えている。すべてがのしかかってくれば売却せざるを得ず、公爵領は瞬時に崩壊しただろう。こうして自分が相続すれば、少なくとも、この混乱を解決する一縷の望みは残っている。

「なんて興味深いところでしょう」訪問者の声が彼を物思いから引き戻した。彼女は玄関広間を見まわし、壁におびただしく飾られた昔の武器を眺めていた。

ランスはすばやく思いを振り払った。どれほど緊迫していようが、いまは財政状況に思い悩む時間ではない。学校教師に応対する必要がある。ほほえんで平静を装わねばならない。

ふいに、昨日の朝の葬儀の時に——兄に弔意を表すために教区民全員がやってきた——この女性を見かけなかったと思った。大勢いたから、気づかなかったのだろう。それとも、なんらかの理由で参列しなかったのかもしれない。

「とくにあの丸天井の石細工、すばらしいですね」彼女がつけ加えた。

「そうかな？」この女性はたしかに美しいと彼は思った。ブラウスの高い襟とベルベットで縁取った上着のボタンを上まで全部閉じているのが残念だ。上品かつ適切できわめて専門的な雰囲気が全身から伝わってきた。

まあ、それが本来あるべき姿だろうと皮肉っぽく思う。この会合をできるだけ効率的に終わらせて、書類仕事に戻るべきだろう。

「どうぞこちらに」ランスは女性を案内して客間を通り抜け、連結通路に歩を進めた。

「こちらは典型的な城の配置ではないんですね」彼女が言う。「この先に、要塞に必要な中庭があるんですか？」

ランスは女性を振り返った。「これまで、この城に来たことはないのかな？」

彼女はこれを奇妙な質問と思ったようだった。「ええ、ありません」

おそらく、最近学校に赴任してきたのだろう。だから、この城の歴史を知らないに違いない。

「セント・ガブリエルズ・マウントが要塞として使われていた時期はきわめて短い。ここはもともと修道院だった。フランスのモン-サン-ミッシェルのコーンウォール版だ」

「ああ、そうでしたね。読んだことがあります。のちにエリザベス女王が貴族の方にこの山を授与したのではなかったでしょうか？」

「そうだ。そして、その貴族がぼくの先祖の初代ダーシー公爵に売った。長年のうちに追加や改良が施され、そのあいだに数回は軍事的な砦になったが、それ以外はほとんど住居として使用されてきた」

興味をそそられたらしく、女性は深くうなずいた。「この城がいつの時代に建てられたかご存じですか？」

ランスは肩をすくめた。「全然わからない」迷路のような廊下を歩きながらも、好奇心に満ちた目を向けられたのがはっきりわかった。「なにか問題でも？」

彼女はかすかにためらってから、うなずいた。「わたしはただ……珍しいことではないかと思ったものですから、公爵さま。ご自身で応対に出られるのは」

ランスは思わず笑いだした。「そうだろうな。きょうは使用人が足りていなくてね。執事のハメットが三十年間、月に半日以上の休みを取ったことがないことを、ぼくはけさ初めて知った。それはひどいと思ったので、病気の母親を見舞うために数日間の休暇を与えた」

「それはご親切なこと」

「そのくらいしか、ぼくにできることはないからね。しかし、それを皮切りに、使用人たちの苦難が次々と判明した。従者はどうやら風邪を引いたらしい。家政婦は膝が痛くて、氷河の速度でしか動けない。女中たちは家じゅうの部屋の掃除で忙しい。残ったのは食器洗いの女中だけで、彼女は内気すぎて上にあがってこられない。そこで、きょうはぼくが取り次ぎに出る仕事を引き受けた」

「とても落ち着いて、仕事をこなしておられましたわ、公爵さま」

彼はまた笑った。「ありがとう」

ランスは女性を書斎に案内した。部屋が暗くて陰気なのは、この城を描いた絵画やさまざまな年頃の兄の肖像画が緑色の壁にかかっているせいだ。平らなところはすべて、ヘイワードの本やさまざまな装飾品で覆われている。ランスは手を振って擦り切れたつづれ織りのソファを示すと、自分はかつてルイ十六世の宮殿で使われていた執務机のうしろにまわって腰をおろした。「それで、仕事は楽しいかな？」

彼女はうなずき、かばんを床に置いてから、彼の向かいの席についた。「ええ、とても。毎日が新しい挑戦です」

「それはよかった」彼女のまつげにどうしても目が行ってしまう。髪と同じ金色だ。ランスは視線をさげた。先端がわずかに持ちあがった繊細な鼻の下にバラのつぼみのような口があり、唇はサンゴ色だ。ばかげた思いにとらわれる。あの唇を味わったらどんな感じだろう？

くそっ！　目の前の仕事に集中しろ。「よほど子どもが好きなんだね」

「子ども？」彼女はためらった。「たしかに子どもは好きです。でも……」次に言うことを懸命に探しているように見える。

「正直言って、きみが米国人だと知って驚いた。どんな理由ではるばる英国までやってきたのかな？　米国のほうが、専門的な職業につける機会がたくさんあるだろう」

彼女はまたためらい、色の薄い眉をかすかに寄せた。「公爵さまが考えておられるほど多くはありませんわ。わたしがロンドンに来たのは勉強するためです。ロンドンで大学に通いました。ロンドンが好きだったので、そこで仕事を見つけてとどまりました」

大学？　この女性には本当に驚かされる。彼が知っている教師はみんな、家庭教師か地元の学校で教育を受けて教師になっている。「大学に進学した女性に初めて会ったが」

「それでしたら、わたしの姉たちをご紹介しなければいけませんね」彼女の目が誇りできらめいた。「わたしたちは三人とも、ニューヨークのヴァッサー大学を卒業しました」

「傑出したご家族だな。脱帽だ」ランスは椅子の背にもたれた。「昔からニューヨークに一度行ってみたかった」思いを馳せる。「だが、機会がなかった。人生のほとんどを英国海軍で過ごしてきたが、部隊の配備はもっぱら英国と地中海に限られていたから」

女性が彼を凝視した。「なんですって？　……いま、英国海軍とおっしゃいましたか？」

「そうだ」彼女がなぜ黙りこんだか、ランスはわからなかった。「ぼくが女王陛下のために働いていたことは、みんな……きみも知っているはずだが」

「わたし……知りませんでした、公爵さま。爵位継承者として、生涯ずっとこちらにお住まいと思っていました」

なぜそんな誤解が生じたのか気づくまでに少し時間を要した。「きみはぼくの兄、第九代の公爵に会ったことがないということか？　彼が亡くなったことを知らない？」

彼女の口から小さなあえぎが漏れた。黙って首を横に振る。

知らないとは信じがたい。この教区の全員が知っている。しかし、この女性は湾を渡ったロスキーに住んでいる。「すまない。ちゃんと自己紹介をしなかったようだ」片手を胸に当てて、彼は説明した。「第十代ダーシー公爵ランス・グランヴィルだ」

「そうなんですね」彼女がようやく声を出した。

ランスは手を振って書斎の壁に掛けられた先代公爵の肖像画の一枚を示した。「兄のヘイワード――ぼくのただひとりのきょうだい――は、両親が亡くなってから十八年間爵位を保持し、その間、ぼくは女王陛下の海軍で仕える機会に恵まれ、つい最近までデファイアンス号の艦長だった。二週間前にスペインの寄港港で、兄が亡くなったという電報を受けとった――医者の話では心臓発作だそうだ。そこで、やむなく海軍を辞めてまっすぐに帰宅した」

「存じませんでした。心からお悔やみ申しあげます、公爵さま」

「ありがとう」

「知っていれば、参りませんでした」彼女が明らかに居心地が悪そうに椅子に坐ったままもじもじした。「きょうは失礼して、日を改めて戻ってきたほうがよろしいでしょうか？」

「いやいや、お気遣いはありがたいが大丈夫だ。ありがとう。実を言えば、兄とそこまで親しかったわけではなくてね……七歳違いなので。だから……」ランスは机に腕をもたせて両手を組み合わせた。「もう来ているのだからね。仕事をしたほうがいい。どのように手伝えばいいか言ってくれたまえ」

女性は困惑したようだった。「失礼ですが、お手伝いするのはわたしのほうです」

「そうか？　よくわからないが。きみがここに来たのは……よく知らないが……来学期のために教材を購入する資金のためだろう？」

「来学期？」問いかけるように彼を眺める。「もしも製図用具のことをおっしゃっているのでしたら、自分のを持ってきましたので」

彼女はなんのことを言っているのだ？「すまない、最初から始めたほうがいいようだ」ランスは執務机の上のかごにあふれるほど積んである手紙の山をさぐった。「きみから面会を申しこむ手紙を受けとっている。ほら、これだ」彼は手紙にさっと目を通し、該当の文を読みあげた。「来学期に生徒たちが必要としている備品についてご相談したく、お目にかかれれば大変ありがたく存じます。敬具。セント・ガブリエルズ・マウント学校教師、ミス・ケレンザ・チェノウェス」

女性は驚いたように彼を凝視した。それから首を振った。「閣下、わたしはその手紙を書いておりません」

「書いていない？」

「ええ。わたしはセント・ガブリエルズ・マウント学校の教師ではありません」

「では、だれなんだ？」

女性は真剣な面持ちで身を乗りだした。「わたしはあなたのお城を改築するためにロンドンから派遣された建築家です」

2

ランスはしばし言葉を失った。〝あなたのお城を改築する〟という言葉が耳のなかで反響する。

「失礼した」ようやく口を開く。「明らかに、これはなんらかの誤解だろう」

「そうではないと思います。なぜこの混乱が生じたかは明らかですわ。あなたではなく、あなたのお兄さまがわたしの上司と書簡を交わし、きょうのこの面会をお決めになられたのかと。でも、けさ電報を打ったとミスター・パターソンから聞いています。それはお受けとりになっていらっしゃらないでしょうか？」

「受けとった」書類の山をより分けて、ランスは電報を見つけだした。「これしか書いていない。『大変遺憾、本日旅が不可能、社員のK・J・アサートンが午後の列車で着く』」彼は電報を置いた。「なんのことか見当もつかず、このミスター・アサートンが到着すればわかるだろうと思ったわけだ」

「ええ、実は」彼女が咳払いをした。「その電報に書いてあるK・J・アサートンはミスター・アサートンではなくわたしです。ミス・キャサリン・ジェイン・アサートンです」

キャサリン・ジェイン・アサートン？「そんなばかなことがあるか？」思わず強い口調で言い返す。彼女はたじろぎもしなかったが、それでも口から言葉が出た瞬間にランスは良心の呵責《かしやく》を覚えた。頭上にもくもくと蒸気を出しながら航行する砲塔艦の甲板で、水夫のように悪態をつくのはかまわない。だが、ダーシー公爵は威厳ある態度を取らなければいけない。

「ひどい言葉遣いを許してくれ、ミス・アサートン。海軍の十九年間で身についた習慣はなかなかやめられない」ランスはアサートンという名前をなんとなく知っているような気がしたが、なぜかわからなかった。「たしかに、ここも海ではあるが。ロンドンのパターソンは設計会社だと思うが？」

「はい、そうです、公爵さま」

「それで、きみはそこの社員で……」ランスは手紙を見やった。「パターソンの部下？」

「はい」

「しかし……きみは女性だ」

「その通りです」

「ロンドンからひとりで旅してきたのか？」ランスは驚きを隠せなかった。

「そうです。もう二十七歳ですから、公爵さま。侍女はいませんし、同伴者なく旅することもよくあります」

　れっきとした身分の女性がひとりで旅をするなど聞いたことがない。とはいえ、それがこの女性のもっとも普通でない点の筆頭とはとても言えない。「聞き違えたのかな？　きみは建築家だと言ったようだったが？」

　彼女は一瞬ためらったが、そのあとに肩掛けかばんから手紙を取りだし、机の上を滑らせて彼に渡した。「わたしの上司ミスター・パターソンの手紙です。わたしの紹介だけでなく、お兄さまのお考えも説明させていただいております」

ランスは手紙を開き、内容に目を通した。なんてこった。ヘイワードはいったい全体どんな面倒事を引き起こそうとしていたんだ？　それに、よりにもよって女性を寄こすなんて、パターソンとやらはどういうつもりだ？　もちろん、男が来ていたとしても雇うことはできない。公爵領には城を改築するための金など硬貨ひとつもない。

それでも、兄がなにを考えていたかについては関心があった。「きみの上司はきみを高く買っているようだ」

「その信頼をとても光栄なことと思っております、公爵さま」

「馬から投げだされたと書いてある。ひどい怪我でなければいいが」

「脳震盪《のうしんとう》の症状のほか、右足と右手を骨折しました。でもありがたいことに、全治するとお医者さまに言われたそうです。ただ、八週間以上ベッドから出られず、歩くことも書くこともできないそうですわ」

「気の毒だが、いつかは全快すると聞いて安心した」

「はい、わたしもほっとしました」

ランスは問題の原因を突きとめようと決意し、胸の前で腕組みした。「兄がセント・ガブリエルズ・マウントの改築を考えていたとはまったく知らなかった。どんなことをしようと考えていたのか教えてもらえないか？」

「詳細はまだ決まっていませんでした。でも、わたしが聞いたところでは、現在使われている部屋部屋の内装を最新のものにと希望されていたようで、遅延なく即刻始めるようにと念を押されたそうです」

ランスはいまの話から、兄がなにを考えていたのか理解しようとした。ヘイワードはなぜ城を最新の状態にしたかったのだろう？　しかも、なぜ急いだ？　そのとき――みぞおちを殴られたかのような勢いで――ふいにひらめいた。

ここ一週間、ずっとヘイワードの執務机の上の書類の山を片づけていたが、その時、不動産業者によるセント・ガブリエルズ・マウントの最近の査定を見かけた。なんてことだ。ヘイワードはセント・ガブリエルズ・マウントを売るつもりだった。借金を返すために。城の目立つ部分の内装を近代的に整えれば、購入を検討する人々により訴えかけて、資産価値が上がると期待したに違いない。

その改築のための資金をヘイワードはどうするつもりだったのか？　例のごとく、とランスは暗い気持ちで推測した。つけで工事をやらせて、城が売れてから支払うつもりだったのだろう。

しかし、その考え自体がどうかしている。借金の返済期限は十月十一日、いまからちょうど三カ月後だ。有益な改修の設計施工をそんな短期間にできるわけがない。それともできるのか？

「ミス・アサートン」ランスは言い始めた。「言いにくいのだが――」ふと口をつぐむ。何十年間も父親が、そして、そのあとはヘイワードが、財政的窮状をランスにも家族にも隠してきた。だから自分も……できることならば……大金を借りている金貸し以外はだれにも、ダーシー公爵が城を失う危機に瀕していることを知らせるべきではないだろう。

ふいに、ひどく屈辱的な状況に陥っていることに気づいた。見ず知らずの他人に公爵領の惨状を知らせたいのか？　いや、知らせたくない。

その一方で、ヘイワードの考えが正しいかもしれないとも思う。この城が彼にのしかかる重荷であることは間違いない。売却して借金を完済すれば、名目だけの公爵になる。維持すべき地所もない。監督すべき小作人もいない。海軍に戻るのも自由だ。自分が愛する人生に戻ることができる。

つかの間、魅力的な考えに思えた。だが同時に胃がむかつくのも感じた。もしも城を売却すれば、祖母はどこに行くんだ？　人生の大半をこの城で過ごしてきたのに。

さらに深刻なのは、このセント・ガブリエルズ・マウントこそが、ほぼ三百年にわたってグランヴィル家の誇りだったという事実だ。城の存続の理由としては薄弱だし、残りの人生をこの人里離れた島に閉じこもるという考えもありがたくない。それでも、一族の歴史によってこの立場に置かれたのだから、自分には責任がある。

なにもせずに諦めることが本当にできるのか？　家族の遺産に対し、そして、グランヴィル家のまだ生まれていない子孫に対して責任があるだろう？　城を救うために、少なくとも努力だけはすべきではないか？

この窮地から抜けだす方法がひとつある。考えたくもないが、それは毎日絶え間なく彼の心をむしばみ、もはや無視できなくなっている。

金と結婚すること。

昨今、六万八千ポンドもの持参金つきの令嬢は簡単には見つからないだろう。しかし大金を持っている未亡人もいる。あるいは、米国人に目を向けることもできる。

だが、金のために結婚するという考え自体が嫌だった。結婚は愛のためにするべきだとつねづね思っている。両親は愛し合って結婚し、結果的にどちらもとても幸せだった。

憂鬱な気分が暗雲のように垂れこめて、両親の形が例外であることを思いださせる。自分の階級の人々にとって、恋愛結婚は完全な幻想。それはよくわかっているはずだ。かつてどんな結果になったかを思いだせ、この愚か者。

何世紀にもわたって、結婚の理由の多くは金、あるいは金がないことだった。貧困に陥った地所を救うために、貴族は金を持つ女性と結婚する。貧乏な女性は金持ちの男と結婚する。いまの自分は公爵だ。妻は公爵夫人になる。自分の望みどおりに、どんな女性でも手に入れられるはずだ。

自分がその女性と一緒に暮らす――ベッドを共にする――ことに耐えられるかどうかは別問題で、それについては考えたくもない。しかし、セント・ガブリエルズ・マウントを救うために、そこは犠牲にすべきだろう。

とはいえ、目の前に坐って期待に目を輝かせている魅力的な女性に、自分はなんと言うべきなのか？　ロンドンからはるばるやってきて、なんの成果も得られずに帰る。それは残念なことだし、彼女に対しても申しわけない。あいまいな言い方でそれとなく断るべきだろう。

「ミス・アサートン」ランスは注意深く言葉を選んで話し始めた。「セント・ガブリエルズ・マウントの改築はいつかやりたいと思ってはいるが、残念ながら、いますぐにやるのは不可能だ」

苛立ちでキャサリンの鼓動がいっきに速まった。公爵に解雇された。自分がなにをできるかを示す機会も与えられずに。

公爵に怒りをぶつけるわけにいかないのが一番くやしい。その理由の第一は、彼がダーシー公爵、つまりヴィクトリア女王のすぐ下の地位の貴族というこの世でもっとも幸運な男性のひとりであるとはいえ、たったひとりの兄を亡くしたばかりということ。

わかっていれば、自分はコーンウォールに来なかっただろう。でも、このところミスター・パターソンも自分も長時間働いていた。公爵の死亡記事が新聞に掲載されていたとしても、おそらく見なかったはずだ。

第二は、これが公爵にとっても不測の事態だったということ。気に入っていた英国海軍の勤務から唐突に引き離されてしまった。彼の前の執務机の状態から判断して、果てしない書類仕事を抱えこんでいるに違いない。これまでの人生で考えたこともなかった問題に関して、キャサリンと話しているこの予期せぬ会合は言うまでもない。

そして第三に……。

彼に対して怒れない第三の理由は……、そう、彼が信じられないほど、骨までとろけそうなほどハンサムということ。

キャサリンは公爵だろうがだれであろうが、見かけがいい男性に会うたびに気が遠くなるような女性ではない。それなのに、到着した瞬間から、彼の紺青色の瞳と目が合うたび、背筋を震えが伝いおりるという説明しがたく、なおかつあり得ないことが起きている。

しかも、彼の話し方！　たしかに子どもの頃から英国風のアクセントは好きだったが、ロンドンに何年も住んだいまは、もう慣れっこになったと思っていた。ところが、彼の声は深くて男らしく滑らかで、上流階級特有の軽やかな抑揚が魅惑的で、そして……威厳がある。

彼の口から発せられる一語一語が自信に満ちて、魔法の歌の金色に輝く調べのようだ。ここに坐って、ただ辞書を読みあげているだけだとしても、ひと晩中聞いていられるだろう。

明らかにばかげている。キャサリンはこの男性を好きにならないし、なれない。彼とおつき合いしたいとは思わない――それを言うならば、どんな男性とも関わりを持つつもりはない。あくまで仕事の能力を発揮するためにここにやってきた。彼のために働くにしろ働かないにしろ、仕事を請け負った人間として振る舞うと決めている。

そう考えたところで、ここに来たのが骨折り損だったことを思いだした。

たとえ考えているのが室内の改装だけだとしても、この計画はキャサリンにとって、すべてを変える大事な仕事だった。

これまでキャサリンはミスター・パターソンの部下として、上司が依頼人と会ったのちにその案に沿って下絵を描き、図面を起こす存在に過ぎなかった。でも、今回は依頼人の目の前で仕事をするから、ミスター・パターソンが自分の手柄にすることはできない。ついに自分の履歴書に書ける仕事ができる。何年も夢見てきた建築の設計につながる次の段階に進むことができる。

諦めるわけにはいかない。高い期待を抱いて、はるばるここまでやってきたのだから。

なぜ、とキャサリンは思った。公爵はこの計画をやらないと言い切ったのだろう？　理由は言わなかった。キャサリンがアサートン家の相続人であることとは関係ないと確信できる——その事実に彼はおそらく気づいてもいないだろう。いつかは改築したくなるかもしれないと言った。キャサリンは命綱のように、そのかすかな機会にしがみついた。

「公爵さま」意を決して口を開く。「お兄さまを亡くされて悲しんでいらっしゃることはよくわかります。心からお悔やみ申しあげます。この計画はお兄さまが始められたものですから、公爵さまにこのまま進める義務はありません。でも、セント・ガブリエルズ・マウントの改装にいつか着手することに対しては、完全に反対ではないようにおっしゃいました。それなら、いまでもよろしいのでは？　お兄さまはこのことを大事に考えていらっしゃいました。こんなことを言っては大変失礼ですが、これまでに拝見した一部分に基づいて言わせていただければ、明らかに手を入れる必要があると思います。あえて言わせていただくならば、少なくとも五十年間はなんの修復もしていないと思われます」

「おそらく、もっと長くしていないだろうな」

「ということは」キャサリンは急いでつけ加えた。「調理場もきっと旧式です。近代的な料理用レンジがあったら、こちらのコックがどんなに喜ぶか考えてください。これからきっと、セント・ガブリエルズ・マウントにお客さまを招待なさる機会が増えるでしょう。そんな時に、少なくともペンキを塗り替えて、家具を新しくしておけば、気持ちよくお部屋を使うことができますわ。最近は、照明器具も長足の進歩を遂げています。こちらのように本土から離れた場所でも、自家用発電機を使えば電気を供給することができて、スイッチひとつで明かりがつけられます」

警戒しながらも関心を持ったらしく、彼の両眉が少し持ちあがった。「それは、どちらかといえば高くつくだろう?」

高くつくという、彼のいかにも英国的な言い方が好ましかった。「考えていらっしゃるほどではありません」キャサリンは言葉を切り、それからつけ加えた。「費用が問題でしょうか?」到着した瞬間から、この家族は財政面で問題を抱えているという漠然とした印象を受けていた。すべてが擦り切れている感じを否めない。「そうだとすれば、ミスター・パターソンが喜んで予算のご相談をさせていただくでしょう」

「いいや」彼がふいに言い張った。「財政的な問題はない。大丈夫だ」

それを聞いて、キャサリンは嬉しかった。「それならよかったです。では、本題に入ってよろしいですか? いまはきっと、やらねばならないことが山ほどおありでしょうから、できるだけ公爵さまのご負担にならないように、もっともご都合がいいようにしたいと思います。たとえば、数日のうちに何枚か、改修を提案するための下絵を作成するというのはいかがでしょう？」キャサリンは公爵に、他の設計士と比較すればかなり控えめな時給額を提示した。「それで進めないと決定しても、なんの問題もありません。それで終わりです」

公爵は眉をひそめ、机の上を指で叩いた。「ミス・アサートン。その熱意には感謝している。本当だ。きみがぼくに会うために遠路はるばる旅してきたことも理解している。たしかにセント・ガブリエルズ・マウントは改修すべき時期に来ているかもしれないが、先ほども言ったように、きみと一緒にいまその計画に着手する自分を想像できない」

きみと一緒に。その二語が空中で振動し、彼が乗り気でない裏の真相を声高に語る。キャサリンはため息を押し殺した。事務的な口調になるよう必死に自分を抑え、目をあげて彼と視線を合わせる。「それでは、あなたが懸念されているのはわたしですか？　わたしが女だから、この計画を進めたくないのですね？」

思いもよらない言葉だったらしい。公爵は気まずい様子で頬を赤らめた。「ぼくは……いや……そういう意味では……つまり……まあ、正直に言って、女性の建築家など聞いたことがない。もしも改修を希望していたとしても、しっくり思えるかどうか……」途中で言葉を切り、目をそらす。

やっぱりそういうこと。

ふいに息苦しくなった。部屋が急に暑くなったかのようだ。胸元に汗が一滴伝い落ちるのを感じて、キャサリンは心のなかで、きついコルセットと重たい上着をののしった。これとまったく同じ状況を何度経験したかは、もはや数えられないほどだ。ただ女性というだけであっさりしりぞけられてしまう。能力や可能性はいっさい考慮されない。

一瞬だが、男に生まれてきたらよかったのにと願ったのも、これが初めてではない。すべてがたやすくなるだろう。でも、と自分に言い聞かせる。わたしは女性であることに誇りを持っている。この分野で女性初になろうとがんばっていることに誇りを持っている。

どんなことでも、最初の人物になるのは難しい。以前、四十年前に初の女性医師となった人について読んだことがある。その職業で地盤を築くために、信じられないような偏見に耐えたことが書かれていた。女性医師たちはいまも戦い続けている。そうよ、こんな遠くまでやってきた。戦わないで引きさがったりしない。なんとしてでも、自分が、そして自分のような女性たちがどれほど能力があるかをこの男性に納得させる必要がある。

「考えてみてください」キャサリンはきっぱりした口調で言い返した。「これまでの建築史において男性の建築家しかいなかったことのほうが驚きです。建築家になるためには、広範囲にさまざまなものを描く能力を必要とします。この能力はまさに、良家の子女が幼い時から叩きこまれて会得することですわ。もうひとつ重要なのは、すぐれた想像力です――あえて言わせていただけば、女性は男性と同等か、さらにすぐれた想像力を持っていると思いませんか？」

公爵は反論するように口を開いたが、そのまま閉じた。「そうかもしれない」ようやく認める。「しかし――たしかにぼくは人生の大半を海で過ごしてきて、建築家と仕事をした経験はないが、その仕事に工学技術が必要であることは理解している。それに、建築基準法など、いろいろあるだろう。どれも男の仕事として限定されていることばかりだ」

「一言よろしいでしょうか、公爵さま」キャサリンは答えた。「わたしは工学と建築学の両方を学びました。最新の建築基準法にも精通しています」

「そうなのか？」彼は驚いた様子を見せたが、まだ納得していなかった。「それはすばらしい、ミス・アサートン」非常に感銘を受けた。それでもやはり、建築家が自分の責任を果たすためには、工事作業員と仕事をしなければならないはずだ。建設現場はいくつも見たことがあるが、どれも汚くて乱雑で危険な場所だった――女性にふさわしい環境とは言えない」

「たしかに建物の建設や修復現場は騒々しく、汚かったり、時には危険だったりすることもあるでしょう」キャサリンは笑みを浮かべて言い返した。「でも、わたしはこれまで二年以上もそうした現場を数多く経験してきました」自分が設計した図面通りに進んでいるかどうかを確認するために、現場をこっそりのぞかなければならなかったことはあえて言わなかった。いまの状況を改善する助けになるとはとても思えない。「わたしは危険を恐れません。瓦礫《がれき》にくるぶしまで埋まりながら、現場の荒くれ男たちと意見を交換し合ってきました」

「本当にそんなことを？」公爵が短い黒髪を片手で掻きあげながら、キャサリンを眺める。

「きみはすごいな、ミス・アサートン。本当に驚いたよ」

視線が合った瞬間、キャサリンは先ほどと同じじばかげた震えが全身を走るのを感じた。

キャサリン、やめなさい。あなたらしくないでしょ。彼のまなざしは、キャサリンの魂までのぞこうとするかのように鋭かった。心臓が高鳴り、キャサリンは急いで目をそらした。この男性に魂のなかまでのぞかれたくない。のぞかれたら、経験値を多少誇張しているのがわかってしまうだろう。

「建築学の学位を持っているのか？」彼が訊ねた。

ああ、だめだ。こうなれば、否が応でも秘密は明かされてしまう。キャサリンはごくりとつばを飲みこんだ。公爵は真実を知る権利がある。キャサリンは目をあげて彼とまた視線を合わせ、しぶしぶ認めた。「いいえ、まだです」

「まだ？」彼が片眉を持ちあげた。

「ロンドン造形芸術大学で二年間学び、クラスで最優秀の成績で全課程を修了しました。でも、学会がわたしに学位を与えるのを拒否したんです。わたしが女性だからです」

彼は少し考えた。「それは公平とはとても言えないな」

その不公平さは、いまだにキャサリンの胸のうちで燐火《りんか》のように浮遊している。「設計を行う免許を持っているかどうかと聞かれれば、その答えもまだ、となります。でも、もうすぐ得られます。ちょうどＲＩＢＡの試験を受けたところですので」

「ＲＩＢＡの試験とはどんなものかな？」

「建築家は全員が免許を取得する前に、王立英国建築家協会《RIBA》の行う試験に受かり、評議委員会の承認を得る必要があります。わたしは二年間、それに向けて勉強しながら、見習いとして経験を積んできました。来月には試験の結果がわかります」キャサリンが獲得したはずの建築学の学位を認めなくても、試験に受かれば、免許を与えないことはあり得ない。しかも、試験には受かっているはずだ。確実に。

「つまり」公爵がゆっくりとつぶやいた。「きみは建築家と自己紹介をしたが、実際には建築士見習いで、学位も免許も持っていない」信じられないという口調だったが、そこにはわずかだが丁重にしようという配慮も感じられた。

キャサリンは苛立ちのあまり叫びそうになった。しかし、もちろんそんなことはできない。

「そうです」冷静に答える。「でも、学位に関しては、わたしの落ち度ではありません。そして、免許については、四週間か五週間後には取得しています。自分で言うのもなんですが、わたしはとても優秀なんです」

彼の目にあからさまな疑念が浮かぶのがわかった、せっかくの機会が、砂時計の砂のように指のあいだから滑り落ちていく。いいわ。キャサリンは決意を固め、唇をぎゅっと結んだ。公爵に見せるしかないだろう。

キャサリンは足元に置いた革製のかばんを開けて筒に巻いた小型の図面を取りだし、それを持って立ちあがった。「公爵さま、自分が設計した新しい建物の準備段階の図面を一式持ってきました。お見せしてもいいでしょうか？」

まったく予期せぬ提案だったらしい。彼はあきれたように両手を持ちあげ、椅子に深く坐り直した。「もちろんだ」

キャサリンは彼の机の上に何枚も図面を広げ、文鎮で押さえた。「ロンドンのロイズ銀行の新しい支店のためのものです。ミスター・パターソンがその建物の主席設計者ですが、わたしもある構想があって、どうしても頭から離れなかったので、空いている時間に図面を引いたんです」

古典的様式ながら、ほかにない独自の構想でこの壮大な建築物の図面――エレベーターから床まですべての図面に細かいこだわりを描きこんだ挿入図を添付した一式――を完成させるのに、キャサリンは長い時間をつぎこんだ。キャサリンにとって最高の作品であり、自分でも誇らしく思っている。これで一ペニーも稼げないとわかっていても、自分に能力があることをミスター・パターソンに示すことができるのではと期待していた。ダーシー公爵にも同じことを証明し、キャサリンの能力に対する疑念を払拭できるのではないだろうか。

図面にさっと目を通す公爵を見ても、その反応を推し量るのは難しかった。彼が口を開いたのはずいぶん経ってからだった。「これはすべてきみが考えて自分で描いたものなのか？」

「はい、そうです。一枚残らず」

「パターソンはこれを見てなんと？」

「褒めてくれましたが、依頼人が考えているのとは違うと」キャサリンは小さいため息を漏らした。「でも、これを仕上げてよかったと思っています。これまでずっと、基礎からすべてを設計して新築の建物を造るのが目標でした。人々に必要とされる病院とか図書館とか学校とか、社会に貢献する大建造物で、わたしが死んだあとも残るものを」

それを聞いて、彼が両眉を持ちあげた。彼から得たいと思っている仕事を遠ざけてしまうような発言だったかもしれないと思い、キャサリンは急いでつけ加えた。「でも、室内改修プランを考えるのも大好きです。セント・ガブリエルズ・マウントのような古城の仕事なんて、本当にわくわくします」

彼はしばらく黙っていた。「ミス・アサートン。さっきも言ったように、ぼくはこの分野の経験はない。しかし、これは非常にすばらしい作品のように思える」

「ありがとうございます」キャサリンの心臓が今度は期待でどきどきし始めた。

「この会見で、どうやらぼくは……きみを疑い、その専門性に対して当然示すべき敬意を示さなかったようだ。それに関して、謝罪したい」

「謝罪なんてとんでもありません、公爵さま」キャサリンは息を止めた。イエスと言ってくれるだろうか？

「しかしながら」彼がきっぱり言う。「セント・ガブリエルズ・マウントを改築するというのは兄の考えであってぼくのではないという事実は変わらない。申しわけないが、ぼくが受け入れられる計画ではないと言うしかない」彼が図面を巻いた。「もちろん今夜は泊まってくれていい。あすの朝に駅まで送っていくようにぼくが手配する」

キャサリンの気持ちはいっきに落ちこんだ。意欲と活力がすーっと抜けていき、自分がまるで針を刺された風船のように感じた。でも、同時に思った。ここで終わらせるわけにはいかない。なにもやらずにロンドンに戻るわけにはいかない。考えなさい。考えて。公爵を説得する方法がなにかあるはず。でもどうやって？

「ところで、旅行用かばんはどこだ？　この城に届けるように手配したのか？」そう訊ねながら、机のうしろの呼び鈴に手を伸ばした。使用人を呼ぶつもりらしい。

説得の言葉も正式な図面一式も効き目がなかったが、別な方法があるかもしれないという考えがふいに浮かぶ。「公爵さま」キャサリンは言い、かばんから急いでメモ帳と鉛筆を取りだした。「この部屋をどう思っていらっしゃいますか？」

彼の手が呼び鈴の紐の上をかすめて膝に戻った。「なんだって？」

「ここはあなたの書斎ですね？」キャサリンは忙しく鉛筆を走らせた。

「ここは兄の書斎だ」明らかに気に入っていない口調だ。

「でも、いまはあなたの書斎です」キャサリンは描き続けた。「仕事を楽しめる環境だと思いますか？」

彼が不満げに小さく笑った。「実を言えば、この部屋は気に入っていない、ミス・アサートン。なにもかも好きじゃない」

「そうだろうと思いました」彼の視線を感じながら、すばやく鉛筆を動かし続ける。

「なにを描いているんだ？」興味を引かれたらしく、彼が訊ねた。

「少し待っていただけますか？　お見せしたいものがあるんです」

3

ランスは椅子に深く坐り、ミス・アサートンを眺めながら待った。

炉棚の時計が時を刻む音だけが響いているなか、ミス・アサートンは真剣にスケッチしている。メモ帳が斜めになっているせいで、ランスからはなにを描いているか見えないが、推測はできる——この部屋の改造案だろう。彼を説得する最後の試みとして。

この女性は根気強い。慣用句でよく言われるくわえた骨を離さない犬のようだ。しかしこれも慣用句だが、間違った木に向かって吠えている、つまり見当違いのことをしている。たとえ望んだとしても、この城はひと部屋だけでも改築などできない。

それでも、このねばり強さは称賛すべきだろう。ミス・アサートンがこの仕事を本気で望んでいることは間違いない。描いている彼女の姿を見るのは楽しかった。窓辺に腰かけた姿はまるで美しい絵画のようだ。沈んでいく太陽の最後の光が金髪を照らし、明るい色の部分をきらめかせている。

鉛筆が目にも止まらぬ速さで動いている。二十年近く前に、甲板でスケッチしている水兵たちを眺めたものだ。才能がある者も何人かいたが、こんなに速く絵を描くのは見たことがない。

心の片隅では、彼女がセント・ガブリエルズ・マウントに滞在する理由を見つけることがない。

できればと願っていた。先週は引きも切らず訪問者がやってきた。債権者に始まって葬儀屋、仕立屋、地元の教区民たち、ここの地所管理人、そして事務弁護士（メゴワンは友人なので、わずらわしいわけではない）。ひと休みしてもいい頃だ。しかも、美しい女性との交流はいつだって大歓迎。

しかも、この女性はただ美しいというのとまったく違う。まだ会ったばかりだが、彼女に対する興味はいや増すばかりだ。

知性にあふれていることは間違いない。意欲にあふれ、度胸があって、積極的だ。この業種で働く――どんな業種でもそうだろうが――最初の女性になろうという非常に大きな目標に挑んでいる。言下に断られてきただろう。それでもあらゆる障害に立ち向かい、けっして諦めない。

時計がさらに十分の時を刻むあいだ、ランスは忍耐強く待った。執務机の上のいくつかの書類に目を通すふりをしていたが、実際には仕事をしているミス・アサートンの姿にすっかり見とれていた。ついに仕上げの鉛筆を数回走らせると、彼女は立ちあがった。

「これはざっと描いただけですが」そう言いながら、彼女はそのノートを彼に渡した。「この場所の雰囲気を少し変えるために可能な方法の第一案です」

ランスは絵を眺めた。家具つきの部屋が描かれている。熟練した腕前だ。

「この書斎のいまの状態は明るさが足りません」彼女が指摘する。「それに、家具の摩耗が著しく、大きさもこの空間に対して大きすぎます。船上の生活から戻られたばかりでしたら、最新型で、ご自身の感性に近いもののほうが落ち着けるのではないかと思います」

「最新型」彼は彼女の言葉を繰り返した。たしかに新しい。形と寸法は現在ある書斎に似ているが、それ以外は、見たこともない部屋になっている。

「父が造船所を所有していて、子どもの頃、よくそこに行きました。船長の部屋はとくに効率的に、最小限の空間を最大に使うように設計されていたことをよく覚えています。わたしの考えはこうです。壁を白く塗ることで明るくする。飾りだんすと引き出しを造りつけにして物を隠す。新しい絵画を掛ける。たとえばお気に入りだった寄港先を描いたものとか。この重たいカーテンをよろい戸に変えて、光を充分に取り入れる。そして、もっと小ぶりであっさりした家具を見つける。造船所であつらえてもいいでしょう」

ランスは言葉を失った。

彼女が描写したすべてが、スケッチに美しく描かれていた。同じ部屋とはとうてい信じがたい。装飾過多の雑然とした様子が消え去り、なめらかな流線型の家具になって船の雰囲気を醸《かも》している。書棚の半分は近代調の飾りだんすと造りつけの引き出しに置き換えられている。暖炉の上にかかっているのは船の舵輪《だりん》だ。もう一方の壁には救命道具や錨が飾られている。小テーブルのひとつには帆船の模型が、もうひとつには地球儀が置かれている。全体の雰囲気は明るく輝いていて、開放的で男っぽい、そして……とても魅力的だ。

「こちらのへこみ部分《アルコーヴ》は水兵の寝台をイメージしました」彼女が言う。「読書とか昼寝に使えるように。狭い寝床を組みこむか、ハンモックをつるすこともできます」

ランスはゆっくりうなずいた。この女性は出会ってまだ一時間も経っていないのに、どういうわけか、彼がこの部屋に望むもの、本人さえわかっていないものを正確に表現した。

「なんと言えばいいかわからないが、ミス・アサートン」ようやく声が出せるようになる。「きみの構想はすばらしい。それを鉛筆でたちどころに描く技術とその速さにも驚嘆した」

だが、その後になにを言うつもりだったにせよ、頑丈な扉をこつこつ叩く音に中断された。

「入れ！」彼は大声を出した。

白髪の家政婦が足を引きずりながら入ってきた。「お邪魔して申しわけありません、旦那さま」ミセス・モーガンが困惑した様子でミス・アサートンを見やり、言葉を継いだ。「旅行かばんが届いたのですが。運んできた者が、レディのかばんだと言っていたとジョンが言い張るんです。それは間違いと言ってやりました。きょうはロンドンから男性の方がいらっしゃるはずだからと」

ランスはためらい、彼の机の脇で、悲壮なまでの希望を目に浮かべて立っている客を見やった。なんてことだ。

この女性はロンドンからはるばるやってきて、彼に自分の思いや決意を間髪入れずに描いてみせた。明らかに、喉から手が出るほどこの仕事をほしがっている――というより理由はよくわからないが、おそらくはどうしても必要としている。そんな彼女を失望させるのはしのびない。たしかに地所は借金にどっぷり浸かっているかもしれないが、いくらか蓄えておいた自分の金がある。

幸運に恵まれれば、いつかここを改装できるかもしれない。すべてうまくいかなくても、売却する時にこの図面一式をつければ、城の価値があがるかもしれない。どう転ぶにしろ、この女性の頭になにが描かれているかを目撃するのは非常に興味深いことだろう。

しかも、彼女をもう少し長くとどめておく理由にもなる。

「ミス・アサートン」彼は告げた。「ここの家政婦、ミセス・モーガンを紹介しよう。ミセス・モーガン、こちらはミス・キャサリン・アサートン、ロンドンから来た建築家だ」

よほど驚いたらしく、ミセス・モーガンの口が一瞬ぽかんと開いた。家政婦の名誉のために言うと、彼女はすぐに気を取り直し、ふたりの女性は丁重に挨拶を交わした。

「夕食にミス・アサートンの席も用意するように」ランスは指示した。「それから、今夜は一緒に食事をして、ぜひ客人と会ってほしいと祖母に伝えてくれ。開始は七時半、客間でシェリーを飲むことにしよう」

「かしこまりました、旦那さま」

ミス・アサートンが問いかけるように彼を見やった。「おばあさま?」

「七代目の公爵夫人は存命で、三十年以上、六階の続き部屋で暮らしている」ランスは説明した。「普段の食事は自室に盆で運ばせる。だが、祖母のことはわかっている。きみと知り合いになったら、絶対に喜ぶと思う」そして、ミセス・モーガンに向かってつけ加えた。「ミス・アサートンの旅行かばんをすぐに上に運んでくれ。おそらく三週間ほど滞在することになると思う」

「三週間ですか、旦那さま？」ミセス・モーガンが膝を曲げて頭をさげながら、彼の言葉を繰り返した。

「そうだ」ランスはもう一度客をちらりと見やった。目を丸く見開いているのは、驚きと喜びの両方だろう。「三週間というのが、ぼくの要望に沿ってこの城の改善点を考え、基本設計図を描くのに必要だと、きみの上司が手紙で提案していた期間だったと記憶しているが。そうじゃなかったかな、ミス・アサートン？」

キャサリンは窓辺に立って、夕日に染まる空と、水面のうねりに合わせてきらめく紺碧の海をうっとりと眺めた。

旅行用の服は、すでにおろしたてのブラウスと灰色の絹のスカート、揃いの上着という装いに替えていた。キャサリンがほかの服をかばんから出すあいだに、小間使いが親切にアイロンをかけてくれたものだ。

窓から振り返り、キャサリンは自分の部屋を見渡した。大きい部屋ではないし、家具も古く、縞模様の壁紙も色褪せて黒ずんだ黄色と茶色になっている。それでも、部屋は居心地がよかった。部屋の向きもすばらしい。そしてなにより、滞在して城の改修図面を描くことを許可された事実に、キャサリンは言葉で言い表せないほどわくわくしていた。

面会のほぼ最初から最後まで、ダーシー公爵はこの計画に断固反対していた。それを進めるように説得できたことを誇らしく思わずにはいられない。キャサリンにとっては新しい領域だから、この仕事は絶対におもしろいはずだ。

公爵は書斎に関する提案を気に入ったようだった。仕事の全貌は、セント・ガブリエルズ・マウント全体を見て、さらなる議論をするまで決められない。でも、すでに見た一部分だけをもとにしても、すでにさまざまな構想が次々と浮かんできて、始めるのが待ちきれないほどだった。

ただし、この仕事について心配の種がひとつあって、今後の三週間ではっきりとした問題になる恐れがある。自分が公爵に惹かれているということ。惹かれすぎている。

彼がハンサムというだけではない。ニューヨーク市で社交界にデビューした時は数えきれないほどの男性と踊った。ロンドンでも、何百人もの男性たちと一緒に授業に出席した。ダーシー公爵と比肩できるような、それなりにハンサムな男性はたくさんいた。

ではなぜ、視線がぶつかるたびに体のなかがぞくぞくするの？　とても不都合なことだ。

頭が切れて、観察力が鋭い男性であることはすでに感じていた。そして、珍しい立場の――海軍の艦長の職務を諦めて公爵になった――男性だ。もしかしたら、彼に惹きつけられるのは、二度ほど瞬間的に顔をよぎった苛立ちの表情かもしれない。自分もこの何年かずっと、まさに同じ感情をいやと言うほど経験してきたからだ。

さらには、彼がキャサリンを見る時の表情から、彼も同じようにキャサリンに惹かれているもしれないと感じている。ますます不都合だ。

この惹かれる気持ちと称賛の思いに行き場はない。キャサリンの人生に男性との関係を持つ余地はないからだ。

以前からこんなふうに感じていたわけではなかった。三人姉妹の末っ子として育ち、もっとも冒険心に富んでいて、男の子とキスしたのも（八歳の時に絵の先生の息子と）一番早かった。愛と結婚に憧れていたから、長姉のレクシーが結婚した時はとても羨ましくて、彼女の夫トーマスに弟がいたらと願ったものだった。

すべてが一転したのは建築学校に入った時だ。男性で満席の授業にただひとりの女性として、からかいや疑念、そして嫌悪の目で見られ続けた。数人の男性にデートの誘いを受け、そのうちのひとりには結婚の申しこみまでされた。でも、キャサリンの学究心を真面目に受け取った者はひとりもいなかった。ばかげた思いこみとみなし、結婚したら諦めるだろうと思っていた。おそらく、同じ地位に女性が加わると考えただけで、自分たちの男性的な面が脅かされると感じるのだろう。働く妻を持つというのはさらに悪い。

確実なことは、このキャリアを追及しているかぎり、キャサリンと結婚する男性はひとりもいないこと。そこで、選ばなければならなかった。結婚か仕事か。

そして自分は仕事を選んだ。

休暇でパリにいた時に、一度だけ短い恋愛を経験したことがある。言わば、やるべきことリストにチェックを入れるために。とある……事柄に対する自分の好奇心を満足させるために。でも、いまは男性に夢中になりたいとは思わない。保つべき評判がある。もっとも大切なのは、公爵が雇い主であり依頼人であるということ。間違っても、彼に惹かれてはいけない。自分がここに来たのは仕事をするため。決して仕事と楽しみを混同したりしない。公爵の前にいる時にまたぞくぞくしたとしても、ただ無視すればいいだけだ。

扉をノックする音がした。アイヴィという名の若い赤毛の女中が、七時半になってシェリーが用意されたことを告げにきたのだ。キャサリンは彼女のあとについて階下におりていった。

客間に入った瞬間に、キャサリンの目は磁石のように公爵に引き寄せられた。窓辺に立ち、クリスタルの脚つきグラスに入ったシェリーを飲んでいた。礼装——美しい黒のディナージャケットと胴着と蝶ネクタイ——に着替えていて、先ほど会った時よりもさらにハンサムに見えた。さらにというのが可能かどうかわからないけれど。

彼を見ただけで、いまや馴染みになった火花がまたキャサリンの体のなかではじける。心臓がどきどきする一方で心は警告し続ける。無視よ、無視。無視しなさい。

「やあ、ミス・アサートン。いま、きみの話をしていたところだ」公爵が手振りで、そばの袖椅子に坐っている上品な装いの小柄な女性を示した。白髪をそれにふさわしい昔風の髪型で美しく結いあげている。

「おばあさま、ミス・キャサリン・アサートンをご紹介します。ミス・アサートン、こちらはぼくの祖母で七代目のダーシー公爵夫人、ホノーラ・グランヴィルです」

公爵未亡人は坐ったまま振り返った。淡い青色の瞳を好奇心にきらめかせて、キャサリンを観察するように見つめる。「お会いできて嬉しいですよ、ミス・アサートン」

「こちらこそお目にかかれて光栄です、奥方さま」キャサリンは膝を折って丁寧にお辞儀をした。このおばあさまがただひとりの親族かもしれないとキャサリンは思った。両親はずっと前に亡くなり、今回唯一のきょうだいが亡くなったという話だった。おふたり以外に身寄りがないなんて、どんなに悲しいことだろう。

公爵未亡人が眉をひそめてキャサリンを見あげた。「アサートン」小さい声で繰り返す。「前にそのお名前を聞いたことがあるような気がするわ」

キャサリンは凍りついた。午後の出来事にもかかわらず、自分の身元を隠しておかねばならないことを忘れそうになっていた。キャサリンがアサートン家の相続人であることに公爵未亡人が気づけば、すべてが変わってしまうだろう。公爵はキャサリンを建築家ではなく、財産がある女性としか見なくなるだろう。この仕事へのこだわりをばかげたことと思うだろう。すべての会話がそこに戻ってしまうだろう。いままでいつもそうだったように。この仕事関係を終了するかもしれない。

なんとか会話の方向を変えられないかと、キャサリンは部屋を見まわした。かなり大きい部屋だ。細部にわたって美しい造作で仕上げられているが、青い絹の壁紙は色褪せ、家具も修理の必要がある。「この部屋の天井と廻り縁《クラウンモールディング》がすてきですね」唐突に言う。「ウェッジウッド製ですか？」

「ええ、そうですよ」公爵未亡人が得意げにほほえんだ。「ウェッジウッドが初期に製作したうちのひとつです。一七七四年に第五代公爵が発注したもの。でも、この部屋自体は十世

すから」

「十世紀！」うまく話題を変えられたことにほっとして、キャサリンは従者からシェリーのグラスを受けとり、ひと口すすった。上等でとても美味しい。「米国では、百年前が大昔ですからね。セント・ガブリエルズが修道院だった時代に遡《さかのぼ》るんですよ」

公爵が笑った。男性的な太い低音が美しく響き、キャサリンの存在全体に共鳴する。ふたりの視線が一瞬ぶつかった。彼の好奇心に満ちたまなざしに、キャサリンの背筋にまた震えが走った。目をそらしなさい。目をそらすのよ。

「セント・ガブリエルズ・マウントの改装をするためにロンドンからこちらにいらしたそうですね、ミス・アサートン？」公爵未亡人が言った。「わたしの孫のヘイワードが始めた案件だとか？」

「はい」キャサリンは答え、気をそらしてくれる発言に心から感謝した。「改装が実現してくれると嬉しいのですが」

ふいに公爵未亡人の目がうるんだ。「ヘイワードはとても優しい子でした。亡くなって本当に寂しいですよ」

「心からお悔やみ申しあげます、公爵夫人」キャサリンは同情をこめて言った。

「ありがとう」公爵未亡人はすぐに表情を戻して言葉を継いだ。「お宅の会社があなたを寄こしてくれたのは本当にすばらしいことだわ。そろそろ専門分野でも、女性が有能であることを示す機会を得ていい時代ですよ」

「ありがとうございます、奥方さま」男性女性に関わらず、こうした事柄についてこれほど偏見がないのが稀有であることを、キャサリンは痛いほど知っている。いまだに旧式な考え方にしがみついている人が大半だ。同調者の存在はとても新鮮で嬉しいことだった。

「ヘイワードがなにを考えていたかはまったくわかりませんけれどね」公爵未亡人がつけ加える。

「奥方さまを驚かせようとしていたのかもしれませんね」キャサリンは思いきって言ってみた。

その言葉に公爵が表情をこわばらせ、シェリーをぐっとひと口飲んだ。この反応の裏になにがあるのだろうとキャサリンはいぶかったが、それについて考える間もなく、彼の祖母が言葉を継いだ。

「わかりませんねえ。でも、どちらにしろ、この場所はなにかする必要がありますよ。最後に改装をしたのが一八三二年ですからね。わたくしが第七代公爵に嫁いでここで暮らし始めてまもなくでした」そして、孫のほうを向いてつけ加えた。「期待しているんですよ、ランスロット、わたくしの部屋に新しい絨毯が敷かれることを」

ランスロット？　それが彼の名前？

そう呼ばれて公爵は顔を赤らめたが、キャサリンは心のなかでにっこりした。円卓の騎士と同じ名前。たしかにいろいろな意味で、彼は輝く甲冑を着た騎士のようだ。理性的な判断に反して結局キャサリンを雇ったのだから。そして実は書斎の絵が気に入ったからだけでなく、キャサリン自身を気に入ったからではないかと内心疑っている。

「新しい絨毯が必要なんですか、おばあさま」公爵が訊ねた。

「もう何年もヘイワードに頼んでいましたからね」

それを聞いて、キャサリンはやはりこの家族が財政的な問題を抱えているかもしれないと思った。でも、先ほどそれについて訊ねた時、公爵はきっぱりと否定した。それに、ミスター・パターソンは先代の公爵がいかに寛大だったかをとくに強調していた。おそらく、とキャサリンは結論づけた。家の改築に関してはお金を使いたくないのだろう……いまのところは。どのくらいの予算を考えているのか、あした訊ねてみようとキャサリンは心のメモに書き留めた。

「わたくしの温室は手をつけないと約束してくださいね」公爵未亡人がキャサリンのほうに懇願するような目を向けてさらに言う。

「温室ですか？」キャサリンは聞き返した。

「夫がわたくしに造ってくれたすばらしいサンルームは、いまもなんの問題もありませんからね。わたくしは熱帯植物や花が好きなのよ――栽培するのが」

「わたしも大好きですわ」キャサリンはうなずいた。「でも、花を切ることには耐えられないんです。花束を見ると悲しくなってしまって――だれかのつかの間の楽しみのために、その花の命が断たれてしまったと思うと」

「その意見には大賛成ですよ」公爵未亡人がにっこりした。

晩餐の準備ができたことが告げられた。公爵未亡人は杖を持つと立ちあがり、公爵の腕を取って、客間と同様に、とても美しいが、いかにも旧態依然とした食堂に入っていった。

一ダースの人々が楽に着席できる巨大な食卓に三人の席が用意されていた。すべてのろうそくに火が灯され、たくさんつなげた多面カットのクリスタルがみごとに輝くシャンデリアの下で、上等な陶磁器やクリスタルグラス、そして銀器が美しくきらめいている。三人が席に着くと、直立不動で立っていた従者ひとりと女中ひとりがすぐに優雅かつ効率的に給仕を開始した。コースの最初は魚のスープとそれに合うバーガンディの白ワインが供された。

「兄はここのワインセラーが自慢だった」公爵が言う。「地下には何千本ものワインが飲まれるのを待っている」

「なんてすばらしいんでしょう」キャサリンはほほえんだ。たしかにこのワインは年代物でとても美味しい。

バーガンディの美味しいワインを飲むのは久しぶりだった。学業とその後は仕事で、もう四年以上、夜遅くまで図面を引いたりスケッチをしたりしてきた。できるだけ頭脳明晰でいたいから、夕食時の飲酒は避けている。というよりは、つねに食べる時間も惜しんでいる。

しかし、今夜は自分に制限をかける必要はないと判断した。長旅の一日だった。今夜は仕事をしないですぐに休むつもりだった。きょうの成果を祝して、一杯か二杯のワインは飲んでもいいはず。

「ミス・アサートン」一同が食事を始めると、公爵未亡人が言った。「ロンドンで建築の大学に通っていたと孫から聞きました」

「その通りです、奥方さま」

公爵未亡人が輝くような笑顔を見せた。「あなたはわたくしに、未来の希望を与えてくれましたよ。あなたやあなたのような人々が、わたくしの世代の女たちより、はるかに多くを成し遂げてくれることを祈っていますよ」

「わたしもそう願っています」

「いつから建築に興味を持っていたのかな、ミス・アサートン？」公爵が訊ねた。

「子どもの時からですわ。ニューヨーク市を訪れた時に、立ち並んだ新しい建物を見あげた時のことはよく覚えています。どれも十階から十五階の高さでしたけれど、空に届きそうに感じました。父に問いました。どうすれば、あんなに高い建物がなんの支えもなく立っていられるのかと」

「お父上はなんとおっしゃったの？」公爵未亡人が訊く。

「父は、『かわいい頭をそんなことで悩ませるな、おちびちゃん。それは男が考えることだ』と」

「男はみんなそう言うんですよ」公爵未亡人が眉をひそめた。「わたくしたちを頭になんの考えも持たない装飾品と見なしているんです。事実とはまったく異なる思いこみ」キャサリンに向かってグラスをあげた。「お父上の言うことを聞かなかったあなたに乾杯」

「ほかに選択肢はありませんでした」一同揃ってワインを一口飲み、それからキャサリンは答えた。「どうしても知りたかったんです。だから、姉たちが子どもの本を読んでいる時に、わたしは先生たちに建物や建築の本を読みたいとねだりました。摩天楼がどうやって立っているのか知る必要があったから」

「摩天楼はどうやって立っているんだ？」公爵がスープを飲み終え、考えこんだ。「土台の深さと関係するように思えるが」

「はい、それもひとつあります」ああ、この男性の声の抑揚はなんて心地よいのだろう。権威ある響きが溶けこんだ美しい音楽のようだ。飲みこむ時の彼の唇に視線が引きつけられる。なんて美しい唇だろう。あの唇にキスをしたらどんなだろうとふいに考える。なんてことを。そんな考えは消去しなさい。

「ええと」言葉に詰まって思わずワインを飲み干し、彼に訊ねられた内容を必死に思いだそうとした。土台に関することだった。「高い建築物を設計するには、重力や風の影響、あるいは地盤の強さなど、多くの難問を考慮する必要があります」

「そんなこと考えたこともなかったわ」公爵未亡人が言う。「なんて魅力的なお仕事でしょう」

スープ皿がさげられ、魚料理はクリームソースをかけた蒸し鮭が運ばれてきた。ぴったり合うすばらしいボルドーワインが注がれる。続く肉料理はローストラムにローズマリーポテト添え。三人は天候やキャサリンのコーンウォールまでの旅のことなどについて話しながら食事を楽しんだ。またもう一本、年代物の最高級フランスワインのコルク栓が抜かれて供される。キャサリンはグラス半分にしてほしいと頼んだ。明らかに、通常の自分よりも早いペースで飲んでいる。

「ミス・アサートン」従者が彼のグラスにワインを注ぐのを待ちながら、公爵が考えこむような表情をキャサリンに向けた。「きょうの夕方に、きみは建築家の資格試験の結果を待っていると言っていた。教えてほしいのだが、英国にもすでに資格を持った女性建築家がいるのかな？」

「いません」

「ひとりも？」

「まだいません、公爵さま」

公爵はその言葉を嚙みしめるようにゆっくりうなずいた。

「世界ではどうなんです？」公爵未亡人が訊ねた。「どこかの国に女性建築家がいるのかしら？」

「ふたりいます。シグネ・ホルンボルグは四年前にヘルシンキ工科大学を卒業し、特別な許可を得て学位を取得しました。いまはフィンランドの設計会社で働いています。昨年設計した家で有名になりました」

「それは興味深い」公爵が言った。「それで、ふたり目は？」

「ルイーズ・ブランチャード・ベシューンがニューヨーク州バッファローの設計会社で製図者として仕事を学んだあと、夫とともに設計事務所を設立しました。六年前に米国建築家協会の最初の女性会員に任命されました」

「ニューヨークというと、きみはミセス・ベシューンに会ったことがあるのか？」公爵が訊ねる。

「実を言えば、ベシューンの会社に応募しました。でも、ミスター・ベシューンに、女性建築家ひとりを喜んで受け入れる依頼人を探すのも大変なのに、ふたりは無理だと言われました。どちらにしろ、学位も必要でしたし」

「だが、きみには知りようもなかった」公爵が眉をひそめて指摘した。「全課程を修了したのに、大学が学位授与を拒否するとは」

「拒否したんですか？」公爵未亡人は憤りを覚えたようだった。「でも、そんなのばかげていますよ」

「学習課程の受講が始まって数カ月経った頃、先生方のひとりに言われました。管理部が内輪の冗談でわたしの入学を認めたのだと。これまで出願した女性はひとりもいなかったので、わたしが失敗するのを見るのも一興だと思ったそうですわ。女性はこの分野で働けるほど賢くないという信念を裏づけるために。わたしがクラスの最高点で課程を修了したことで、大騒ぎになったようです。それでもなお、評議員会は彼らの神聖な地位を女性に与えることを認めなかったんです」

公爵未亡人ががっかりしたように首を振った。「お気の毒に。あなたはとても困難な道を旅してここまで来られたのね」

「つねに挑戦でしたから」

「そうね」公爵夫人が言う。「世界で女性建築家がふたりというのは多いとは言えないけれど、それが出発点ですもの。遠からず、あなたが三人目になると期待していますよ」

「ぼくもだ」公爵が乾杯するためにグラスをあげた。

三人ともひと口飲み、キャサリンはにこやかにほほえんだ。「ありがとうございます」少し頭がくらくらし始めていた。ワインを何杯飲んだだろう？　キャサリンはわからなくなっていた。

「あなたに拍手を送りますよ、ランス。ミス・アサートンを雇うという先見の明があったことに」公爵未亡人が断言した。「どんな改装になるか見るのを楽しみにしていますよ」

公爵がかすかに顔を赤らめた。「先走らないでください、おばあさま。まだ改装すると約束したわけじゃない。ただ、相談して、改装案の下絵を描いてもらうことに同意しただけだ」

「そうね。でも、夕食前にあなたが見せてくれたスケッチがこの方の才能を示しているとすれば、この計画を押し進めないのは愚かというものですよ」

「たしかにそうだ。まあ、様子を見ましょう」公爵はぎこちなく小さくほほえむとすぐに目をそらした。

それを見て、キャサリンはいまの状況が当てにならないことを改めて思い知らされた。この最初の小さな一歩については説得できたかもしれないが、キャサリンの提案した改修を実施するように納得させるとなると、前途遼遠としか言いようがない。

でも、否定的な面に焦点を当てても意味がない。どんなに偉大な功績も、一歩ずつ歩みを重ねることで成し遂げられる。この仕事も同じ。まずは最善を尽くし、それがどういう結果に導かれるかやってみるしかない。

夕食は大変すばらしく、その上、優しい褒め言葉をたくさんかけていただいた。あるいは、公爵未亡人の活気に満ちた雰囲気に影響されたのかもしれない。キャサリンは雲の上に浮かんでいるような気持ちだった。「ありがとうございます。おふたりともなんてご親切なんでしょう」

皿が全部片づけられると、公爵と公爵未亡人に対し、デザートを所望するかどうかの確認があった。

「わたしはもう充分」公爵未亡人は断った。「疲れたので、そろそろ失礼させていただきますね」従者に向かってナプキンを振ると、すぐに従者が椅子を引いた。

キャサリンも公爵も立ちあがった。キャサリン自身も少し疲れを感じていた。疲れているというより……くつろいだ感じと言ったほうがいいかもしれない。それはこの何年も感じたことがない感覚だった。とても贅沢な、まるで日向ぼっこをしているネコのような気分。

「おやすみなさい、おばあさま」公爵が祖母の頰にキスをした。

公爵未亡人がもう一度キャサリンにほほえみかけてつけ加えた。「わたくしは普段、夕食は上でいただくんですよ。でも今夜はめったにない機会でしたからね。お会いできて嬉しかったわ、ミス・アサートン」

「こちらこそとても楽しかったですわ、奥方さま」キャサリンは膝を折ってお辞儀をしたが、なぜか少しぎこちなくなった。こういうお辞儀は熟練しているはずなのに、いったいどうしてしまったの? 「よい晩を過ごされますように」

公爵未亡人が滑るように部屋を出ていった。

「リンゴのシャルロットとシャンパンをお出ししましょうか、旦那さま?」キャサリンと公爵がまた席に着くと、従者が公爵に訊ねた。

「きみはどうする、ミス・アサートン?」公爵がキャサリンに聞く。

「リンゴのシャルロットは大好物です」キャサリンは片手を小さく振った。「シャンパンも大好き、とくにデザートと一緒にいただくシャンパンは、長い晩餐のあとに元気づける効果がありますわ。でも、公爵夫人がおっしゃったように、わたしも充分にいただきました。また別な時にでも」

「コーヒーか紅茶はいかがしましょう、旦那さま?」従者が言う。

「わたしは結構ですわ」断るのと同時に、気づくと、歌うようなリズムでくすくす笑っていた。（いったいなぜ笑っているの? くすくす笑いなんて、これまで一度もしたことがないのに）

「もうなにもいらないよ。ありがとう、ジョン」公爵が従者に告げた。食卓が片づけられるあいだ、しばし公爵とキャサリンはふたりきりになった。

「今夜はぼくにとって異例の晩餐だった」彼がキャサリンを見つめて言った。

「まあ、そうなんですか？」また歌うような言い方。キャサリンはほほえんだ。

「航海士たちとの食事に慣れていたからね。男ばかりの食卓だ」

「では今夜はつまらなかったかもしれませんね？」

「とんでもない。むしろ非常に楽しかった」

「わたしもとても楽しかったですわ、公爵さま。このところずっと、寝ても覚めても仕事ばかりしていましたから」

「それはよくない。一日中仕事しかしなかったらまいってしまうだろう」

「そうせざるを得ない場合が多くて。締めきり期限がありますから」

「今夜は締めきりはないからね、ミス・アサートン」

「それは安心しました」キャサリンは椅子の背にもたれ、全身を包みこむ心地よいぬくもりを楽しんだ。こんなに穏やかでくつろいだ気分になったのはいつぶりだろう。

なんとなく視線が公爵の両手に向いた。いかにも男性的で強そうな手だが、指は先が細くて上品だ。

「すてきな手《ナイス・ハンド》ですね」思わず口走る。

公爵が眉を持ちあげた。

キャサリンの頬がかっと熱くなった。わたしはいったいなにを言っているの？「つまり……あなたがとても親切《ナイス》だと。そのことに心から敬意を表します《ハンド・イット・トゥー》」急いでほほえんで、なんとかごまかした。「きょう、わたしが来るなんて思ってもいなかったのに、とりあえず仕事をくださいましたから」

「ああ、そのことか」公爵が肩をすくめた。「職業柄……前の職業だが」少し顔をしかめて言い直す。「日常的に即決を迫られている。いまやそれが第二の天性になっていると思う」

「わたしの職業ではまったく逆ですわ。一枚の図面に五時間や六時間、ときには十時間かかります。納得できるまで、細かいところすべてにこだわるとそのくらいかかるんです」

「しかし、あの絵を描くのはすばやかった。見ていたからね、ミス・アサートン。飛ぶように鉛筆を走らせていた」

「それで思いだしました。お城の残りを見せていただかなければ。これから、お城の小見学会をしていただくというのはいかがでしょう?」

「あいにく小見学会にはならないと思う。二百以上の部屋がある巨大な城だ。幸い、ほとんどは鍵がかけられ、使用されていない。それでも、必要な部分を見るのはあすまで待ったほうがいいだろう。明るい時に」

「そうおっしゃるならば、公爵さま」

彼が立ちあがった。「今夜一緒に過ごせる女性がだれもいないのが大変申しわけない、ミス・アサートン。しかし、もしもくつろいで読書でもしたければ、レディの間に案内することもできる。ぼくはこれからアイリッシュウイスキーを飲むが」

キャサリンも立ちあがった。その動きで部屋がやや傾いだ。「アイリッシュウイスキーならば、ノーとは言えません」気づいたら言っていた。いくらなんでもずうずうしい。公爵はなんと思うだろう？

「ウイスキーを飲めるのか？」彼は驚いたようだったが、そのことにぞっとした様子は見せなかった。

「ええ」ウイスキーは大好きだ。「今夜のすばらしいお食事のあとに飲んだらきっと最高でしょう」

公爵が見極めるようにキャサリンをじっと見つめた。「本当に？　きみもぼくもすでにかなり飲んでいるが」

「わたしもお隣りの方と同じくらいお酒は強いと思いますわ」本人に向かって自信たっぷりに請け合う。

その言葉に公爵がほほえんだ。「そうか。では、喫煙室に行くとしよう」

4

　喫煙室は小さいが上品な部屋だった。壁に貼られているのはシルクだが、やはり擦り切れて、色褪せている。多すぎるくらいの詰め物をした肘掛け椅子が二脚、暖炉の両側に置かれている。ソファがひとつ、その脇に置かれた小さなエンドテーブル二台、そして美しく彫刻された飾り棚で部屋はほぼいっぱいだった。

　公爵が瓶を取りだし、グラスにウイスキーを注いだ。キャサリンはウイスキーを口に含み、目を閉じてビロードのようなまろやかな口当たりを楽しんだ。「むむ。これもお兄さまの貯蔵室から出したものですか？」

「そうだ。兄は酒の趣味がよかったな」

「同感です」キャサリンはもうひと口飲んだ。「大麦ですね」

「ふーむ？」

「アイルランドでは、ウイスキーに大麦を大量に使いますから。キャラメルの香りがするでしょう？」

「きみはウイスキーのことを実によく知っている」彼はキャサリンを見つめ、ほほえみながら自分のウイスキーを飲んだ。

「ロンドンの大学では、男性たちがみんなで何時間も飲んでいました」またひと口飲む。極上の味わいが全身に広がる。「そこに入りたかったんです。彼らが飲むものを飲んで。男子学生たちのひとりになって」

「男子学生たちのひとりになる?」彼が繰り返し、そんなことはあり得ないというように小さく笑った。「たばこも吸うのか?」こちらは考えただけぞっとしたらしいが、それでも申しでてくれた。「もしも吸いたければ、どこかに葉巻があるはずだが」

「いいえ、ありがとうございます。わたし、たばこの匂いは耐えられないので」

「ぼくもだ」彼が顔をしかめた。「仲間の士官たちは勤務が終わるとパイプたばこにふける者が多かった。いい趣味とは思えない」

公爵が片手を差しだした。なぜそんなことをするのだろうとキャサリンは不思議に思った。でもすぐに、キャサリンの空のグラスを受けとろうと待っていることに気づいた。それに応じる。

「もう一杯飲むかな?」

すでに少しめまいがしていた。「いいえ、けっこうですわ」なにか言うことを探した。「こぢんまりしていいお部屋ですね」

「こぢんまり?」彼が鼻を鳴らした。「ものは言いようだ。この部屋の大きさはぼくの家族の男たちにとって、つねに争いの種だった。父も亡くなったヘイワードも、いつも小さくて申しわけないと客たちに謝っていたよ」

キャサリンは隣接している部屋をのぞきこんだ。こちらはずっと広くて、巨大なビリヤード台が置かれている。「紳士の方々用のもっと広い部屋をお望みならば、この壁を取り払い、ひとつの部屋にできますわ」

「そんなことができるのか？　しかし……この壁はずっとここにあったはずだ」

「それはどうでしょう」

「というと？」

キャサリンは手をあげて天井を差し示した。「あのクラウンモールディングはこちらの壁とわずかに異なっていて、角でぴったり合っていません。しかも、この壁はほかの壁ほど厚くない。主要構造が建ったあとに追加されたものだと思います。つまり、荷重を支えた壁ではないということです」

「父が一生涯不満をこぼしていた問題をきみは一瞬で解決したわけだ」公爵が言った。

称賛と関心にあふれたまなざしに見つめられると、キャサリンのなかで奇妙な感覚が起こった。彼は明らかにキャサリンに惹かれていて、それを隠そうともしていない。

自分も彼に対し、同じようなときめきを感じていた。熱い感覚が胸から顔にのぼり、そこから全身に広がっていく。この火照りはワインやウイスキーとはなんの関係もない。

キャサリン、あなたは厄介な状況に陥っている。

ふいに自分が城の片隅に公爵とふたりきりでいることに思いいたった。聞こえる範囲に使用人はひとりもいない。もしも彼がこれ以上近づいたら……いま、キャサリンに触れようとしたら……自分は燃えて沸騰し、床一面に溶けだすだろう。

隣りにつながる扉がキャサリンを招いた。小走りでそちらの方向に歩きだした。心臓がどきどき打っている。

公爵もついてきた。もちろんそうするだろう。

キャサリンはまっすぐ部屋の一番遠い隅に向かった。濃い色合いのオーク材が壁を覆っている。ビリヤード台は大きくていかにも高級そうだ。オーク材の側板には海鳥やイルカ、クジラのほか、さまざまな海の生物が複雑に彫刻されている。

「なんてすてきな台でしょう」キャサリンは公爵に目を向けないように努力をしながら言った。

彼は部屋を突っきり、キャサリンからわずか二メートルほどしか離れていないところで足を止めた。「父が所有するなかで、もっとも貴重な品だ」

「海景が描かれたビリヤード台は初めて見ました。わたしの父は――」キャサリンは父が五番街の邸宅用にみごとなイタリア製のビリヤード台を買ったことを言いそうになった。でも、いまのところ、造船所を所有しているという以外、父について話しておらず、できればそれを続けたかった。「父はよくビリヤードをやっていました」すばやくしめくくった。

「きみもやるのか？」

「ええ」

「それでは、やろうか」球は全部あげられて、台の中央でふたりを待っている。公爵は架台からキュースティックを二本取り、一本を四角いチョークと一緒にキャサリンに渡した。

「この家のために一週間がんばったから、ささやかな気晴らしは嬉しいな」

キャサリンはふいに足元がふらつく感覚を覚え、急いで台の端をつかんだ。もしかしたら飲み過ぎたかもしれない。いますぐ寝にいくべきだ。顔から床に倒れこむ前に。でも、彼の笑顔が温かく誘い、その深い声がキャサリンの同席を望んでいる時にとても断れない。

キューとチョークを受けとりながら、キャサリンは言い返した。「警告しておきますけれど、わたしはやるとなったら、勝つために最善を尽くしますよ」

「期待するところだ」彼は上着を脱いで椅子の背に掛けてから、タイもはずした。「ぼくから始めようか？」

キャサリンの心臓が不規則な鼓動を打ち始めた。これまで魅力的だったのがまだ足りなかったかのようだ。タイをせずにシャツだけを着て、ぴったりしたズボンが、引き締まった腰と筋肉質の脚の丸みや角度のすべてをあらわにしている状態の彼は、さらに美しかった。

「どうぞお先に」

彼のシャツは白いリネン地の上質なものだ。海賊が着るシャツのように袖が膨らんでいる。開いた襟元から喉の下の黒い毛がのぞいている。ああ、どれほどあの胸毛に指を走らせたかっただろう。そして、硬い腿を覆う毛にも。

ああ、どれほどどこんなふうに考えるのをやめたかっただろう。

彼がボタンをはずしてシャツの袖をまくりあげると、黒い毛にうっすら覆われた腕が現れた。どうしよう。これはいくらなんでも過剰すぎる。

女友だちのひとりか、それとも姉たちのどちらかと一緒に彼を見ていたら？　彼女たちなら、きっとおどけて両手で自分たちをあおぎ、過呼吸のふりをするだろう。

でも、そばに女友だちも姉たちもいない。そばにだれもいない。上着を脱いでタイもはずして、肌が過剰に見えすぎている無作法なほどハンサムな男性をのぞいては。この筋書きは、礼儀作法の規則を数え切れないほど破っている。

なぜこんな窮地に陥ってしまったのだろう？　どうすれば抜けだせる？

「きみも上着を脱ぎたいだろう」公爵がこともなげに言う。「シャツの袖だけのほうがずっとたやすくプレイできる」

この提案自体だけなら衝撃的とは言えないだろう。たしかに上着がきついことは否定できない。それに暑い。とても暑い。上着の下にはきわめてきちんとした慎み深いブラウスを着ている。それでも、彼の言い方のなにかが気になった。それに、そう言った時に彼の目に浮かんだ表情のせいでキャサリンの背筋にまた震えが走り、その言葉に従うのをためらわせた。

「レディは紳士の前で上着を脱ぎません」それがキャサリンの唇から出た言葉だった。恥ずかしさでまた顔が真っ赤に燃えあがる。知性に見放されたことは明らかだ。

彼はにやりとすると、自分のキューを取りあげ、先端にチョークを塗り始めた。そのしぐさは信じられないほど官能的に感じられたが、それがなぜか最初はわからなかった。自分もキューに意識を集中し、棒の硬い丸い先端にチョークをゆっくりこすりつける。その動きが骨盤の内側あたりに燃えるような火照りを引き起こした。それに関しても、とても奇妙な反応だと最初は思った。その関連性に気づくまでは。こする。硬い。丸い先端。はっとあえぎ、キャサリンは火の玉をつかんだかのようにチョークを放した。

彼が三角の枠をはずすと、台の上に身を乗りだして、優雅に最初の一球を撞いた。鋭い音が空気をつんざき、黄色の球が大砲のように勢いよく滑ってポケットのひとつに吸いこまれた。「ソリッド（一番から七番までの球の総称）だ」

彼は台に沿ってまわると、また構えてさらに数度球を撞き続け、そのあいだずっと、彼の背中と肩の筋肉がシャツの布地の下で動く様子にキャサリンの目は釘づけだった。彼の尻にぴったり沿ったズボンの布地が引っ張られる様子にも。いい加減にしなさい。彼のお尻を見つめているなんて。

撞き損じると、彼は身振りでキャサリンをうながした。キャサリンは改めて意識をゲームに、そして、まっすぐに立ち続けることに集中した。言うほど簡単ではない。脚がこんなにぐらぐらしていて、しかも、部屋の端のほうがぼやけてよく見えない時には。

キャサリンは球を選び、位置について撞いた。コン。緑のストライプボールがコーナーのポケットに沈む。やった！　ほんの少し酔っているけれど、まだ大丈夫。

「いいぞ」彼が言った。

キャサリンは続く二球もきっちり沈めた。

「プレイの仕方をわかっていると言っていたが」彼が非難する。「名手とは言わなかったじゃないか」

「わたしは、勝つために最善を尽くすと言ったんです」キャサリンは言い返した。「それに、名手ではありませんわ。さっきのは簡単な球ですもの」実際にそうだった。キャサリンは台の上に身を乗りだし、ストライプの赤を狙って次の一球を撞こうと構えた。だが、撞く前に彼がキャサリンのすぐうしろに移動した。

「それではうまくいかない」

「なぜわかるんですか？」

「角度が悪い」彼の手がキャサリンの右肩の上でためらう。「いいかな？」

彼がキャサリンにかぶさるように身を乗りだしながら、触れていいかどうか許可を求める。もう何時間も彼に触れてほしいと願っていた。この城に到着した瞬間からだ。

許可すべきでないとわかっていた。

でも、だれかに知られるわけではない。キャサリンの心臓はばくばく打って、いまにも破裂しそうだった。「ええ」

彼は両手でキャサリンの両肩を優しくつかんで位置を直した。そして、キャサリンを挟むように両腕を伸ばし、彼女の両手を取って狙う位置をほんの少し動かした。彼の硬い体が背中に押し当てられ、耳に彼の温かい息がかすめる。「さあ、撞いてごらん」

「いま？」彼が近すぎて、肌から立ちのぼる清潔な香り、石鹸と森を混ぜた男っぽいコロンのいい香りが気になってしまう。「動けませんわ」

「すまない」彼がわずかにうしろにさがってキャサリンを放した。

キャサリンはキューを前に突きだしたが、先端が球をかすめただけでみごとに失敗した。キャサリンは顔をあげてまっすぐに立った。両脚がだれかのものになってしまったような気がする。「わざとわたしの気をそらしたんですね」

「手伝おうとしただけなんだがね」彼の目にいたずらっぽい表情が浮かんでいる。とろける危険をはらんだ例の表情だ。

「それとも、わざと失敗するようにした。わたしがあなたを打ち負かすと思って?」

「打ち負かされてもかまわない。むしろ、そのほうがおもしろいくらいだ」彼は台の上の球が半分なくなるまでポケットに次々と沈めていった。そして次にキャサリンが構えるやいなや、また彼女のうしろに来て体を押しつけ、両腕をまわして狙う位置を直した。「この方向に」彼がささやくと、キャサリンのうなじに息がかかった。

ほとばしるような興奮が背筋を伝いおりて、全身の神経がぴりぴりとあわだった。めくるめく目まいと、これまで経験したことがないほど圧倒的な活力を感じ、なにも考えられない。

「公爵さま」彼につかまれている手を引っこめるべきだとわかっていたが、筋肉のひと筋も動かすことができなかった。やめてくださいと続けたかったが、その言葉を形にできなかった。自分の望んでいることと正反対だったから。

彼の両腕はいまやしっかりキャサリンの体にまわって彼のほうに引き寄せている。彼がキャサリンのうなじの横側に唇を触れた。「ミス・アサートン、きみに酔ってしまいそうだ」

キャサリンも同じ酔いを感じている。実際酔っているからかもしれないが。「でもすべきではな――」なんとか言い始める。

「すべきだと思う」彼がキャサリンの首すじに唇を押し当てる。少しずつずらしながらキスをされてキャサリンは大きくあえぎ、全身を震わせた。

どこか遠くのほうで理性の声が小さく、この状況の行き先について警告を発している。すぐにやめるべきだと。でも、キャサリンはやめたくなかった。いまはまだ。感じているすべてがすばらしくて、しかも未知のものだったから。

実は一度だけ、男性と関係を持ったことがあった。パリのピエールと。でも、こんなふうではまったくなかった。似てさえいない。

自分を満足させる方法はわかっている。みずから探索し、自分で見いだした。でも、それは想像だけの孤独な行為だ。いま経験しているのはスリル満点の現実。

彼がしているのは、ただキャサリンの首にキスをすることだけなのに。

彼が両手を上に滑らせて彼女のシルクの上着の脇に押し当て、布に隠れた乳房の丸みを包みこんだ。上着を脱いでいればよかったといまになって思う。彼の両手を直に肌に感じたいと願ってしまう。そんな考えはよくない。絶対に間違っている。自分は彼のために働いている！　でも、なぜか気にならなかった。

彼の片方の手が滑るようにおへその下までおりて、スカートの布地の上から下腹を撫でる。その大胆な動きにキャサリンははっと息を止めたが、彼にやめてほしくなかった。そのあたりの奥で熱い感覚が湧きおこる。体のなかでもっとも私的な場所がじわっと濡れて潤いだす。

それがなにを意味するかはわかっている。自分が彼を欲しがっているということ。体がこれ以上のことを切望しているということ。

さらにぼうっとしたのは、彼の腕のなかでゆっくり、このうえない優しさで体をまわされ、彼のほうを向かせられたからだ。彼の片手が腰に当てられ、もう一方の手が顎を撫でて軽く持ちあげる。どちらもなにも言わず、ただ目を合わせる。彼の目にうずくような欲望が浮かんでいる。

それに応えるように、同じ感情がキャサリンの全身に渦巻いている。それが目に現れたに違いない。彼はひと言も言わずに顔をさげ、唇をキャサリンの唇に押し当てて自分のものにした。

ランスは誘惑するつもりで彼女をビリヤードに誘ったわけではなかった。考えただけだ。ただ友好的にゲームをやろうと。だが、始まったとたんに、ふたりのあいだでなにかが燃えあがった。彼自身が止むに止まれぬ状態になるまで。

この女性のことはなにひとつ知らない。ニューヨークからやってきてロンドンで学んだ才能ある建築家見習いということだけだ。着ている服の質から見て、相当高額な俸給を得ているに違いない。

ランスはこの女性が気に入った。その積極性に敬服していた。しかも、出会った瞬間から彼女に触れたくてたまらなかった。その後、顔を合わせるたびにその思いは強くなるばかりだった。

　だが、彼女はいま、彼のために仕事をしている。少なくともこれからの数週間はそうなる。その女性にキスをするべきではない。触れるべきでもない。とくにこんなふうには。とくそ、いまはそんなことは考えていられない。彼女の体と唇が彼とぴったり重なり、彼女が彼と同じくらい熱っぽくキスを返しているのだから。

　唇を離し、彼は腕のなかの女性を見おろした。ついさっき、少しふらふらしているのに気づいた。酒に強い女性に見えたし、ウイスキーは彼女が強く所望したものだ。そうであっても、どちらもかなりの量を飲んだ。それで泥酔しているかどうか、彼にはわからなかった。もしそうなら、つけこむような行為はしたくない。

　彼女はなんの抵抗も示していないが、本当にこれを望んでいるのかどうか確かめる必要がある。

　ふたりはあえぎながら、しばしそこに立ち尽くした。彼を見あげるアクアマリン色の瞳が美しくきらめく。その深い輝きのなかに熱望と誘いが読みとれた。その時、彼女がつま先立ちをして、彼の口にはっきりとキスをした。

　なんて女性だ。ランスは彼女の背中に当てた両手を上下させながら、はやる気持ちを抑えて何度か優しくキスをし、それから唇の境目をなぞり、舌を滑りこませられるだけ開けるように促した。

　ふたりの舌がぶつかり、そしてからみ合うと、彼女は小さくつぶやき声を漏らした。ワインとウイスキーと、そしてなにかわからないが、彼女自身のいい味がする。ランスは痛いほど硬くなったものを彼女に押しつけた。それに対して彼女がどうするか知りたかったからだ。

彼女の反応はうめき声と、両腕で彼をぎゅっと抱き締めることだった。彼女の肌と髪が醸すバラの香りは媚薬そのものだ。ふたりはキスをした。さらに口づけながら、どちらも互いの体に当てた両手を上下に走らせる。ランスは嬉しさに死んでしまいそう気持ちになった。

頭は欲望でぼんやり霧がかかっている。これまでたくさんの女性と関係を持ってきた。士官候補生だった時でさえ、どの港でも女性たちによくもてた。海軍士官となって以降、どんな酒場に入っても、好みの女性を選ぶことができた。選んだ女性――あるいは女性たち――は幸せそうに彼を自宅に招くか、進んで彼について船に乗りこみ、熱い一夜を過ごした。そして翌朝には同じように幸せに立ち去った。

だが、いまはなぜか、そうした女性たちとの経験とは違うなにかを感じている。

ついさっき出会ったばかりだ。それなのに、会って以来ずっと、この女性に調子を狂わされ続けている。彼女のなにかが彼の魂の奥底に訴える。これまで出会った女性たちとは全然違う。

しかも、これまで会った女性のだれひとり示さなかったような情熱をこめて彼にキスをしている。彼女の舌の動きと両手の感触のすべてに彼は息を呑んだ。

キスを止めて大きくあえぐ。彼女の耳たぶが探ってくれと誘っている。唇で片方を軽く挟み、舌の先で舐めて、優しくかじった。それから首筋に唇を這わせて伝いおりたが、すぐにブラウスの襟に阻まれた。くそっ。

晩餐のために服を着替えてくれていたらと願わずにはいられない。夜にふさわしい低い襟ぐりのドレスを着ていれば、多少の谷間はのぞめただろう。だが、彼女が着替えた服は、到着時に着ていたものよりさらに保守的な仕事用にもなる高い襟のスーツで、しかも一番上までボタンを留めていた。

上着とブラウスに消えてもらいたかった。そしてスカートも。彼女を見たかった。彼女のすべてを。

両手を彼女の上着の一番上のボタンまで移動させる。ランスは動きを止め、彼女と目を合わせて、反応を待った。反論する時間を与える。ほんのわずかでもためらう様子だったら、やめるべきだ。

しかし、反論はなかった。息遣いはさらに荒く速くなったが、そのまなざしは、心からの誘いに満ちている。彼に必要なのはその誘いだけだった。ランスは上着のボタンを一瞬ではずして開いた。その動きを手伝い、彼女もあわただしく袖から腕を抜く。上着が床に落ちた。

ブラウスは白、おそらくシルクで、高価な品に見える。いくら気持ちがはやっていても、それを台なしにはしたくない。彼は器用な手先で真珠のボタンの列をはずした。幸い全部のボタンがブラウスの前側についていた。カフスもはずす。数秒でブラウスもなくなった。

彼は動きを止めて、首筋から肩、そしてコルセットの上側にかけたクリーム色の広がりをじっと眺めた。

なんてことだ、この女性は本当に美しい。

駆りたてられるようにもう一度キスをする。そしてそのまま胸の上部までキスを這わせた。唇の下の彼女の肌は熱く湿っていた。頭をのけぞらせ、背中もそらしているせいで、乳房の上側が押しあげられてよく見えた。コルセットの上端にピンク色の乳輪がのぞいている。閉じこめられた両方の乳房がいまにも飛びだしてきそうだ。

彼の股間は岩のように硬くなり、そちらも閉じこめた状態からいまにも飛びだしそうだった。あらわになった乳房の上部の隅々までキスを降らせ、ふたつが出会う谷間にも口づけ、ピンクの乳輪の縁を舐める。それからコルセットとシュミーズの内側に舌を差し入れて、隠れた宝物の先端を弄んだ。彼女がうめき、つぶやくような声を漏らす。

ランスはもっと欲しかった。

なめらかな動きで彼女を抱きあげ、ビリヤード台に仰向けに横たわらせる。そして自分もすばやくのぼり、散らばった球をどかして脇に横になり、両腕で抱き寄せた。彼女の目は閉じられ、速かった息遣いもほぼ収まって落ち着いている。彼はキスを再開しながら、コルセット越しに乳房を揉んだ。

時は本来の意味を失ったようだった。心の奥の遠いどこかでかぼそい声がやめるべきだと警告している。しかし、やめることはできなかった。やめたくなかった。考えられるのは、彼を焼き尽くしそうなほど激しい欲求と、腕のなかの驚くべき女性のことだけだ。

キスを止め、唇でコルセットの上端を引きおろすと、乳首の片方全体が飛びだした。乳房はふくよかでとても白く、非の打ち所がないほど丸い。その真ん中でサンゴ色の乳首が吸ってほしいと懇願していた。

その懇願に従い、乳輪と硬いつぼみに舌を走らせる。彼女は動かない。ため息ともつぶやきともつかない小さな柔らかい声を発しただけだが、それがいっそう彼を興奮させた。

この女性のなかに入りたかった。ふたりの服を一糸残らず取り去りたかった。

彼女が処女ではないことはなんとなく伝わってきた。処女とも関係を持ったことはある。一様に確信なさげでおずおずしていた。この女性は確信なさげと言うにはほど遠い。ここに至るまでもあらゆる段階で彼の動きに応じている。それでもなお、いくつかの動きに対する反応が、それほど経験があるわけではないと告げていた。あるいは、どんな経験をしたにしろ、あまりよくなかったのか。

自分ならこの女性にいい思いをさせるだろう。それもすごくいい思いを。

避妊具《コンドーム》は持っていない。だが、彼女を守る方法はほかにもある。

ランスは彼女のスカートを少し持ちあげ、その下に片手を滑りこませると、ゆっくりと撫でながら下着をたどり、脚のつけ根に向けてあげていった。通常そこの布に切れ目が入っている。いったんその場所に触れれば、そして指で魔法をかければ、彼女は自分のものになると経験上わかっている。

だが、その方向に片手を少しずつ動かし始めた時、ふいに彼女がとても静かになったことに気づいた。目をあげて顔を見やる。両目を閉じている。筋ひとつ動かしていない。顔は和らぎ、呼吸もゆったりと深い。

ランスは動きを止めた。ふいに罪悪感に襲われる。この女性は……寝ているのか？

彼女はかすかにいびきを掻いていた。

つまり寝ている。ランスは残念な思いでため息をついたが、それからくすくす笑いだした。以前にこんな状況を経験した記憶はない。たしかに多くの女性が行為のあと、彼のベッドに眠りについた。しかし、行為が完了する前に意識をなくした女性はひとりもいなかった。

個人的なことと思わないほうがいいと自分に言い聞かせる。彼の性的な能力に対する評価ではない――単に飲み過ぎていただけだ。実際、これ以上先に進まなくてむしろよかった。この女性は当分、彼のために仕事をすることになっている。ふたりの関係は仕事だけに徹するべきだろう。くそっ。

寝返って身を離すと、ランスは彼女のコルセットの位置を直し、スカートを撫でつけて元に戻した。ビリヤード台から滑り、そこに立ったまま、下半身が落ち着くまで待った。

さて、どうする？　深く規則正しい寝息のあいだにかすかないびきまで掻いていても、彼女はとても美しかった。すっかり力が抜けた寝姿を見ると、とても起こす気になれない――むしろ、起こせるかどうかも疑わしい。

彼女の部屋に連れて戻り、ベッドに寝かせる必要がある。使用人を呼ぶことも考えたが、そうはしないと決断した。この状態で目覚めれば、ミス・アサートンは恥ずかしい思いをするだろう。だから自分で対処しよう。そしてだれにも気づかれないことを願うしかない。

5

カーテンを開けるさーっという音に目覚めてキャサリンはぎょっとした。目を開ける前に、口がからからに乾き、こめかみがずきずき痛むことに気づいた。

「おはようございます、お嬢さま」コーンウォールなまりの明るい女性の声が聞こえてきた。かなり苦労して目を開け、部屋に差しこむ陽光のまぶしさにすぐ細めた。数メートル離れたところに立っている女中の輪郭がかろうじてわかる。

「お部屋で朝食を召しあがりたいですか?」女中が訊ねる。「それとも、朝食室におりていかれますか?」

キャサリンは必死に考えようとした。ここはどこ? ああ、そうだ。セント・ガブリエルズ・マウントだ。胃がひどくむかむかするし、これまで経験したこともないほどひどく頭が痛い。

毛布は顎まで掛かっている。キャサリンは目をこすってはっきりさせると、女中を見やった。やっとだれかわかった。前日の晩餐の時にキャサリンを階下に案内してくれた赤毛の娘だ。なんという名前だったかしら? 花か植物の名前だった。アイヴィ、そうだ。

「お茶とバター無しのトーストをお願い、アイヴィ。ほかにはいらないわ。ありがとう。運んでくれたら、とても感謝するわ」キャサリンはあくびをした。「もう少しだけ寝たいの」

「かしこまりました、お嬢さま」娘はお辞儀をすると、部屋を出て扉をそっと閉めた。

キャサリンはもう一度目を閉じて、枕に沈みながら、なぜこんなにひどい状態なのだろうといぶかった。なにか食べたもののせい？　公爵と公爵未亡人と一緒に食べた晩餐の美味しい料理を思いだした。そのあと……。

そのあとが、ゆっくりとよみがえってきた。喫煙室で公爵と話をしたのは覚えている。美味しいアイリッシュウイスキーを一杯飲んだ。夜会服を着た彼はとてもハンサムだった。壁を破ることについて議論した。ビリヤード室を含めてひと部屋に広げる話だった。

ビリヤード室。

キャサリンの心臓がひとつ飛ばしに打った。あの部屋でなにか起こった……なんだった？　ビリヤードの試合を始めた。公爵がキャサリンの狙う位置を直した。それから……。彼の両腕が背中からまわされたのを思いだした。うなじに彼の温かい息を感じたことも。気がついたら彼に抱かれていて、そして……キスをしていた。熱い情熱的なキスを。

その記憶にキャサリンはぎょっとして、思わずベッドの上に起きあがった。その動きのせいでさらに吐き気がこみあげ、頭もがんがん痛んだ。毛布が肩から落ちて膝にたまる。ああ、大変、どうしよう。自分から彼にキスをしたんじゃないの。そのあとどうなったの？

ふいに自分が寝間着でなくコルセットのまま寝ていたことに気づき、キャサリンは恐怖に襲われた。毛布を振り払い、スカートと、その下にあるべきものは全部着ていることを確認する。そばの椅子の背にブラウスと上着が掛けられ、ブーツが床に置かれている。

なぜわたしは、寝るための着替えを途中でやめたのかしら？　どうやって部屋に戻ってきたのだろう？　思いだせない。

パニックに陥り、キャサリンは額に両手を当てた。考えなさい。考えて。なぜ考えるのがこんなに難しいの？　なぜ頭がふたつに割れそうな気がするの？

徐々に、だがはっきりと、前夜の情景が頭のなかに浮かびだした。あの最初のキスは嵐の前触れだったと遅ればせながら気づいたとたん、恥ずかしさが倍増した。

唇に公爵の熱い唇が執拗に押し当てられたことがふいに思い浮かび、思わず赤面する。彼の両手に体をまさぐられたことも。彼が体をキャサリンの体に押しつけた様子も、彼の欲望の証拠を感じたことも。

さらなる記憶がいっきに形となった。彼がブラウスのボタンをはずしたこと。胸をなぞる彼の唇。彼の舌がコルセットの内側まで入ってきたこと。すでに顔が紅潮していたとすれば、いまは爆発して燃えあがっているかのようだった。

彼がキャサリンをビリヤード台の上に横たえた鮮明な記憶がよみがえってきた。そのあと、隣りに横たわってキャサリンを両腕で抱き締めた。

でも、そのあとのことは、いくら考えてもなにも思いだせなかった。

わたしはなにをしてしまったの？

セックスをしたのだろうか？　キャサリンはまったくわからなかった。ああ、どうしよう。そうなっていないことを願いたい。

自分のドレスの状態、というかドレスを着ていない状態を見おろし、実際に……その行為は……なかったと自分を納得させようとした。まだほとんどの衣服は着たままだ。もしも完全に裸になったのなら、もう一度着せるような面倒なことを公爵がしたとは思えない。

ベッドから飛びだすと、キャサリンは水差しと洗面器を使って急いで顔を洗い、ブラウスと上着に手を通した。これでいつアイヴィがお茶を持って戻ってきても、キャサリンが服を着たまま寝てしまったことを知られずに済む。

自分がどうやって部屋に戻ってきたかをもう一度考えてみる。とにかく、公爵が使用人の手を借りなかったことを祈るしかない。彼女がしたことをだれかに知られたら、もっと恥ずかしいことになるだろう。

椅子に坐り、キャサリンは靴を履いた。昨夜起こったことは、あらゆる点で間違いだ。パリでピエールと関係を持ったのは別問題。あれは意図してやったこと。自分が一生結婚しないとわかっていたから、みんながいつも話している謎を理解するためにも、一度は性体験をしたいと思った。その後、彼とは別々な道を歩み、二度と会うことはないとわかっていた。

でも、昨晩のはまったく違うことだ。

昨夜、自分はダーシー公爵と信じられないほどみだらなことをした。仕事で雇ってくれたばかりの男性と。

仕事と楽しみを混同してはならない。

公爵のせいにすることができればと願った。彼が下劣だったと。彼が彼女の立場につけこみ、意思に反したことをさせたと。でも、それは真実ではない。

もちろん、彼の振る舞いも同じく間違っていた。ビリヤードをしていた時、彼はわざと近寄った。そのあとの不適切なことすべては、そのせいで起きたと言える。

でも、キャサリンはみずから進んでそのすべてに加担した。ふいに自分がつま先立ちをして彼にキスをしている姿が脳裏に浮かんだ。それに、みずから進んで上着を脱ぎ去り、彼がブラウスを脱がせるのを手助けしている姿も。なんてこと！

明らかに、自分は正気でなかった。明らかに、喫煙室に入る前に彼が言ったことは正しかった。キャサリンがすでに飲み過ぎているのではないかと指摘してくれたのに。事態が手に負えなくなるずっと前から自分は酔っていたに違いない。それなのに、ウイスキーを所望した。

これまでの人生で酔ったという記憶はない。男の子たちと一杯か二杯飲むくらいなんの問題もなかった。とはいえ、それは三杯（四杯？　それとも五杯？）のワインを先に飲んでいない時のことだ。

どちらにしろ、なにを言っても、自分がやったことの言い訳にはならない。いくら酔っていても、分別を失っていいはずがない。

けさはキャリアに劇的な変化をもたらす可能性のある仕事を得たことで、自分を褒めるはずだった。それなのに、まさにその仕事をする家で過ごす最初の晩に、恥知らずにも公爵と性的な関わりを持ち、計画全体を危うくした。ばかさ加減にあきれる。

キャサリンは両手で顔を覆い、手のひらに向かってうめいた。どう考えてもすべてが屈辱でしかない。それなのに、思いだすたびにいまだどきどきすることも否定できなかった。ビリヤード室で起こったことは、ピエールとの一夜で経験したこととは桁違いだった。ピエールを選んだのは、ただ彼がそばにいたからだ。ふたりのあいだに起こったことは学びにはなったが、なんのときめきもなかった。

それに対し、ダーシー公爵は初めて見た瞬間からときめきを感じた。そのときめきが、手と唇でまさぐり合ったとたんに燃えだした。あのまま進んでいれば、お決まりの結末は避けられず……そうならなかったことを祈ってはいるけれど……、きっとその経験は……信じられないほどすばらしかったに違いない。

扉を控えめに叩く音が聞こえた。アイヴィが盆を持って入ってきて、また急いで出ていった。

小さなポットからカップにお茶を注ぎ、香り高い熱いお茶をひと口すすった。喉をおりていく感覚が心地よい。数口飲んでから、キャサリンはため息をつき、次にどうすべきかを見極めようとした。

明らかなのは、もうここにはいられないこと。あんな反道徳的なことをしてしまったあとで、公爵と一緒に仕事をするなど論外だ。この仕事を得るためどれほど努力しただろう、とキャサリンは暗い気持ちで考えた。それでも、辞表を手渡して、できるだけ早くロンドンに戻る以外に選択肢はない。

ミスター・パターソンに説明するのは難しいだろう。依頼人の第九代ダーシー公爵が亡くなられていたと伝えるしかない。あとは、昨夜起こったことがミスター・パターソンの耳に入らず、今後も入らないことを祈るだけ。

もしもミスター・パターソンに知られたら、建築の仕事をすること自体が危うくなるかもしれない。

それよりなにより、階下でキャサリンを待っているであろう第十代ダーシー公爵に、自分はいったいどんな顔をして会えばいいのだろう。


「きわめて悲惨な状態だ、ダーシー」

「ぼくがまだ知らないことをなにか言ってくれないか」ランスは机の上の融資書類を凝視した。借金の総額は男の魂を打ち砕くに充分な額だ。「ヘイワードはいったいどうやって、こんな手がつけられない状態にしてしまったんだ？」

「ぼくが忠告しなかったわけでないことはわかってほしい」向かいの椅子に坐ったこの地所の事務弁護士ヘンリー・メゴワンがため息をついた。

メゴワン――金髪で礼儀正しく思慮深い――は、ヘイワードのイートン校とオクスフォード大学時代からの親友で、休暇を過ごしによくセント・ガブリエルズ・マウントを訪れていた。七歳も年下のランスに対して、メゴワンはいつも親切だった。年月が経つにつれ、年の違いは徐々に消えて意味を持たなくなった。メゴワンは結局ペンザンスで開業し、五年ほど前にこの地所を受け持っていた事務弁護士が引退した時にあとを引き継いだ。

「もう何年も、あるゆることが悪化の一途をたどっていた」メゴワンは続けた。「兄上は心の優しい善人だった――優しすぎたんだ。投資や財産管理のやり方をわかっていなかったうえ、教区民の頼みを決して断らなかった。借金がかさむとまた借りた。自ら深い穴を掘っているようなもので、出てこられなくなると警告したが、彼は耳を貸さなかった」メゴワンは首を振った。「村には行ったか？」

「三年前に帰った時以来、行っていない」

「かなり変わっていることがわかるだろう」

「どんなふうに？」

「資金がなくて、もう何年も修復が進んでいない。むしろ、そのことをアヴェリーがまだきみに伝えていなかったのが驚きだ」

アヴェリーはセント・ガブリエルズ・マウントの地所管理人だ。「アヴェリーには先週会った。ぼくのほうが葬儀の手配に気を取られて、彼の話にあまり注意を払わなかったかもしれない。覚えているのは……学校の屋根について？」

メゴワンがうなずいた。「かなりひどいぞ、ランス。もう何年も漏っている。雨水を受けるバケツを置いている。村の建物はどれも、なんらかの修復が必要だ。それに、船着き場の昇降段もなんとかしなければならない」

「フェリーボートで来た時に使ったが、なんの問題もなかった」

「フェリーボートの埠頭ではない。漁師たちが使う波止場だ」

「やれやれ。住人たちはみんなで包丁と熊手を持って城を襲撃する準備をしているに違いない」

「まあ、そんなことにはならないだろう。だが、なんらかの懐柔策は打ったほうがいいと思う。それもすぐに。財政的な出費をする必要はない」

「なにをすればいいかな。きみの提案は？」

「ヘイワードは定期的に人々と関わりを持つようにしていた。言い換えれば、村まで歩いておりていって、挨拶していたってことだ。何軒か立ち寄り、人々の抱える問題を聞き、問題解決を約束する」

「どうすれば問題を解決できるんだ？　このばかげた借金がのしかかっているのに？」

「おそらくきみにはできないだろう。しかし、新しい所有者はできるかもしれない。つまり、間に合うように売ればいい」

　あと三カ月でこの場所を失うかもしれないことを思いださせられても、苛立ちは募るばかりだった。「セント・ガブリエルズ・マウントの購入者が村民の問題に関心を示す保証はない。学校の生徒たちに凍死してほしくないし、漁師たちが漁獲を陸揚げするのに四苦八苦するのも困る。自分の金でどうにかするよ。大した額ではないが、多少はある……。こういう、どうしても必要な点に関しては喜んで使わせてもらう。足りればだが。だれかに頼んで、学校の屋根工事の見積もりを出してくれないか？　それから、波止場の昇降段にいくらかかるかも調べてくれ」

「わかった」メゴワンはうなずいた。「非常に寛大な処置だと思う、ダーシー。ただし、ひとつ言わせてもらえば、この村の問題すべてを解決するつもりなら、焼け石に水だろう」

「なにもしないよりはましと思うしかないな」

「たしかにそうだ。それに、とても感謝されるだろう」メゴワンは身を乗りだし、少しためらってから、ランスを直視した。「率直な話をしても……いいだろうか？」

「そのためにきみを雇っているのだと思うが？」

「批判をするつもりはない。しかし、きみが言っていた建築家を雇えば、ますます事態を複雑にしないだろうか？　よりにもよって、なぜいまそんな出費をする選択をしたのか――」

「ばかげて聞こえることはわかっている」ランスはメゴワンの言葉をさえぎった。「本当だ。ぼくも最初は断固反対だったからね。しかし、きみはきのう、ここにいなかった、メゴワン。この女性の勢いはどうやっても止められない。ノーと返事してもさらりと流される。そして、彼女がどんな仕事ができるか見た時に……」ランスは机の引き出しからミス・アサートンの描いたスケッチを取りだし、机越しに滑らせた。「この部屋を改装する提案だ」

メゴワンはそれを眺め、砂色の眉毛を持ちあげた。「海の雰囲気の隠れ家か？」

「しかも、彼女はその場で瞬時にこの構想を考えだした。新しくも珍しくもないし、最高とは言えないかもしれないが、ぼくは魂をのぞきこまれたような気がした」気づくと、意図しているよりも熱意のこもった言い方になっていた。

メゴワンが彼を見つめた。「たしかに才能はあるようだ」うなずく。「しかし、この城全体の改修に雇うというのはどうなんだ？」

「城全体ではない。いくつかの部屋の内装だけだ。しかも、図面を描いてもらうだけだから、それについては自分で払う」

「なんのために？　おそらくは、今年の暮れまでに売り払うことになり、改修も実施できないとわかっている時に？」

「結局は、ぼくが彼女に興味を引かれたということだ。彼女がほかになにを思い描いているのか知りたいと思った」

メゴワンが目を細めて彼を眺めた。「その女性が好きなんだな。つまりそういうことか？」

「なんだって？　違う！　いや、まあそうかな。彼女のことは……好きだ」前の日にミス・アサートンと出会った時の記憶が脳裏をよぎる。到着した時は顎までボタンを留め、慎み深さを絵に描いたような姿だった。だが、そのあとにとんでもない驚きが待っていた。彼の腕のなかで、彼女はふいに生き生きして、まったく異なる女性になったのだ。

視線が交わるたびに彼女の目の奥で燃えた炎が忘れられない。彼のキスに応えた様子も、自分からキスした時のことも。ビリヤード台の上で愛を交わしたも同然だ。しかも、その後は夜の大半を費やして、彼女が彼の腕のなかで眠ってしまわなければ、あの出来事がどんな結末になっていたかを夢想した。

「ランス？」

ランスは目をしばたたいた。メゴワンが質問の答えを待っているかのように、彼をじっと眺めている。「すまない。なんと言った？」

「きみがその女性を雇った本当の理由はそれか？　と聞いたんだ。きみが彼女に惹かれているから？」

「もちろん違う」ランスはむきになって言い返した。「見たとおり、才能がある」

メゴワンは疑わしげに唇をぐっと結んだ。「きみのことが心配になりだしたよ、ランス。きみは兄上と同じように振る舞っている。すでにだめなものに、さらに金を注ぎこむという意味だ」

「ぼくはへイワードとは違う」ランスは言い張った。「これはある意味、投資だ。もしも城を売却せざるを得なくなっても、購入希望者に対して図面は価値を持つはずだ。それに、幸運に恵まれれば――このとんでもない借金を完済できる金を持つ花嫁を見つけて――売らなくて済むかもしれない。そうなればいつの日か、実際にこの場所を改築できるかもしれない」

メゴワンはしばらく考え、それからうなずいた。「そちらのほうはどんな計画を立てているんだ？　妻を見つけるほうという意味だが」

「来週、ロンドンに行くことを考えていた。新しいダーシー公爵が街に来て、結婚したいと思っていることが周知されれば、レディたちは群がってくるだろう。うまくいけば、ぼくが必要としている金を持って、だれか現れるかもしれない」

名もなく顔もわからない女性が心の縁をすっと通り過ぎ、その姿にまったく魅力を感じないことに気づいて、ランスはたじろいだ。金のためにだれかと結婚するという考えには、いまだ嫌悪感しか覚えない。とはいえ、こういう状況に陥る貴族は、自分が最初でも最後でもない。

「しかしながら」ランスは続けた。ミス・アサートンに出会ったいまは、しばらくここにとどまりたい。「兄の招待に応じて、ミス・アサートンがはるばるここまで来たからには、いまセント・ガブリエルズ・マウントを離れるのは失礼だろう」いちおう理屈づける。「彼女の滞在は三週間ほどだ。それまで待ってからロンドンに行っても遅くはない」その時は、ミス・アサートンもそちらに戻るだろう。あるいは、同じ車両を使えるかもしれない。

「わかった。きみは公爵だ」メゴワンは肩をすくめた。「払うも払わないもきみの金だ――無い金というべきかもしれないが。ぼくはなにも言わない」

「きみも彼女に会うべきだ」

「だれに？」

「ミス・アサートンだ。彼女と十分も話せば、きみもぼくがどうかしてしまったとは思わなくなるだろう」

「そんな必要はない」メゴワンが言い張る。

「たしかに必要はないかもしれない。だが、会ってくれればぼくは嬉しい」ランスはカレンダーを確認した。「月曜日の夜は空いているか？」

「大丈夫だと思う」

「一緒に夕食を食べよう」

「お望みならば」メゴワンは笑みを浮かべて立ちあがった。「言われたとおり、職人には連絡をしておく。時間がある時に、村人たちの訪問についてぼくが言ったことをよろしく頼む」

「わかった。では月曜日に」

ふたりは握手を交わし、メゴワンは部屋を出ていった。融資書類を重ねて机の引き出しにしまうと、懐中時計に目をやった。もう十一時十五分過ぎだ。ミス・アサートンがやってこないのはなぜだ？

朝食には現れなかった。昨夜起こったことを恥ずかしく思って、部屋に閉じこもっているのでなければいいがとランスは思った。彼女が昨夜のことを覚えていればの話だが。それとも、気分が悪くておりてこないのか？　そうだとしても驚きはしない。

彼女が許容量以上に飲んでいることは、早いうちから感じていた。その事実だけでも、彼女と距離を置くべきだった。仕事の関係者であることは言うまでもない。しかし、あの瞬間、ランスは我を忘れた。どちらも夢中になった。

自分のほうが彼女に謝罪すべきなのはわかっているし、実際、そうするつもりだった。だが、真実を言えば、ふたりのあいだに起こったことをランスは後悔していなかった。心のなかでは、恥じることはひとつもしていないと感じている。あれはまさに純粋な喜びだった。もしもあのまま始めたことを終わらせていたなら、それは燃えるような体験になっただろう。一糸まとわぬ姿にして、彼の下で身もだえさせたかった。あるいは、上にまたがせて、あの美しい乳房で彼の……。

くそっ、いい加減にしろ。想像しただけでおかしくなりそうだ。

書斎の扉を軽く叩く音が聞こえた。「入ってくれ！」ランスの拍動がかすかに飛びあがる。願わくは、いま考えていた対象人物がついに階下におりてきたのであってほしい。

彼女ではなかった。脚を痛そうにかばいながら、よたよたと入ってきたのはミセス・モーガンだった。「旦那さま」申しわけなさそうに話し始める。「ミスター・ハメットが出かけているせいで、わたしが執事の仕事もしなければなりません。やりたくないんですが」

「きみはぼくを不安にさせる天才だな、マダム。なにがあったんだ？」

「あなたにお客さまです」それだけか？　ランスはまっすぐ坐り直した。「だれだ？　ミス・アサートン？」

「いいえ、あの方は、けさはまだお部屋から出てきていません」

「具合が悪いのだろうか？」

「どうですかね。朝食はお茶とトーストを部屋に届けましたよ。それしかいらないとおっしゃったそうです」

「なるほど」あのレディが質素な朝食を選択した理由はよく理解できる。「自分から出てくるまでは邪魔しないようによろしく頼む。きのうは……長旅だったからね」

「かしこまりました、旦那さま」

「それで、だれが訪ねてきたんだ？」

「ミス・ケレンザ・チェノウェス、村の学校の先生です」

「ああ！　そうだった」ランスは教師との約束を完全に忘れていた。「こちらに案内してくれ」

「そうする前に」ミセス・モーガンが心配そうな声で言い続けた。「申しあげるべきことがあるんです、旦那さま」

「なにかな？」ランスは忍耐心を掻き集めた。

「お戻りになってすぐは、お兄さまがお亡くなりになり、ご葬儀の手配でお忙しかったから、申しあげたくなかったんです。でも、ミス・チェノウェスが話す前に、真実をお知らせしておくべきかと」

「学校の屋根のことだろう？」ランスは訊ねた。「どんな状況かはついさっき聞いたばかりだ。直すつもりでいるのだが」

「そのことではありません、旦那さま」

「ではなんのことだ、ミセス・モーガン？」

「子どもたちのお祭りです」

「子どもたちのお祭り？」ランスはあっけにとられて、ただ繰り返した。

「何年か前までは、ダーシー公爵夫妻がセント・ガブリエルズ・マウントの下の土地で、ロスキーとこちらの村の子どもたちのためにパーティを主催するのが夏の伝統行事でした」

「そうなのか？　まったく知らなかった」だが、そう言いながらも、子どもたち大勢と袋跳び競争に参加している情景が昔の記憶から浮上してきた。

「わたしはすっかり忘れていたんです。でも先代の公爵さまが――魂に安らぎのあらんことを――たまたまことしの夏に、その伝統を復活させると決定されまして」

悪い予感がして、ランスは身をこわばらせた。「その子どもの祭りはいつ開催されることになっているんだ、ミセス・モーガン？」

「きょうから三週間と少し先です。七月の三十一日」

「嘘だろう？」これは、いまのランスがもっとも避けたいことだ。「中止することはできないか？」

ミセス・モーガンが困った顔をした。「それは難しいかと思います、旦那さま。お知らせは、村とロスキーにもう何カ月も前から掲示されています。みんなが知っていて、聞いたところでは、子どもたちがとても楽しみにしているそうです」

「費用はどのくらいかかるんだろう？」

「存じません」

ランスはため息をついた。「そうだろうな。やるとしても、きわめて厳しい予算でやる必要がある」それから気軽な口調に聞こえるように祈りながら、急いでつけ加えた。「きみもわかっていると思うが、いまだけでも、多くの件でかなりの出費を抱えているからね。この祭りに関して、きみが手配を引き受けて、なんとかやってくれることはできるだろうか、ミセス・モーガン？」

「わたし……わたしは……無理だと思います、旦那さま」ミセス・モーガンが口ごもった。「いまの仕事だけでも非常にたくさんの責任を担っていますし、そういうことをやった経験もないので。子どもたちのお祭りが最後に開かれた時、わたしは客室担当の女中でした。どこから始めていいかもわかりません」

「そうだろうな」ランスはうなずいた。「ぼくもまったくわからない」

「公爵夫人はいかがでしょうか？　その当時、あなたのおじいさまとご一緒にパーティを主催されていたはずです。たぶん、引き受けてくださるのでは？」

「それはいい考えだ、ミセス・モーガン、ありがとう。祖母に話してみよう。では、ミス・チェノウェスをこちらにお通ししてくれ」

学校教師との面会は三十分もかからなかった。派手な服を着ているが疲れた様子の女性は五十代くらいで、教科書がどれも古すぎて、悲しいほど時代に即していないと説明し、来年度に手に入れれば大変ありがたいと言って、必要な教科書のリストと教材を手渡した。ランスは希望をかなえると返答した。彼自身の貯えから出費する案件がまたひとつ増えた。そちらの貯えも、気づいたら空っぽになっているだろう。

そのあとに、ミス・チェノウェスは学校の屋根の話を持ちだし、教室の生徒全員の健康が脅かされていると述べた。

「その状況を改善するために、できるかぎりのことをします」ランスは請け合った。

「ありがとうございます、公爵さま」ミス・チェノウェスが安堵を絵で描いたような表情を浮かべた。「ついでながら」立ちあがりながらつけ加える。「生徒たちから、子どもたちの祭りのことを聞かれました。計画通り開催されることを願っておりますが？」

「現時点ではまだ決まっていない、ミス・チェノウェス。運営を引き受けてくれる人を探している。あなたはどうですか？」

ミス・チェノウェスが残念そうに目を見開いた。「それは公爵さまご夫妻が取り仕切っていらしたことです。わたしごときが口出しするつもりはありません」そう言うなり、時間を取ってくれたことに感謝を述べると、ミス・チェノウェスは暇乞《いとまご》いをして、そそくさと部屋を出て言った。


公爵の書斎の前まで来た時、キャサリンの心臓は不安でどきどきと激しく打っていた。ありがたいことに、お茶とトーストが驚くほどよく効き、頭痛と胃痛はどちらもかなりよくなっていた。

扉は少し開いていた。固い決意をもってノックしながら、この会合ができるだけすみやかに終わり、出ていけることを願った。

公爵の入れというぶっきらぼうな声が聞こえたので、キャサリンは部屋に入っていった。

彼は執務机の向こうに坐り、書類に目を通していた。黒いスーツが幅広い肩で引っ張られ、筋肉質の体格を強調している。髪が少し乱れているのにも気をそそられる。無精ひげもまるで触れろと誘っているかのようだ。

いい加減にしなさい、キャサリン。それが原因で、こんな窮地に陥ったんでしょう。

「ミス・アサートン。おはよう」キャサリンを見ると、公爵が目を輝かせて立ちあがった。

「おはようございます、公爵さま」キャサリンは静かに返事をした。「正確に言えば、朝はあと十分しかありませんが」キャサリンは暖炉の上の時計を見やり、つけ加えた。「こんな遅くまでおりてこなくて申しわけありません」

「そんなことは気にしないでくれ。きのうは長い一日だったから」自分の向かいに坐るように身振りで示し、自分もまた腰をおろした。

キャサリンは坐った。「お時間は取らせませんわ。きのう合意した契約について、破棄させてください。次の汽車でロンドンに戻ります」

6

「なんだって？」公爵が眉をひそめた。「なぜだ？」

その理由をキャサリンの口から言えということ？「なぜかご存じのはずです」キャサリンは答えた。「昨夜のあとに、ここに滞在して、あなたのために働くことはできません」

彼がくだらないというように片手を振った。「昨夜のことを気にする必要はない。たまたま多少抑えが効かなかっただけで……」

「多少抑えが効かなかった？」キャサリンはそのまま繰り返した。羞恥心に呑みこまれそうだった。「思い返しただけで恥の念に苛まれずにはいられません……きのう起きたことを」

「昨夜の責任はすべてぼくにある、ミス・アサートン。きみが自分を責めることはない。往々にして起こるものだ」

「わたしにとっては違います。これまでの人生で一度もあんな振る舞いをしたことがないので」

「それこそ、責められるべきはぼくだという証明だな。ふたりともたくさん飲んだが、ぼくは自分がきみより強いと過信していた。もっと早い段階でやめるべきだった。いや違う、そもそもあんなことを始めるべきではなかった。非常に不適切な行動だった。許してほしい」

彼の目に心からの謝罪が見てとれた。彼があの情事について自分に過失があると進んで認めたのはありがたいことだ。だが、だからといって、それで済むわけではない。「謝罪をしてくださってありがたいです。もちろん謝罪は受け入れます。でも、自分のことが許せません。第一に、あんなにたくさん飲んだこと、そして第二にそれに続いて……起こったすべてについて」キャサリンは息を吸いこんだ。彼を見ることができず、ただ言葉を継いだ。「実は、正直に言うと……あまり覚えていないんです。その……あとのことを」

「そうなのか？」

「ええ」頬がかっと熱くなった。「霧がかかったようにすべてがぼんやりしていて……あとのことが……たぶん……ビリヤード台の上に横になりましたか？　もしかして……それというのはつまり……どこまでいったんでしょう？　わたしたち、実際に……？」

「ノー」公爵が言葉を挟んだ。その口調と表情から見て、明らかに安心させようとしている。「そういうことはなかったと断言する」

「ああ、よかった」胸のうちから安堵のため息がこみあげた。「けさ目覚めた時、自分の状態が乱れていることに気づいて、とても心配していたんです」

「きみがさっき述べたことのあとにはほとんどなにも起こらなかった。約束する」

「では、わたしは……意識を失ったんですか？　それとも……？」

「眠りに落ちた」

「まあ」キャサリンの顔がまた熱くなった。「そうですか。それはなんとも……かっこ悪いですね」

「むしろかわいらしいと思ったが」

「かわいい？」キャサリンは深く暗い穴に頭を埋めて、そのまま数週間隠れていたかった。「ぐっすり眠っている様子はまさに天使のようだった」彼はぴくりと唇を引きつらせたが、そのまなざしは優しかった。

「わたしはどうやって……部屋に戻ったのでしょう？」

「ぼくが運んだ。そして寝かせた」

「まあ」キャサリンはまた言った。酔いつぶれている自分を、彼が二階に運んでベッドに寝かせたと思っただけで、ぞくぞくした震えが背筋を伝いおりた。とても親密な行為であり、むしろ意識がなかったのを残念に思ってしまいそうになる。

また。やめなさい。キャサリンはすぐそういうことを考える自分を叱りつけた。いったいどうしてしまったの？　自分自身がよくわからない。

「慎重にやった」公爵が言う。「だれにも見られていないはずだ。それについても心配しなくていい」

「もう一度、お礼申しあげます。率直に説明してくださったことも、ほかに知られないよう配慮してくださったことも心から感謝していますが、やはりお暇すべきだと思います」

彼は少し思案し、それから不満げな表情でふーっと息を吐いた。「きみがあれだけがんばってセント・ガブリエルズ・マウントの改装に着手する必要性をぼくに納得させたのは、ついきのうのことだ。ぼくがさまざまな障害を並べたにもかかわらず、きみは引きさがることを拒否した。この計画がきみに、そしておそらくはきみの職歴にとって、それほど重要なのだとぼくは推測した、ミス・アサートン。間違っているかな?」

「ええ、その通りです、でも――」

「それなのに、本当に始める前に諦めたいのか?」

「いいえ」キャサリンは思わず言った。「でも、あんなことがあったのに――」

「繰り返すが、責任はすべてぼくにある。自分にも過失があるように感じると言い張るならば、それはたまたまちょっと判断を誤ったと考えればいい。なんの問題も起きていない。だれにも知らせる必要もない。もう忘れて、先に進むべきだ」

キャサリンはためらった。昨夜のあとでも、公爵がキャサリンに対して否定的な見方をしていないと知って心底ほっとした。自分の弁解しようのない愚かしい振る舞いをだれも知らず、今後も知られることはないと言われた時の安堵感はさらに大きかった。

その一方で、ふたりのあいだの……出来事……に対する彼の態度にはやや違和感を覚えた。冷静すぎて、まるで彼にとって日常茶飯事であるかのようだ。

たぶんそうなのだろう。なんといっても、海軍で十九年過ごしてきたのだから。寄航港でどれほど多くの女性と関係を持ったかだれにもわからない。地中海沿岸のさまざまな女性たちと公爵が愛し合ったと考えた時にもまた、背筋に予期せぬ嫉妬のうずきが伝い、キャサリンはその感覚が嫌だった。彼が一緒に寝た女性が何人いるかなんて、どうでもいいことでしょう? 彼女自身は彼とそういうことになるつもりは絶対にない。

目の前の決断に集中する。〝忘れるべき〟ささいなことだと公爵は考えているかもしれない。でも、自分にとって、それほど簡単なことだろうか？　机の向こうに坐る彼を眺めただけで、炎に群がる蛾のように引き寄せられ、昨夜と同じ強い魅力を感じてしまう。

もしもこの仕事がほしいなら――実際にほしいのだが――ただひたすらがんばって、この炎を無視すればいい。

「残ることもできます」キャサリンは答えた。「ふたりの関係をただ仕事だけに徹すると、どちらも同意するならば」

「それは言うまでもない」彼が答えた。

「では……わかりました。先に進みましょう」

「すばらしい。どこから始めるかな？」

キャサリンはまず公爵が施設全体を案内してくれて、それから、城のどの部分に改装や模様替えを施したら一番効果的かについて議論することを提案した。そのあと、キャサリンが叩き台になる図面を作成し、それを見て公爵が続行を望めば、もっと大きな図面をペンで描くことになる。

地階の見学から始めて、少しずつのぼりながら胸壁までやってきた。

「使用人の部屋と調理場を除けば」階下の居住室から上階にあがる階段をのぼりながら、公爵が説明した。「セント・ガブリエルズ・マウントで現在使われているのは、四階の主要な部屋いくつかと、五階と六階の寝室が数室と、そしてテラスと同じ階にある礼拝堂だけだ。かなりあるが、それでも城全体から見ればごくわずかだよ」

調理場は新しい設備を入れる必要があるとキャサリンがすでに指摘し、公爵も同意していた。ただし、あまり気乗りがしない様子だとキャサリンは思った。四階まで来ると、古ぼけた玄関広間を通り抜けながら、キャサリンは静かな口調で問いかけた。「費用は問題でないとおっしゃったことはわかっていますが……」

「それは大丈夫だ」彼がさらりと言う。「財源が問題ならば、ヘイワードはきみの会社に依頼しなかっただろう」

その点がもう一度確認できてキャサリンはほっとした。「お兄さまはなぜ、セント・ガブリエルズ・マウントの改装をこんなに長いあいだ始めなかったのでしょう？」

公爵は少しためらった。言葉を注意深く選んでいるかのように見えた。「ヘイワードは典型的な独身男性だったからね。自分の関心事だけで忙しかったと思う。装飾や改装には興味が湧かなかったんだろう」

「絨毯を新調してほしいとたびたびおばあさまがおっしゃったので、ようやく重い腰をあげたということですか？」

「そんなようなものだろう」

キャサリンは笑った。「どんな理由にしろ、パターソン設計事務所に依頼してくださって嬉しいですわ」

公爵はそのあとの一時間半を四階の主要な部屋いくつかの案内に費やした。図書室はよい状態だったが、食堂と客間は新しい壁紙にして、照明や家具を変えれば、見違えるようによくなるはずだ。

「それもリストにつけ加えてくれ」公爵が指示をした。

ランやそのほかの南洋植物でいっぱいの快適なサンルームをちらりとのぞくと、背もたれのついた長椅子で公爵未亡人がうたたねをしていた。

「温室だ」公爵がささやく。「祖母のお気に入りの部屋だ」

「ここは申し分ない状態に見えます」キャサリンが所見を述べ、彼も同意した。

さらに廊下を進み、公爵はキャサリンを女性的な感性で装飾された部屋に案内した。壁は薄い桃色のシルクで覆われ、木の床には花模様の絨毯が敷いてある。寝椅子が一脚、安楽椅子が二脚、そしてかなり大きい執務机のほか、丸い食卓とそのまわりに椅子が六脚。

「ぼくの母はここをレディの間と呼んでいた。母はここで友人たちをもてなし、カードゲームをした。手紙を書いたり、そのほかすべてここでやっていた。母が亡くなってからは、ほぼ使われていないと思う。祖母の友人たちもほとんど亡くなっているし、祖母は温室のほうが好きだから」

「美しい部屋ですね。状態もいいようです」

「使用人たちが、おそらくは母に敬意を表して、ここをきれいに保つように努力してくれているようだ」

「なにひとつ触るつもりはありません」

ふたりで移動しながら、キャサリンはそのつどメモを取り、提案をし続けた。どの部屋も魅力満載だったが、それでも時々、目の前の仕事に集中するのが難しい時があった。目がひとりでに、案内してくれている男性のほうを向いてしまうからだ。

彼をちらりと見るたびに、心臓が跳びはね、体のなかに奇妙な感覚が湧きおこる。彼の一挙一動に魅了されていた。大股の歩みは自信に満ちて、つねに目的を持っている。戦艦の上で部下に指示を出している軍服の彼を心のなかで思い描いた。ハンサムさが増して、どきどきする姿。

「この壁を取り払い、二部屋をひとつにする考えはとてもいいと思う」

公爵の声にキャサリンははっと注意を戻した。彼がさりげなくビリヤード室を回避し、その代わり、キャサリンをまた喫煙室に連れていったことに遅ればせながら気づいた。

前夜に隣の部屋で起こったすべての記憶が浮上してきて、キャサリンの頬がまたかっと熱くなった。仕事に集中しなさい、キャサリン。どんどん増えていく「やることリスト」に急いで追加する。〝喫煙室／ビリヤード室：あいだの壁を取り除く〟

五階にあがると、キャサリンの決意はさらに試されることになった。主寝室――キャサリンが滞在している客用寝室と同じ階だが、反対側に位置している――は主人と夫人のふたりで使うように作られており、そこにそれぞれの着替え室と居間がついている。

「ここはぼくの部屋だ」広々とした美しい部屋に入ると、公爵がそう説明した。「正直に言うと、ここで眠るのはいまだ奇妙な感じがする」

キャサリンの視線が巨大な四柱式ベッドに引き寄せられた。彼がそこに横たわって寝ている姿がふいに脳裏に浮かび、キャサリンの鼓動がまたひとつ飛んだ。寝間着を着て寝るのだろうか？　それとも裸で？　キャサリンは急いで心のカーテンを引き、その映像を見えなくした。


あなたは寝室を何十と設計しているじゃないの。これも単にもうひとつの寝室というだけ。

キャサリンは咳払いをして、それから言った。「なぜ奇妙に感じるのですか？　小さな船室に慣れているから？」

公爵が首を横に振った。「いや、違う。ここは兄の部屋だ。その前はぼくの父、その前は祖父の部屋だった」彼は部屋をさっと見まわした。見るからに困惑している。「ぼくの兄は、なぜかわからないが、一度も結婚をしなかった。ひいき目でもなんでもなく、とてもハンサムでいい男だったから、女性たちはみんな兄に憧れていた。兄はただ花嫁を選べばよかったのに、それをしなかった。たぶん慣れることができないんだと思う。いまやぼくがそうすべきという考え方に……」彼は言いよどんだ。

彼は自分の義務、すなわち、新公爵として結婚し、後継ぎを設けることを考えているのだろうとキャサリンは思った。「きっとご自分の地位にすぐ慣れると思います。一日一日着実にやっていくことで」そう口にした瞬間にまた顔がかっと熱くなるのがわかった。とても個人的な発言だと感じたからだ。仕事に集中しようとキャサリンは必死になった。「この部屋

について は」急いで、そしてできるだけ事務的につけ加えた。「とてもすてきだと思います。とくに変更したいところはありますか？」

「前にも言ったが、それについては、まだなにも考えていない」

「そうでした。では、わたしのほうでひとつだけ提案しますね。この階にはバスルームが廊下の一番端にひとつしかありません」

「だから？」

「最近は、このくらいの規模の屋敷のほとんどは、設計の段階で主寝室に専用のトイレをつけます。近代的にしたければ、閣下と奥方さまのためにトイレ――米国人の言い方ではお手洗い《バスルーム》――をつけるのが一番です」

「ぼくの奥方」公爵が鋭い口調で繰り返した。その二語とともに、表情が明らかに暗くなったのがなぜか、キャサリンにはわからなかった。

結婚をする義務があるという考えに反対なのだろうか？　海軍に所属しているあいだ、何年も独身だったのだから、そうかもしれない。

「難しい改修ではありません」キャサリンはすばやく説明した。「付属の居間のひとつを改装することができます。配管済の浴槽とトイレがある専用の個室があれば、とても快適だとお約束します。ニューヨーク市の五番街の新築の家はすべて導入しています。新築自体がそんなに多いわけではありませんが」

公爵は眉間を寄せてしばらく考え、それから肩をすくめて同意した。「きみは専門家だ、ミス・アサートン。きみがそう言うならばいいだろう」

六階とそれより上階は、公爵の説明によれば、もともと客用寝室や続き部屋だが、百年以上使われておらず、ほとんどが閉じられているとのことだった。そのなかで唯一、公爵はキャサリンを祖母の続き部屋に案内した。

「おばあさまのおっしゃった通りですね」キャサリンは指摘した。「新しい絨毯が必要です。しかも、どうしても」

その言葉で公爵の口元に笑みが戻ってきた。「リストに追加してくれ」

最後の階段をのぼると、石壁で囲われて海と海岸線が遙か彼方まで望める広いテラスに出た。この階にはさらにふたつ、上部が塔となって小塔もついた古い石造りの建物が続いていた。

ひとつ目の建物は十三世紀まで遡る礼拝堂だった。中に入ったとたん、キャサリンは息を呑んだ。その空間は静かで恭しい雰囲気に満ちていた。前方と後方のステンドグラスの窓から差しこむ光が色とりどりの輝きを映しだしている。石の美しい祭壇が置かれ、マホガニーを彫刻した聖書朗読台が何列か並んだ硬い腰掛けを見おろしている。会衆席の横の壁には亡くなった祖先を追悼する記念銘板が数え切れないほどかかっていて、そのうちのいくつかの名前は、D'Ａｒｃｙと綴られ、ほかのは現代風の綴りで書かれている。

「なんてすごいことでしょう」キャサリンは思わず言った。「ここがご自宅の一部と思うと信じられない。しかも、何百年も前から建っているなんて」

「ほぼ三百年だ」

キャサリンは唇を嚙みしめた。「気が遠くなるようです。祖先の何人の方がここで結婚したり洗礼を受けたりされたかを考えると」

公爵はすぐには答えなかった。「きみの目を通して見ると非常に興味深い。ここが特別とは思ったことがなかった。つねに家族の礼拝堂だったからね」

キャサリンは公爵をちらりと見やった。「家族の礼拝堂を持っている方はそんなに多くありません、公爵さま」

彼がくすくす笑った。「たしかにそうだ。ぼくがいかに特権的な人生を送ってきたかを思いださせてくれてありがとう」

「たとえ公爵であっても、謙虚さのかけらは持つべきですもの」からかう口調で言う。

彼に温かい笑みを向けられて、キャサリンはどぎまぎした。あなたはなにをしているの？　心のなかでまた自分を厳しく叱責する。専門家として行動するはずでしょう。公爵とおしゃべりして、彼を笑わせるのではなく。というか、ほほえんでいるけれど。とても……温かく。

この礼拝堂は改装の必要がないということでふたりの意見は一致した。テラスに戻ると、キャサリンは逆側に建つさらに大きな建物も見られるかどうか訊ねた。

「大広間を？」公爵が首を横に振った。「きみの時間を無駄にしたくない。どうでもいいところだと思うが」

「だからこそ、わたしが見る必要がありますわ」

公爵はため息をついた。「どうしてもと言うなら」

　テラスを横切ってその建物まで来ると、公爵は重い鉄の掛けがねを押しあげて、木製の古い扉を勢いよく開けた。なかに足を踏み入れた瞬間、湿った冷たいかび臭さに包まれた。窓があまりに汚れているせいで、光がほとんど入ってこない。目が慣れてくると、自分がいるのは、式典に使用される大きなホールだとわかった。何世紀も積み重なった煤でどこもかしこも黒く汚れている。

　それでもなお、見まわしただけで畏敬の念に打たれる部屋だった。天井は二階分以上の高さの半円筒形で、隙間のある格子細工で囲われている。壁の上部にしっくいの飾りリボンが美しく彫刻されて部屋全体を一周していた。部屋の両端に設置された巨大な暖炉の上の目立つところに、やはりしっくいの彫刻で大きな紋章が飾られている。

「すばらしいわ！」キャサリンは思わず大きな声で言った。

「過去の遺物だよ」彼はすばらしいと思わないらしい。「騎士と鎧の時代の。ぼくの一族も使っていなかった場所だ」

「まあ！　でも、かつては使われていたはずです。この部屋はセント・ガブリエルズ・マウントの傑作と言ってもいいほどですもの」

「傑作？」公爵は、月まで飛んでいこうと提案されたかのような顔でキャサリンを見やった。「どうやって使ったというんだ？　なんの目的で？　ここは大きすぎるし、寒くて暗い。床は虫に食われ、木が腐っている。悲惨な状態だ」

「でも、そういうことはすべて対処できますわ」

彼は胸の前で腕組みし、疑わしげにキャサリンを眺めた。「聞かせてくれ」

「まず窓を全部洗って、しっくいをごしごしすることから始めます。それから、床を修復し、表面を新しくします。でも、最大の変更箇所は天井です」

「天井？」

「あの格子細工はすてきですが、古すぎるし、ひび割れています。それに、格子越しにその上の天井をきれいにはできません」

彼が天井を見あげた。「ではどうするんだ？」

「丈夫な梁で支えた新しい格子細工に換えます。円筒形の構造は保ったまま、隙間をしっくいと木工装飾で埋めるんです。そうすれば、天井の掃除も簡単になるし、部屋に新しい雰囲気をもたらします。きっと理想的な舞踏室になるでしょう。優雅なパーティを主催するに最適の場所です。あるいは、ふさわしい場所にいくつか家具を置けば、ご家族の居心地のよい居間にもなるでしょう」

公爵は天井を凝視している。キャサリンが述べたことを思い描こうとして、うまくいかなかったらしい。「それを描くことはできるかな？」キャサリンが答える前に、くすくす笑ってつけ加えた。「ぼくはなにを言っているんだ？　もちろんきみはできるに決まっている」

ミス・アサートンの提案には、いちいち感銘を受けずにはいられなかった。

ランスにとって、セント・ガブリエルズ・マウントはこれまでずっと大昔の巨大な遺物であり、崩壊しつつある重荷、自分の肩にのしかからなくて嬉しい重荷だった。

運命のいたずらにより、それが彼のものになった。この城の管理者という地位に慣れる間もなく、見通しは悲観的だとわかった。勝ち目のない戦いとしか思えなかった。

だがいま、ランスはこの城を新しい観点から見始めていた。ミス・アサートンのアイデアは秀逸なうえに、時にはきわめて革新的だった。大広間を出てテラスを横切りながら、気がつくとランスは、彼女が描写した可能性を想像し、それを実行する方法を見つけられればと願っていた。

「なんて美しいんでしょう」ミス・アサートンがテラスを囲む石壁のそばで立ちどまり、うっとりと景色を眺めた。

ランスも隣りに立ち、銃眼が開いた石壁にもたれ、ふたりを取り囲む青い海水の輝きに目を細めた。青空にふわふわした白い雲が浮かび、カモメが鳴いている。陽光が顔を温め、潮の香りが強壮剤のように彼を包んだ。

「ここからだと、海がとても広く見えますね」ミス・アサートンが言う。「米国まで海がずっと続いている様子が想像できてしまいそう。でも、本当はあのあたりにフランスがあるんですよね？」片手を振って海の向こうを示す。

「フランスの海岸まで、たった一一二海里だ」なにも考えずにつけ加えた。「船に乗って、まっすぐフランスまで航海したいものだ」

ミス・アサートンの口元がこわばった。「どんなに寂しいでしょう、船に乗れなくて」

「そうだな」ランスは認め、片腕を振って、背後にそびえる城を差し示した。「ぼくにとっては、ここのほうが未知の場所に近い」

「十九年間海軍にいらしたとおっしゃっていましたね。ずっと海上でしたか？」

彼はうなずいた。「父の命令で、十三歳の時に訓練のため、デヴォンポートに係留していた古い訓練船に送られた。ぼくは次男だったから、相続などいっさい考えず、そちらの面ではなんの野心もなかった。四年間教育を受けたあと、そのまま十年間の海軍勤務に署名した」

「艦長になったのは何歳の時ですか？」

「三十一歳になる一カ月前だ」

「それはかなり若いですよね？」

「幸運に恵まれた。父の友人だった提督の翼下に配属されていたせいで昇進が早かった。艦長になって一年余り経って、兄が亡くなったと知らされた」

「船をおりるのはつらかったことでしょうね」

「脚を失ったように感じたよ、ミス・アサートン」ランスはまた水平線に視線を向けた。

「お気の毒ですわ」その同情の声は真心から出ているように聞こえた。「なにを愛していらしたのか話してくださいな。海軍のことですけれど」

「よほど時間がないと無理だぞ」ランスは軽く笑った。「すべてを愛していたからね。部下の水兵たち。同僚の海軍士官たち。日々の訓練。よく磨かれた船の輝きと光沢。夜の海の静けさ。士官室の夕食後に食卓で話される夜の冒険談」

「夜の冒険談？」

「士官はほとんどが話し上手でね。奇想天外な話を本当のことと納得させる話術は大したものだった」

ミス・アサートンが笑った。「食事はどうでしたか？」

「船の食事は大したことないな。だが、港に入れば——スペインからフランス、エジプト、そしてモロッコなどだが——時にすばらしい食事にありつける」

「わたし自身は、地中海沿岸を少し旅したことがあるだけですが、あのあたりは、一生かかっても探検しきれないし、その驚異の半分も味わえないでしょうね」

「その通りだ」彼と同じくらいミス・アサートンも旅が好きなことにランスは興味をそそられた。

「海軍という言葉で思い浮かぶのは、木造船です。それから大砲」身振りでそばの黒い昔の大砲を示した。「いまはもうないのでしょうね？」

「そうだな。木造船はなくなり、この半世紀ですべての軍艦は新しくなった。鋼鉄製の蒸汽船で、武器弾薬を運搬できる」

「少し悲しいような気がします。帆船の時代が歴史のなかだけに追いやられてしまうと思うと」

「たしかにそうだ。しかし理想化して考えるべきではないだろう。水兵たちの船上生活は、いまのほうがはるかに安全で快適だ」

「航海のあいだに戦闘に加わることはあったんですか？」

「なかった。英国は一八一五年以降、戦争をしていないからね。ぼくたちの仕事は、地中海を警備することだった。さまざまな変容はあっても、潜在的な敵に対して英国海軍がいまも優位を保ち続けているのは誇らしいことだ」

「世界の平和にとって最高の保証は……」ミス・アサートンが言い始める。

「……無敵の英国艦隊」彼は言葉を引き継ぎ、言い終えるとほほえんだ。「海軍省の信条だ。なぜそのスローガンを知っているんだ？」

「読書がとても好きなので」彼女がほほえみ返した。「あなたの仕事はとても――わくわくする仕事のようですね。諦めなければならなくてお気の毒に思います」

「そんなことは思わなくていい。多少でも理性的な人間なら、公爵位を継ぐことをつらい運命とは言わない。自分が恵まれた立場であることはよくわかっている」実際に相続した頭痛の種に関する真実を彼女が知っていればいいのにとランスは思った。しかし、それを彼女に言うことはできない。だれにも言えない。

「時々思います。自分では思いもよらないところにわたしたちを導くのが人生だと」彼女が考え深げに言う。「あなたはこの城の主になると予想もしていなかった。でも、セント・ガブリエルズ・マウントは最高のところです。なんといっても、歴史の一部なんですもの」そう言いながら、背後にそびえる中央の塔を身振りで示した。「このすばらしい場所を自分のものであり、好きなようにできると考えただけで、あなたがわくわくするようになればと願っていますわ」

「ぼくのもので好きなようにできる」彼は繰り返したが、口調が多少皮肉っぽくなるのは阻めなかった。

その口調が彼女を悲しませたらしい。少しためらい、それから言った。「わたしの祖父がいつも言っていました。『過去は忘れなさい。未来はこれから発見しなさい』あなたの新しい道もきっと遠からず、期待以上によい方向に向かうと信じていますわ」

彼はその言葉をゆっくり嚙みしめ、気づくとうなずいていた。「賢い言葉だ、ミス・アサートン。ありがとう。覚えておくよ」


ふたりは書斎に戻ると、キャサリンが書き留めたリストを精査した。

「まずは、該当するすべての部屋を測量しなければなりません。もしも以前の改修時の図面を持っていらっしゃれば、とても助かります」

「ぼくも同じことを考えて、昨夜探してみた」公爵が戸棚からふた組の図面を取りだし、机の上に広げた。「祖母が言っていた一八三一年の改築の図面を見つけた。こちらの図面は、それよりさらに百年前に行われた改築の図面のようだ」

近くで図面を見たい一心で、キャサリンは机の向こう側にまわり、彼の横に立った。そしてすぐに、その移動が間違いだったと悟った。

きょうは一日、この城を案内してもらっている時もずっと、公爵とのあいだにわざと距離を置くようにしてきた。でもいま、彼はたった三十センチしか離れていないところに立っている。あまりに近すぎて、彼の体から発せられる熱を感じられる。あまりに近すぎて、彼の心臓の鼓動が聞こえてくる。それとも、耳のなかでどきどきし始めたのは、キャサリン自身の鼓動？

「どちらも……すばらしいです」キャサリンは図面に意識を集中しようとした。「インクがそれほど褪せていないから、大きな助けになると思います」

「よかった」

ふたり並んで図面をのぞく。キャサリンは大きく開いて机に突いている彼の両手を眺めた。すてきな手《ナイス・ハンド》ですね。昨夜、この言葉を言った時はまだなにも知らなかった――この両手が魔法をかけることも、楽器であるかのようにキャサリンの体を奏でることも。

「これを見て」キャサリンは慌てて言い、一七四〇年の日付が入っている図面の一枚を指差した。所有者の名前のところに、第五代ダーシー公爵ロバート・グランヴィルと記載されている。「表玄関の上にも、この綴りと同じように名前が書かれていました。フランス系なんですね？」

「そうだ。初代ダーシー公爵フランソワ・グランヴィルは、十六世紀にパリから移住してきた。そのうち、名前の上の省略記号《アポストロフィ》が消えてなくなった」

「英語風になって少し残念。フランス風の綴りのほうがずっとロマンティックですもの」

「ぼくたち英国人も、ロマンティックなところがまったくないと考えるべきじゃない」公爵が身を起こし、キャサリンのほうに振り向いた。キャサリンと目を合わせ、じっと見つめる。

キャサリンは息ができなくなった。その紺青色の瞳の奥深くに迷いこんだように感じる。じっとのぞきこむと、押し寄せる海の波に浮かんで沖に連れていかれるような気がした。急いで視線を落とす。気づくと彼の唇を見つめていた。また間違い。その唇が押し当てられた時にどんな感じだったかを思いださずにはいられない。ああ、この男性はキスが上手だった。

しかも、上手なのは、唇にした時だけじゃなかった。

その唇が、首すじと喉の横に優しくキスを這わせた時の興奮を思いだすと、キャサリンの鼓動はさらに不規則に打ち始めた。乳房の谷間に這わせたキス。乳首を舐めて、尖るまでいじった舌の動き。

骨盤の奥に願望のぬくもりを感じる。ふいに、もう一度同じところに彼の唇を感じたくてたまらなくなった。

やめなさい、やめなさい、やめなさい。たったいま、ふたりが話していた内容を思いだそうとしたが、思いだせなかった。彼の息がからまるかすかな音が聞こえる。その目はキャサリンの目と合わせたまま離れない。キャサリンが考えていることを彼も考えているだろうか？　キャサリンが思いだしていることを思いだしている？

ええ、彼も考えている。彼も思いだしている。彼の顔にそう書いてある。

キャサリンが彼にキスをしたいのと同じくらい、彼もキャサリンにキスをしたいと思っている。

必要なのは、ほんのわずかな動きだった。ほんのわずかな励ましのまなざしだった。そうすれば、彼がまた両腕で抱きしめてくれるとキャサリンは感じていた。

7

「ミス・アサートン」公爵がとても静かに言った。

「公爵さま」キャサリンもかすれ声で同じくらい静かに答えた。

時が過ぎる。ふたりのあいだに張りつめた緊張が、目に見えない電波のようにぱちぱち飛んでいる。それから公爵が咳払いをして、気が進まない様子で一歩さがった。

「仕事を始めるのに必要なものが全部揃っていればいいが？」

失望感の波に呑まれそうになりながら、キャサリンも一歩さがった。暴走する鼓動を必死に抑え、検討中の問題に集中しようとする。「すべてというわけではありません。もうひとつ必要なものがあります」

「なにかな？」

「仕事をする部屋と図面を広げられる大きなテーブルをお願いしたいのですが」

「もちろんだ」彼は言葉を切って考えた。「レディの間に六人坐れる大きさのテーブルがある。あそこなら静かで邪魔も入らないだろう。そこはどうかな？」

「すばらしいです。ありがとうございます」

「好きなように使ってくれ。ミセス・モーガンには、きみがそこにいることを伝えておく。城じゅうどこでも自由に計測してくれてかまわない、ミス・アサートン。ほかになにか必要なものがあったら、すぐにぼくに言ってくれ」

「ありがとうございます、公爵さま。これはお借りしていいですか？」キャサリンは彼の机の上の図面を示した。

「もちろんだ」

図面を丁寧に巻いて抱え、帽子とノートを持つと、キャサリンは戸口に向かって歩きだした。

「ミス・アサートン」彼が呼びとめる。

キャサリンは立ちどまり、彼のほうをちらりと振り返った。「はい？」

「忘れないように。夕食の開始は七時半ちょうど、客間でシェリーを飲む」

頬がかっと熱くなるのを感じ、キャサリンはあわてて公爵の部屋から逃げだした。信じられない。自分は公爵にもう一度キスしてほしいと願っている。キス以上のことをしてほしいと思っている。

だめ、こんなこと許されない！　ばかみたいな恋心に気を散らせて、女学生のように振る舞うなんて。

でも、公爵も同じような感情を抱いているかもしれないとキャサリンは感じていた。ついさっきも、彼の目に願望が浮かぶのがわかった。

彼の良識がまさったということだろう。

あの同じ部屋で、彼はけさ、ふたりの関係を今後仕事だけに徹することで同意した。ほらごらんなさい、とキャサリンは自分を叱った。あなたも良識を保たなければいけないわ。ここに来たのは仕事をするため、公爵に恋するためじゃない。

ランスは眉をひそめ、手に持った手紙を読み返した。

公爵さま

今夜の夕食を一緒にというご親切なお招きをお断りする失礼をお許しください。仕事をしているあいだは不規則な時間に寝起きすることになります。それゆえ、食事はひとりでいただいたほうがうまくいきます。勝手ではございますが、今後ずっと、盆に載せた食事を運んでいただくようお願い申しあげます。

改めてご親切なおもてなしを心から感謝いたします。最初の図案が完成してお見せできるようになり次第、ご連絡申しあげます。

かしこ

ミス・キャサリン・アサートン

なんてことだ。この女性はわざと彼に近づかないようにしている。

理由はもちろんわかっていた。

ふたりの関係をただ仕事だけに徹するとどちらも同意するならば、残ることはできます。

先に進みましょう。

その言葉に彼は同意した――愚かにも。守るのが難しいとわかっていたのに。書斎で、一緒にあの古い図面を眺めている時、両腕で彼女を抱き寄せてキスしないだけで精一杯だった。

彼女の味が忘れられなかった。あの美しい曲線を描く体が彼に押し当てられた感触を。目を閉じただけでその記憶が押し寄せて呑まれそうになる。もう一度経験したいと願わずにはいられない。そしてそのあとのことも。

とはいえ、そういうことはすべきではない。少なくともいまは。彼女は正しい。仕事の関係者と深い仲になるのはまずいことだ――だれに聞いてもそう言うだろう。仕事に影響するし、予期せぬ波紋を引きおこすかもしれない。

だが、彼女も永遠に彼の仕事をしているわけではない。たぶん、いつか……。

ランスは顔をしかめた。計画通りにすべてが進めば、自分はほどなく結婚することになる。ほかのだれかと。大金を持っているだれかと。だから、彼女とのいつかはあり得ない。

ランスはため息をついた。彼女と仕事をすることに同意した理由のひとつは、ひとつ屋根の下で彼女と一緒にいる喜びを得られると思ったからだ。もしも滞在中ずっと故意に避けられているのならば、そのどこに喜びがある？

その夜、ランスはひとりで夕食をとった。翌日も郵便物を整理する退屈な一日を過ごした。

ミス・アサートンを探したが、一度も出会うことはなかった。彼女が仕事をしていることを期待して、レディの間を二回訪れたが、部屋にはだれもいなかった。

「ミス・アサートン？」その晩、ランスにミス・アサートンの所在を訊ねられたミセス・モーガンは考えこんだ。「朝は大広間で過ごされたと聞いていますす、旦那さま。巻き尺で採寸したりしていたかと。午後はほかのところで同じようなことをしている姿が目撃されていますね。食堂や図書室、それに主寝室とか」

「ありがとう、ミセス・モーガン」ランスは答えたが、内心、ミス・アサートンの働く姿を観察する機会を逃したことに失望を覚えずにはいられなかった。

翌朝ランスはミス・アサートンの官能的な夢を見た。激しく勃起した状態で夜明けに飛び起きたせいで、ランスの苛立ちはさらに募った。

自分のこの悲惨な状態の治癒方法はただひとつ、そして、それがなにか、ランスにはよくわかっていた。

キャサリンは小舟に乗り、セント・ガブリエルズ・マウントに向けて入江を渡っていた。一羽のカモメが舞いおりて、頭から海に飛びこんだ。輝く太陽の光を受けて、海面がきらめいている。でもキャサリンは陽光のぬくもりを感じることができなかった。島に着かなければならない。一刻も早く。時間が重要だった。それがなぜか思いだせない。

わかっていることは、ダーシー公爵がキャサリンを必要としていること。もしも到着が間に合わなければ、恐ろしい不幸が起こるかもしれない。

　漕ぎ手が潮流に逆らって必死に漕いでいるが、彼がオールを掻くたびに遠方の山はますます遠ざかっていくように見えた。その時漕ぎ手が忽然と見えなくなり、キャサリンはぞっとした。慌てて這いつくばって席を移り、オールをつかむ。必死に漕いでも、全然進まない。大きな波が押し寄せてきて、ボートを大きく揺らした。心臓がばくばくして破裂しそうだ。どうしても島に着かなければならない。遅れるわけにはいかない！　突然巨大な波が盛りあがり、泡立つ波頭が目の前にそびえたった。叫ぼうとしても、喉が締めつけられて声が出ない。

　波が小舟を呑みこもうとしたその瞬間、キャサリンははっと目を覚ました。肌がじっとり湿り、脈がどきどき鳴っている。

　ああよかった。ただの夢だった。

　キャサリンはこういう夢が大嫌いだった。夢のなかではたいてい、どこかに向かって急いでいる。列車や乗合馬車になんとか間に合おうと必死になっていたり、遅れて埠頭に着き、その瞬間に船が出航してしまったりとか、そんな夢だ。

　ほかの夢では、会合や面会の約束のために街を走っている。辻馬車を拾おうとしても、どれも客が乗っていて、地下鉄は入口が閉鎖し、往来の人が多すぎて、無理やり掻き分けないと道を通り抜けることができない。

　でも、小舟に乗っている夢を見たのは初めてだった。

ダーシー公爵のもとに行こうと必死になっている夢も。

なにかを意味しているの？　そんなはずはない、とキャサリンは自分に言い聞かせた。いつものくだらない夢のひとつにすぎない。少なくとも、性的な場面は出てこなかった。この二晩、官能的な夢をいくつか見ていた。思いだすたびに顔がかっと熱くなる。

キャサリンは、カーテンの縁のあたりがぼんやりと白く光っているのに気づいた。時計を見ると、ちょうど六時をまわったところだった。まだ早い。でも、心身とも張りつめた状態で眠りに戻るのは無理そうだった。

キャサリンは起きて服を着た。散歩には最適な時間だと判断する。三週間前が夏至だったのだから、太陽はとっくにのぼっている。運動がてら少し歩いたら、あとは一日仕事をしよう。

階段をおりて城の外に出ると、前に見つけていた小道を目指した。山の東側の岩だらけの斜面をたどる狭い道だ。花崗岩の崖を削って作った砂利道で、急斜面を行ったり来たり曲がりながらおりていき、小さな小石の浜まで続いている。

崖を半分ほどおりたところの絶景を楽しめる場所に古い木のベンチが設置されていた。キャサリンはつかの間そこに坐り、すがすがしい潮風を深く吸いこんで、目の前に広がる海を眺めた。水平線までひたすら青い海原が広がっている。どうにも我慢できなくなり、キャサリンはスカートのポケットから小さなノートと鉛筆を取りだして、目の前の風景を写生し始めた。

この島はなんて美しくて特別な場所だろうと思うのは、これで何度目だろう。ここで暮らせる公爵は本当に幸せだと思う。それを言うなら、この城の再設計をする機会を与えられ、滞在中にこの美しさを堪能できる自分も幸運と言えるだろう。

公爵からは変革案のほとんどで同意を得た。そのうちのいくつかはかなり複雑な改装になるから、広範囲に及ぶ仕事をする必要がある。

ミスター・パターソンにはすでに手紙で着手した仕事について報告し、彼の予測通り三週間は優にかかりそうであることを伝え、定期的に進展を知らせるとしたためた。

姉たちにも、自分の滞在場所となにをしているかを説明する手紙を書いた。コーンウォールにいるあいだにレクシーとマディに会えないのが残念だった。しかし、姉たちが住んでいる場所はかなり遠く、いまの状況で訪問する時間はない。三週間後にこの仕事が終わった時、ロンドンへ戻る途中で、もしかしたらふたりを訪ねることができるかもしれない。

いまから三週間。それだけ長いあいだセント・ガブリエルズ・マウントに滞在すると思っただけで心がざわざわした。そんなに長く滞在して、ダーシー公爵の厚意に甘えるのが心苦しいせいだと自分に言い聞かせる。でも、それだけでないことは自覚していた。

心が乱れるのは、彼に惹かれる思いが弱まらないせいだ。夢のなかだけではない。

前日、洗面所を追加するために主寝室を計測しているあいだも、部屋をよく見たいという気持ちに抗えなかった。前に入った時には、彼の人となりを推測できるような観察はできなかったからだ。

部屋はとてもきれいに使われていて、個人的なものはほとんど見当たらなかった。ブラシと櫛くらいだ。あとはひげ剃り道具一式。コロンの瓶がひとつ。そんな気はなかったのに、気づいたら瓶の栓を開けて香りを嗅いでいた。ああ、これだ。このうっとりするような森の香りは、キャサリンのなかで、すでに彼を連想させる香りになっている。ベッド脇の小テーブルに置かれた『アイヴァンホー』の本は見るからに読みこまれているらしい。彼が選んだ本を見てキャサリンは嬉しかった。キャサリンの大好きな本の一冊だ。

主寝室の衣装だんすを計測していても、関心はなかの衣類に引き寄せられた。数着の黒いスーツは新品に見える。おそらく、兄上の葬儀のために急いで用意したものだろう。奥のほうには英国海軍の制服が何着か掛かっていた。ずっしりした濃紺の生地に指を走らせる。金ボタンの燕尾服に金色の肩章をつけた彼の姿が脳裏に浮かぶ。それはまさに美しいのひと言だった。上の棚に羽根と記章がついた三角帽が置いてある。

この記章をつけた公爵を想像しただけでどきどきした。威厳があって堂々たる姿に違いない。その思いが脳裏をよぎるや、キャサリンは恥ずかしさと自分への腹立ちで、あわてて衣装だんすの扉を閉めたのだった。

しばらくして写生を終え、ノートをポケットにしまって崖の小道をまたおり始めたが、それでも自分への苛立ちは収まらなかった。ダーシー公爵の洋服だんすを調べるなんて、いったいなにを考えていたの？　あの瞬間に彼が部屋に入ってきて、こそこそ嗅ぎまわっている現場を見つかっていたかもしれない。

ちょうどその時、驚いたことに、まさにその男性が真下の湾曲した道を歩いているのが見えた。彼も同じように考えて、早朝の散歩に出てきたに違いない。反対側から近づいてきたということは、城の逆側の道をおりて、まわってきたのだろう。

キャサリンはぴたりと足を止めた。普段着のズボンと白いシャツ姿の公爵はちょうど崖の道を一番下までおりきったところだったが、キャサリンには気づいていないようだ。目的があるかのように大股でまっすぐに小石の浜に向かい、波打ち際から数メートルのところで足を止めた。

キャサリンはどうすべきか考えた。前日はなんとかうまく彼を避けることができた。だから、きょうも彼に会いたくない。その一方で、回れ右して小道を駆け戻れば、彼は必ず気づいて、失礼だと思うかもしれない。

失礼なことはしたくない。

キャサリンは葛藤のため息をついた。このまま歩いておりていくべき？　もしも一緒に浜辺を散歩しようと誘われたら？　短いあいだならば、心の奥底の願望を抑えたまま彼と一緒に歩くことはできるだろう。できないはずがある？　キャサリンが彼に声をかけて、自分がいることを知らせようとしたちょうどその時、ぎょっとするようなことを彼がした。

服を脱ぎだしたのだ。

すばやい動きひとつで、シャツを頭から取り去り、浜辺に放った。それから蹴るように靴を脱ぎ、ズボンと下着を脱いだ。一糸まとわぬ姿でそこに立ち、大きく深く息を吸いながら頭の上に両腕を伸ばして海を見つめる。

キャサリンの心臓が太鼓のように連打し始めた。

こんなふうにここに立って彼を見つめているべきじゃないとわかっていた。でも、いま呼びかけるのはいくらなんでも気まずい。かといって、こっそり崖を戻っても、のぼるあいだに彼に見られてしまって、気まずい思いをさせることになる。

だから、身を縮めて岸壁の陰に隠れながら見続けた。

ああ、なんて美しい男性なのだろう。彼はキャサリンのほうに背中を向けて立っていた。早朝の陽光が広い背中と肩の筋肉を輝かせている。引き締まった丸い尻。長い脚も筋肉質で、この距離からでも、黒い毛で薄く覆われているのがわかる。公爵は両腕をあげて伸びをすると、崖に横顔を向けて立った。ありがたいことに、こちらのほうは見ていない。

それでも、キャサリンは彼から目を離すことができなかった。美しい裸身像に視線が釘づけになっている。胸の上部に広がる黒く巻いた胸毛。引き締まった胴。両脚のあいだにさがった……男性の……器官。

ああすごい。キャサリンはこれまでにひとりだけ、裸の男性を見たことがある。ピエールだ。彼は少女のように細くて、男性器官も印象的とはとても言えないものだった。

とはいえ、ローマやフィレンツェやナポリでは、何時間もかけて古代の男性の彫像を楽しく鑑賞し、裸の男性を研究したものだ。彫刻によって理想形に創られた男性の裸体はこのうえなく美しいとキャサリンはその時思った。一番好きな像はミケランジェロのダビデ像だ。

キャサリンはごくりとつばを飲みこんだ。ダーシー公爵の性器はダビデよりもずっと大きい。

下腹の奥でぽっと火がついた。火花が散って、上は乳房の先端から下は女性の中心部まで熱くする。

目を閉じなさい。見るべきじゃない。それでもキャサリンは目をそらすことができなかった。

見ていると、公爵がかがんでつま先に手を触れ、それから身を起こし、腕をあげて左右や前後に体を曲げた。準備運動をしているらしい。

海軍の時から習慣になっているのかもしれないとキャサリンは思った。毎朝やっていたことかどうかはわからないし、きょうもたまたま泳ぎにきただけかもしれない。キャサリンは背後をちらりと見あげた。この場所からだと、城の使用されていない東側の塔の一番端しか見えない。それで彼がここを運動場所に選んだ説明がつく。だれにも見られない場所と思っているに違いない。

そうであっても、なぜ裸で運動をしているのだろう?

その答えはすぐに明らかになった。海のほうを向き、小石の浜を水際まで歩いていったからだ。そのまま、なんのためらいもなく、まっすぐ海に入っていき、腰の深さまで来ると頭から波に飛びこんだ。一瞬後、勢いよく海面から顔を出すと、頭をそらして顔と髪の水気を振り払った。それから、ゆったりと力強く水を掻いて、沖に向かって泳ぎだした。

こんなふうに定期的に朝の水泳にいそしんでいれば、体にあんなみごとな筋肉がついていても不思議ではないとキャサリンは思った。

これは立ち去る合図。彼は泳いで浜辺から遠ざかっている。いま急いで小道をのぼれば、自分がここにいたと彼に知られることはない。

ランスは波を切って泳ぎながら、冷たい水に体を包まれる感覚に浸り、口に入る海水の潮気を楽しんでいた。

ここに戻ってきてから、泳ぐのはこれが初めてだった。子どもの時はよく朝にひと泳ぎしたものだ。海軍の士官候補生時代は、毎朝冷たい水のなかに飛びこむのが決められた日課のひとつだった。地中海を航行するあいだは、寄港地でも泳ぎ続けた。海水はここよりもずっと温かい。とはいえ、湾流のおかげで、コーンウォールの気候は英国のほかの地域よりも温暖だ。そのことをランスはいつもありがたいと思っていた。

運動すると爽快な気分になるし、元気も回復する。水平線に向かって泳ぎながら、心は前夜に見た夢のほうに漂っていった。その夢のせいで、こうして凍えるような冷たい海に飛びこまざるを得なくなった。

見た夢をいつも覚えているわけではないが、昨夜の夢は忘れられないほど鮮明だった。彼は軍艦デファイアンス号に乗船し、士官用の運動用甲板で 男たちと甲板ホッケーを楽しんでいた。

スティックで円盤を叩きつけ、行ったり来たり駆けまわっていると、士官のひとりが彼に突っこんできた。仰向けに、息も止まるほど激しく甲板に倒れたランスの上にその男がのしかかる。

しかし、その士官の帽子がはじけ跳ぶと、流れるようにうねる金髪が現れた。上に乗った男は男でなかった。ミス・アサートンだった。

彼女の体の美しい丸みが彼の体にぴったり沿っている。彼女は彼を見おろし、トパーズのような青い瞳でじっと見つめていた。熟した桃のような唇が彼の唇の数センチ上で停止していて、彼はそれを味わいたくてたまらなかった。

夢のなかで、ランスは片手を彼女の背中に滑らせた。彼女が着ている海軍の制服のきめの粗い生地越しに、その小さな体つきを感じることができた。ほっそりした背中も。引き締まった尻も。

制服がなくなってほしかった。彼女の体からすべての布を剝ぎとり、その場で愛し合いたかった。乗組員全員に見られたってかまうものか。

唇を合わせようと、手を伸ばして引き寄せる。ふたりの唇が触れそうになった瞬間に目が覚めた。一物が棒のように硬くそそり立っていた。

いまでさえ、泳いでいる海水の水温の低さにもかかわらず、その夢を思いだすだけでまた張りつめる。波の下に飛びこんで、あすなど存在しないかのようにぐいぐい泳ぎ、その夢を忘れようとした。そしてあの女性も。

長い三週間になるだろう。

仰向けに海に浮かび、ランスはひと休みしながら島のほうをちらりと振り返った。遠かったが、女性が急ぎ足で城に向けて小道をのぼっている姿が小さく見えた。好奇心をそそられ、立ち泳ぎをしながら、それがだれだか見極めようとした。祖母のはずはない。もうあんなふうにのぼれないだろう。使用人たちはすでに働いているし、地元の女性としては身なりがきれいだ。

陽光で金髪がきらめくのを見て、彼女だとわかった。ミス・アサートンだ。

崖をおりているのではなくのぼっている。しかも急いでいる。急勾配の小道だから大変だろう。前かがみになって一心にのぼっている様子はなにかから、あるいはだれかから逃げているかのようだ。

ふいに顔がかっと熱くなった。数分前に浜で準備運動をしているのを見られたのか？　ランスは思わず低い笑い声を漏らし、立ち泳ぎを続けた。

彼女がたまたま裸の彼を見つけたかもしれないと思うと戸惑いを感じた。しかし、同時にいくらか……興奮も覚えた。

ボタンを全部上まで留めたあのスーツの下で、彼女の情熱的な心臓がどんなふうに打つかをランスは知っている。たしかにあの晩は許容量よりも多く飲んでいた。しかし、その酒のせいで彼女の内面が解き放たれた。

もしも、彼女に彼の裸体を見られていたとしたら？　恥じることはなにもない。引き締まった理想的な体型と自負している。裸の彼女を見たということは、おそらく彼女も彼の夢を見るだろう。

官能的な夢をひとつふたつ見れば、適切を重んじる彼女の自制心が少なからず緩和されるかもしれない。

それは、とランスは顔の向きを戻し、沖に向かって泳ぎ続けながら思った。考えるだけで楽しい。

8

朝食のあと、ランスは村におりていった。

最初に寄ったのは、漁師が使う船着き場だった。港には数隻の船しか残っておらず、ほとんどの漁師は海からまだ戻ってきていなかった。大好きな麻や縄、古木、そしてタールの匂いを楽しみながら、ランスは桟橋の昇降段を観察した。多少の修復作業でなんとかなりそうだ。さっそく業者の手配をすることにしよう。

校舎では、メゴワンが依頼した屋根職人に会った。状況はかなりひどく、屋根を新しくすべきだと言う。そして、見積もりを出すと約束してくれた。

そのあとは一時間ほど、借家人たちの訪問に費やした。彼らと親しいわけではないが、子どもの時からの知り合いだ。それから二十年以上経つが、休暇で兄のもとを訪れた時は、いつも村民たちから友好的な歓迎を受けていた。だが、だれかを個人的に訪問したことは一度もない。それはヘイワードの仕事だった。

それもいまはランスの義務となった。最初の一、二軒は多少ぎこちなかった。しかし、訪問を重ねるにつれて気軽さは増した。彼に会えて、だれもが嬉しそうだった。先代公爵の死去に対して弔意を表し、ランスが住むことに対して喜びを述べた。

数人から受けた要請はたやすく便宜を図れるものだった。高齢の婦人はもっと石炭をほしがった。若いカップルは、セント・ガブリエルズ・マウントの礼拝堂で結婚式をあげる許可をほしいと願った。彼はイエスと答え、結婚式の日程として、借金の返済日の一カ月前を提示した。その時ならば確実に――その後どうなるにしろ――まだ彼が城の所有者であるはずだ。

しかし、持ちこまれた問題のなかには、そこまで簡単に解決できないものもかなりあった。屋根が漏っているのは校舎だけではなかった。多くの家で、白カビが壁を占領し始めていた。すべてのコテージで煙突掃除が急務であり、そのうちのいくつかは新しい煙突に変える必要があった。ランスは増え続ける資金難リストにこれらの問題も追加した。この金はどこから来るんだ？　村の大通りの役割を担っている道を歩きながら、ランスはオリュンポス山ほどの重さを肩に背負っているような気がした。重圧に胃がむかむかする。ミス・アサートンにセント・ガブリエルズ・マウントの改装案を描いてもらう決断に、つかのま疑念が生じた。タイミングは最悪だった。どちらにしろ計画は没になるだろう。

しかし、自分は彼女に確約した。その約束からいますぐに身を引くつもりはない。

パン屋を通りすぎた時、窓の内側に、子どもたちの祭りが開催される知らせが貼ってあるのに気づいた。同様の貼り紙がほかの店や家々に貼られ、村人たちも話題にしている。その件をすっかり忘れていた。

「こんにちは、公爵さま」ごつい顔のパン屋が戸口から声をかけた。

「会えてよかった、ミスター・フィンチ」ランスは片手を差しだした。「元気にしていますか？」

「ええ、ありがとう」フィンチががさがさした手でランスの手をしっかり握った。「うちのちびっ子三人は祭りの日を指折り数えていますよ。子どもたちのための祭りを中止しないでくれてほんとよかった。先代の公爵さまのお考えだったから」

「もちろんですよ」ランスは答えた。「子どもたちに楽しんでもらうのは大事なことだ」

石畳の道を城までのぼりながら、ランスはその件を祖母に言うことと頭のメモに書き留めた——早ければ早いほどいい。

時計が七時を打った。キャサリンは自分の部屋に戻ろうとして、階段を半分のぼった踊り場で、おりてきた公爵と出会った。

「ミス・アサートン」彼は立ちどまり、顔を輝かせた。「これはこれは」

「こんばんは、公爵さま」一日じゅう、キャサリンの心は意思に反し、その朝見たことのほうに逸脱してばかりいた。浜辺で公爵は裸になった。それほど個人的な瞬間の彼を目撃してしまったことに、キャサリンは罪悪感を覚えていた。同時に、その熱烈な記憶に膝ががくがくする感じもあった。

公爵を永遠に避け続けることはできないとわかっていた。彼に出くわした時のために、心の準備をしようと努力し、大丈夫だと自分を納得させていた。こののぼせあがったばかげた憧れをただ無視して、自分に期待されている専門的能力を発揮すればいいだけのこと。

そうはいっても、この気持ちを無視するのは言うほど簡単ではない。不本意ながら、生身の彼を見ただけで前にも増して心臓がどきどきしてしまう。彼は夕食のための優雅な盛装で装い、そのせいで筋肉質の体型がさらに強調されている。なぜ彼はこんなに信じられないほどハンサムなの？

キャサリンを見つめる目の楽しそうな輝きが、彼もまたキャサリンを同じように魅力的に思っていることを示していた。

「先日きみの手紙を受けとった」クロテッドクリームのように濃厚で豊かな声だ。「白状するが、あの文面には多少傷ついた」

「申しわけありません。わたしはただ……仕事がたくさんあったものですから。よい成果をあげるためには、身を粉にして働かねばならなくて」

「きみの熱心さには感謝している。しかし、休みなく働き続けるべきでないし、人はそんなには働けない。少しは休憩も取っているのかな？」

「もちろんです」

「どういう休憩？」

キャサリンはその朝に浜辺におりていったことを言いたくなかった。彼女がいたことに彼が気づいていないよう願うしかない。「必要になれば、仕事の手を止めて食事をしたり、睡眠を取ったりしています」

「それ以外の時間は仕事をしているのか？」

「はい、とてもはかどっています」

そう聞いても、彼は納得できないようだった。「そのペースで働き続けることはできないぞ、ミス・アサートン。ぼくが許可しない」

「あなたが許可しない？」彼の傲慢な口調にキャサリンはむっとした。「大丈夫です、公爵さま。長時間働くのは慣れていますから」

「ぼくの家ではだめだ。ちゃんとした食事をする時間を取ってほしい。ぼくのために、きみが体を壊しては困る」

「体を壊したりしませんわ」キャサリンは言い張った。「わたしは――」

「いつものように、七時半に客間でシェリーが供される」彼がさえぎった。「夕食に客を招いている。ぼくの事務弁護士、ヘンリー・メゴワンだ。きみに、彼に会ってほしいと思っている。祖母も今夜は下で食事する。きみも必ず参加するように」

必ず参加するようにですって？　キャサリンは苛立ちを覚えた。「あなたの事務弁護士と公爵夫人をがっかりさせたくありませんが、わたしは――」

「これは命令だ。要請ではない、ミス・アサートン」

「ここは英国海軍の船ではありません、公爵さま」キャサリンは言い返した。「わたしはあなたの配下の乗組員ではありません」

キャサリンの非難に公爵は最初面食らったようだった。しかししばらく考えたあとにふっとため息をつき、それから答えた。「その通りだ、許してくれ、ミス・アサートン。前にも言ったように、古い習慣はなかなか消えない。先ほどの発言を修正することを許してもらえるだろうか？」

キャサリンは彼をまっすぐ眺めた。「どうぞ」

「当然ながら、きみは自分の予定を自由に決めてくれていい。しかし、きみはいまぼくの家で暮らしていて、ぼくのために仕事をしている。朝食と昼食をひとりで食べたいならば、それは好きにしてかまわない。しかしながら、今夜の夕食に出席してくれれば、ぼくとしては大変ありがたい。今後の夕食も全部そうだ」

キャサリンは下唇を噛んだが、苛立ちは消えた。彼は公平かつ親切にしようと努力している。海軍艦長だった公爵には難しいことだろう。キャサリンは選択肢を考えた。一方で、莫大な量の仕事が待っていて、それを進めたいと思っている。また、正気を保つためには、この魅力的な紳士からできるだけ離れているのが最善策といまも思っている。

その一方で、この二日間、休みなしに働いた。かなり疲労している。それに、一緒に食事をすることは、公爵にとって大切なことのようだ。この仕事を続けたかったから、彼を不快にさせる危険を冒したくなかった。

彼と食事をしながら膝がゼリーにならない方法を見つけて、数週間がんばればいいことだ。

「承知しました、艦長」キャサリンは片手を額に触れて敬礼した。「七時半にまいります」

キャサリンは最初の料理が運ばれるまで、どれほど空腹だったか自分でわかっていなかった。そして気づくと、ロブスターの美味しいクリームスープをむさぼるように食べていた。

いつものように、食卓は正式に美しく整えられ、全員が盛装していた。仕事の訪問だったので夜会服を一着も持ってこなかったキャサリンは、襞をたくさん取り、飾りもふんだんについて、持参したなかではもっとも優美な濃紺のシルク地のスーツを着ていた。食前のシェリーを断ったのに続き、ワインを勧められた時も断った。三日前の夜に起こったことを繰り返す危険だけは絶対に避けたい。

公爵の事務弁護士のミスター・メゴワンは知的な目をした感じのよい紳士で、四十歳くらいに見えた。改装の見通しについて質問し、キャサリンの説明には身を乗りだして耳を傾けた。

キャサリンは公爵未亡人に再会できて嬉しく思い、その感情は相互的なものらしかった。公爵もキャサリンを同席させたことで満足しているようだった。くつろいだ雰囲気のなか、四人とも美味しい食事と礼儀正しい会話を楽しんだ。

ローストポークに風味よく炒めたニンジンとジャガイモを添えたメイン料理が供されると、公爵は新しい話題を持ちだした。「おばあさま、おじいさまとおふたりでセント・ガブリエルズ・マウントとロスキーの子どもたちのために夏祭りを主催していたというのは本当ですか？」

「ええ、そうでした。昔のことですっかり忘れていましたよ。おじいさまの自慢のひとつでしたよ、そのお祭りは。あなたのお父さまがその慣例を引き継がなかったのは残念でした。

子どもたちは毎年、とても楽しんでいるようでしたから」

「ということは、お聞きになっていないのですね？」公爵は答えた。「亡くなる前に、ヘイワードがその祭りを復活させていたんですよ」

「ヘイワードが？」公爵未亡人がわずかに唇をすぼめた。「そう言えば、ヘイワードが子どもたちの祭りについてなにか言っていたかもしれないわ。本気でやろうとしているとは思いもしなかったけれど」

「祭りを知らせる貼り紙が村じゅうに貼ってあるんです。今月の終わりの予定になっている」

キャサリンはほほえんだ。「なんてすてきな考えでしょう」

「ええ、すばらしい」公爵未亡人はうなずき、ワインをひと口飲んだ。「きっと盛会になりますよ」

「実を言えば、おばあさま」公爵がさりげなく言う。「あなたがその祭りを取り仕切ってくださるといいと思うのですが」

「わたくし？　とんでもない、だめですよ」公爵未亡人が言う。「そういうことを引き受けるには年を取りすぎましたよ」

「でも、以前はその祭りを主催していたわけだから」公爵が言い張る。「もう一回やっても、そこまで大変ではないのでは？」

「あなたが話しているのは、子どもが百人も集まる祭りですよ」公爵未亡人が言い返した。

「それだけ大きい催しだと、綿密に計画して詳細までしっかり詰めておく必要があるわ。やる側は、かなりの気力と労力を注がねばなりません。残念ながら、わたくしにはもう無理だわ。どちらにしろ、あれはわたくしというより、おじいさまがなさっていたことだから」

公爵はうなずいたが、明らかにがっかりしたようだった。

「中止にしても問題はないと思うが、ダーシー」ミスター・メゴワンが提案する。「結局のところ、きみの兄上の考えだからね。村人たちも理解するだろう」

「ぼくもそう願っていたよ、きょう村でみんなと話すまでは。みんなとても楽しみにしているようだった」

「子どもの時にそのお祭りに参加されたことはあるんですか、公爵さま？」キャサリンは訊ねた。

「ある。一度だけだが」公爵が答えた。「かなり幼い時だと思う。芝生でいろいろなゲームをした記憶がある。あとはケーキ」

「大変とは思いますよ、ランスロット」公爵未亡人が口を挟んだ。「でも、あなたならきっとできると確信していますよ」

「ぼくがですか？」公爵はそう言われても全然嬉しそうでなかった。「艦船を任せてくれれば、それなら本領を発揮できる。水兵三百五十人に剣の訓練をさせるとか、球面三角法で計算するとか、航海用六分儀で太陽と月を計測して自分の位置を特定するとか、それならぼくこそ適任者だ。だが、子どもについてはまったくなにも知らない。子どもたちのためのパーティとなれば、さらにわからない」

彼の誠実な物言いと自信のなさがキャサリンの警戒心を取り除いた。「三百五十人が乗る艦船を指揮するのと比較すれば、子どもの祭りを主催するのはずっと簡単ですわ」

彼が彼女を見て眉をあげた。「ということは、きみは知っているのか、これを……どうやればいいのかを？」

「子どもの時に住んでいたニューヨーク北部の教会では、毎夏そうした会を開催していました。大きくなると、姉たちと一緒に主催者側を手伝いました。そこではお祭りではなくただ子ども会と呼んでいましたが、たぶん同じようなものだと思いますわ。開催日はいつとおっしゃいました？」

「七月三十一日だ」

「それならば、計画と準備をするのに三週間ありますね。おっしゃる通りですわ。ケーキは絶対に必要です！　それもたくさん。ほかにも軽食と飲み物がいりますね。それはきっとコックができるでしょう。芝生でのゲームのほかに、いくつか余興を追加してもいいかもしれません。あとはもちろん、賞のメダルとみんなへの記念品」

彼は困惑したらしい。「メダル？　記念品？」

「それなしに、子どもたちのパーティの成功は望めませんわ。ゲームや競争の勝者たちは、一位、二位、三位まで表彰されます。全員が勝つわけにはいきませんから、それとは別に子どもたち全員が家に持ち帰れるような小さな贈り物が必要です。ベッド脇のテーブルに置いて眺めて、楽しかったその日を思いだせるようなもの。公爵さまご自身でそれを子どもたちに手渡すんです」

　公爵は途方に暮れた顔をした。「きみはとても簡単なことのように言うが、そうでないことをぼくは知っている」

　ミスター・メゴワンが笑いだした。「ダーシー、子どもたちの祭りのまとめ役にだれがなるべきかははっきりしているじゃないか。きみの向かいに坐っている女性だ」

「それはいい考えだ」公爵がキャサリンに晴れやかな笑顔を向けた。「どうだろう、ミス・アサートン？」

　キャサリンはなんと答えればいいかわからなかった。「公爵さま、三週間後にわたしがここにいる保証はありません。たとえおりましても、膨大な量の仕事がありますから、ほかのことをする時間はありません」

「多少の時間を割いてもらえないだろうか？」公爵が懇願した。「少なくとも、ぼくが計画するのを手伝ってくれないか？　子どもたちのために？」あまりに切実な表情と、優しくいたずらっぽい口調で言った最後の言葉に、キャサリンは笑わずにはいられなかった。

「そうですね。子どもたちのために」キャサリンは答えた。「では、お手伝いさせていただきます」

　公爵が浮かべた表情は、まるでキャサリンが計り知れない価値があるダイヤモンドを差しだしたかのようだった。「ありがとう、ミス・アサートン」

キャサリンは突然、自分がまたばかな間違いをしたことに気づいた。これからの数週間、彼とは距離を保とうと決意していたはずだ。それなのにいま、彼がパーティを計画するのを助けると申しでた。自分を叩いてやりたい思いだった。

なんとか公爵から視線をそらすと、ミスター・メゴワンが奇妙な表情を浮かべて、観察するようにキャサリンを眺めていることに気づいた。

「ミス・アサートン」事務弁護士がゆっくりと口を開いた。「どこでお育ちになったとおっしゃいましたか？」

「ニューヨーク北部です」

彼が短く息を吸いこんだ。「紹介された時に思ったんですよ。あなたの名前を聞いたことがあると」

キャサリンの胃がぎゅっと締めつけられた。ああ、どうしよう。

「ニューヨーク市のアサートン一族とご関係はありますか？」彼が言い続けた。「銀行業界の大物――なんという名前でしたか――コリス・アサートン？」

ランスは食卓越しにミス・アサートンを見やった。

「ええと」彼女が口ごもる。

彼女がなぜ気まずそうな表情を浮かべたのか、ランスにはわからなかった。メゴワンが訊ねたのは、まったく他意のない質問だ。

「ええ――そうですよ！」祖母が目を見開いて声をあげた。「わたくしも、あなたのお名前を聞いたことがあると思いました。なぜかようやくわかったわ」

「ニューヨークのアサートン家はヴァンダービルト家と同じくらいの資産家だ」メゴワンが割って入る。「娘たちが相続人と聞いている」

ミス・アサートンは必死に答えを探しているように見えた。その苦境から救いだそうとランスは口を挟んだ。「ふたりともなにを言っているんだ？　こちらのミス・アサートンがその一族に関係があるはずがないだろう。米国でも、さすがに令嬢が生活のために働いたりしないだろう。非常識だ」

「そうかしら？」彼の祖母がタカのように鋭いまなざしでミス・アサートンを見つめた。

なぜ、とランスは不思議に思った。ミス・アサートンはこの話を笑って否定しないんだ？　そうせずにただ、タオルを絞るように両手でナプキンをねじっている。その有名なアサートン家と関係ないと認めることで、自分たちに見くびられると思っているのか？

「こんな質問をされて、気まずい思いをされたら申しわけない、ミス・アサートン」ランスは言った。「米国では、きみの名字は一般的なようだね」

「実際は」なぜかぎこちない口調だった。「そんなに一般的ではありません。それに、本当のことを言えば……コリス・アサートンはわたしの父です」

ランスは驚きのあまり言葉を失って彼女を凝視した。

「ということはつまり、あなたは三人目の相続人？」ミスター・メゴワンが眉を持ちあげ、考えながら言う。

ミス・アサートンがしぶしぶうなずき、メゴワンの言葉を認めた。

「あなたのお姉さまがたのことは知っていますよ！」祖母が声をあげ、興奮した様子でランスのほうを振り返った。「あなたは知らないかもしれないわね、ランス、ずっと海に出ていたから。アサートン家のご令嬢ふたりはどちらもコーンウォールの貴族と結婚されたのよ。ロングフォード伯爵が長女の方《かた》と結婚されて、その資産でポルペランハウスを生き返らせたと聞いてるわ。ソーンダーズ伯爵は――トレヴェリアン侯爵の後継ぎで、侯爵のことはわたしもいくらか存じあげているのだけれど――次女の方《かた》と結婚したんですよ」ミス・アサートンに向かってつけ加えた。「まだ新しい伯爵夫人のおふたりにお目にかかる光栄に浴していませんわ。最近はめったに旅をしないので。でも、おふたりの結婚の話は、コーンウォールの人ならみんな知っていますよ」

ランスは、自分もその話を聞いたことがあることに気づいた。五、六年前に新聞各紙に大きく取りあげられていた。米国人の資産家令嬢ふたりがコーンウォールの貴族の心を盗んだと。さらに、その令嬢たちがそこまでみんなの興味を引いた主な理由も思いだした。それぞれが莫大な持参金を持ってきたのだ。

どれほど莫大だったか？　ランスは思いだせなかった。

「そのことについて、なぜなにも言わなかったんだ、ミス・アサートン？」あまりに驚いたため、聞かずにはいられなかった。

彼女は長々とため息をついた。「なぜなら、米国の大富豪令嬢として見られたくなかったからです。姉たちとわたしは、新聞や世の中の人たちにそう呼ばれていました。もしあなたがこのことを知ったら、富豪令嬢と建築家を分けて考えるのが難しくなるのではと心配だったんです。自分自身の実績によってこの仕事をいただきたかったので」

「そして、そうなりましたね」祖母が言う。

「失礼なことをうかがって申しわけないが」メゴワンが口を挟んだ。「あなたが大富豪の令嬢ならば、なぜ働くんですか？」

「いい質問だ」ランスの耳に、自分がぶしつけに同意するのが聞こえた。「それほど傑出した家の出身ならば、ミス・アサートン、仕事を追求する必要はないはずだが」

ミス・アサートンが眉をひそめ、それから彼に聞き返した。「あなたはなぜ十九年間も英国海軍で軍務に就いていらしたのですか、公爵さま？」

ランスは答えを探した。「父がぼくを送りだした時、ぼくはまだ子どもだった。職業を持つべきだと力説された」

「でも、公爵の次男でいらしたわけですから、実際に働く必要はなかったでしょう？　お兄さまが爵位を継いだ時にはまだ入隊の署名をされていなかった。海軍を離れて、お兄さまからの手当で一生快適に暮らせたはずですよね？」

ランスは考えこんだ。「たしかにできただろうな」

「でも、お辞めにならなかった」彼女が熱のこもった議論を展開する。「なぜなら、日々の戦艦の任務を愛し、信頼するようになり、それによって計り知れない満足を得て、それなしの人生を想像できなかったから。そうではないですか?」

彼はゆっくりとうなずいた。「言いたいことはわかった、ミス・アサートン。きみも同じだというわけか」

「自分の力と才能はよくわかっています。男性と同じように、本物の仕事でそれを発揮したい、世界を変えるような仕事で。いつか、自分の設計会社を設立して、大ビルディングを設計し、そこに命を吹きこみたいんです」

「そういう夢を追うのはとても勇気がいることですよ」祖母が宣言する。「わたくしの娘時代は、屋敷で生まれ育ったレディのなかで、働くことを考える人はひとりもいませんでした。あなたの勇敢さに心から敬服しますよ」

「ご両親さまはあなたの選択を支援されていますか?」メゴワンが半信半疑で訊ねる。

「いいえ」ミス・アサートンが認めた。「母は最初から大反対でした。母の人生のゴールは、娘三人全員を英国の貴族の方に嫁がせること。姉ふたりは、母を喜ばせるためではなかったけれど、結果的に母の希望をかなえました。でも、わたしに関しては、母は失望する運命ですわ。わたしは自分の道を行くと決意していますから。たとえ、自分の分の財産を諦めることになっても」

「諦める?」ミスター・メゴワンが訊ねる。

「財産は結婚する時にのみ持参金として与えると父がはっきり言っていますから」

「あなたは真の現代女性ですよ、ミス・アサートン」彼の祖母が諸手を挙げて称賛する。

「たしかにそうだ」ランスは同意した。そしてまたもや、ミス・アサートンの持参金がどのくらい巨額なのだろうといぶかった。祖母の次の発言がその質問に答えた。「百万ドルに背を向けるのはたやすいことではないでしょうね」

ランスは心のなかでつぶやいた。百万ドル？

それがこの女性の財産の額なのか。もしも結婚した時に、もしも結婚したらだが、彼女は――実質的には夫が――百万ドルを手に入れる。その言葉が、まるで缶のなかに稲妻を放ったかのように頭のなかで鳴り響いた。

すばやく計算をする。換算すれば、およそ二十万ポンド。そんな高額な持参金は聞いたこともない。

ランスは即座に、彼のすべての問題の解答が食卓の向かい側に坐っていることを悟った。銀の皿に載せて差しだされたかのように。ミス・アサートンはただの見習い建築家ではない。百万ドルの相続人だ。

「おふたりに知られてしまいましたが」ミス・アサートンが言った。「ここでお引き受けした仕事については、なにも変わらないといいのですが」

「もちろん変わらない」ランスは答えた。「なんの違いも生じない」

だが、もちろんイエスだ、大いに違う。

9

「タイミングが絶妙すぎる」夕食後の喫煙室で、ランスは、まるで絨毯に常設の小道を造っているかのような勢いで行ったり来たりしていた。

メゴワンは暖炉脇の椅子に坐り、いたわるような手つきでウイスキーのグラスを持っている。

「自分を犠牲にしなければならないとすでに決心していた」ランスは言い続けた。「金のために結婚する以外に選択肢がないと。その結婚で自分が幸せになることなど期待もしていなかった」くるりと振り返って友人のほうを向く。「ところがいま、こんな可能性が差しだされた。ふさわしい――ふさわしいどころか、きわめて望ましい――伴侶が突如目の前に現れた」

「先日、きみがアサートンの名前をぼくに言ってくれていれば」メゴワンが言葉を挟む。

「彼女がそうである可能性を示唆できただろう。コリス・アサートンが米国でもっとも富裕な人物のひとりであることはだれでも知っている。それに、コーンウォールの住人ならだれでも、彼の娘ふたりがこの地方の伯爵と結婚したことを知っている」

「ぼくは知らなかった。二十年近く海にいたからな。新聞の社交欄に関心を持ったことはなかった」

「百万ドルの持参金がついてくることなどめったにないぞ」メゴワンの顔には、事態の急展開が信じられないという驚きと喜びが浮かんでいる。「ミス・アサートンと結婚すれば、きみの諸問題は一瞬で解決する」

「たしかにそうだ。借金を全額返済してもまだ充分に残るだろう。城を改装し、村人たちの問題をすべて解決できる」

「今後二度と金の心配をしなくてよくなる」

「もしも二カ月前に占い師が、セント・ガブリエルズ・マウントを相続して、米国人銀行家の娘との結婚を望むことになるだろうと言ったら、言下に笑い飛ばしただろう」ランスは信じられない思いで頭を振った。「運命によって、未知の場所に導かれたというわけかな？」

「まさに思いがけない幸運だ、ダーシー。だが、あえて言わせてもらえば、明らかに進展が早すぎる。数日前に出会ったばかりだろう」

「そうだ。しかし、そのあいだに、彼女のことをよく知ったような気がしている。魅力的で才能があって、非常に聡明だ。それに美しい。きみもわかっただろう？　それに、子どもたちの祭りの件を持ちだした時に、どうなったかも見ただろう？　即座に適切なアイデアをいくつも提示した。将来、同様の催しがいくらあっても、みごとに取り仕切ってくれるに違いない」

「要するに、理想的な公爵夫人になる」

「そうだ」

「この馬鹿げた職業を諦める意思があればだが」メゴワンが考えこむ。

「それは言うまでもないだろう」ランスはうなずいた。

「それにしても、奇妙な選択だと思わないか？　米国人の大富豪令嬢が仕事を持とうとしているとは？　しかも、よりにもよって建築業界で？　なにを考えているんだろう？」

「みずから失敗のお膳立てをしているようなものだ。ぼくは彼女に仕事を頼んだが、ほかに頼む者が何人いる？　ダ・ヴィンチくらい優秀であっても、違いはない。彼女が通っていた建築大学は、学位を与えるのを拒否したそうだ。なけなしの一ポンドだったとしても、彼女が免許を取得できないほうに賭ける」

メゴワンがうなずいた。「彼女は男の業界にいる。つまり、不可能な道を旅する選択をしたということだ」

「結婚することで、不可能な道から救いだせるわけだ」

「いつ申しこむつもりなんだ？」

「あすの朝を考えている」

「そんなにすぐに？」メゴワンが彼を見やった。「難癖をつけるつもりはない。きみが喉から手が出るほどその金を必要としていることはだれよりもわかっている。しかし、これだけは言わないと、怠慢のそしりを免れないだろう」

「なんのことだ？」

「結婚は一生のことだ。もう少し時間を取って、彼女をよく知り、意思表明をする前に、本当に自分が望んでいる女性かどうか確かめるべきじゃないか？　返済の期日まで、まだ三カ月ある」

「たとえ三年あっても、彼女以上によい伴侶で、しかもぼくが必要とする金をたまたま持っている女性は見つけられないだろう」ランスは言い張った。

「その方程式の要素に愛は期待していないということか？」

「愛？」ランスはむせそうになった。たしかに、愛が生まれ、育まれた関係もある。ランスの両親は愛し合い、とても幸せだった。しかし……。「ぼくにとって、愛は屈辱と悲嘆を引き起こすものだ。つらい経験を経て学んだ」

「ずっと昔の話じゃないか。また人を愛して、もっとよい結果を得られるかもしれない。試してみればいい」

「いや、ミス・アサートンとぼくは惹かれ合っている。それだけで充分だ」

ランスのほうは、たしかに最初は見かけに魅了されたが、その晩、両手と唇で互いをまさぐり合った段階で燃えるものを感じた。それ以来、いくらやめようとしても、あのビリヤード室でのあいびきのことを考えずにはいられない。

その事実を事務弁護士に打ち明けるつもりはないが。

将来がどうであろうと、自分とミス・アサートンがベッドでうまくいくことは間違いない。

「ぼくは妻と後継ぎと、そして金が必要だ。この結婚に愛は必要ない。ミス・アサートンは完璧な花嫁になるだろう」

「そうか、きみがそう言うならそうだろう。こんな幸運が目の前に落ちてきたのだから、たしかにつかんだほうがいい」メゴワンがウイスキーをひと口飲んだ。「きみの借金について、彼女は知っているのか？」

「ああ……それは」ランスは一抹の罪悪感を覚えた。「財政状態について聞かれたよ。正直に言ったわけではない」

「ご令嬢は自分の持参金がなにに使われるかを知る権利がある。そう思うだろう？」

「ああ」ランスは胸の前で腕を組み、炉棚にもたれて顔をしかめた。「いますぐに言うべきかな？　かなり言いづらい。なぜ嘘をついたかを説明しなければならない」

「彼女がセント・ガブリエルズ・マウントを高く評価しているようだと言っていなかったか？」

「それはたしかだ」

「自分の金でその城が救われて、次の世代に引き継がれると理解すれば、罪のないちょっとした嘘は許せるだろう」

ランスはその言葉について思いめぐらし、それからうなずいた。「きみの言う通りだと思う。父がいつも言っていた古い言いまわしがある。『公爵は女性に結婚を申しこむのではない。花嫁候補者に公爵夫人になる機会を与えるのだ』」

メゴワンの口がわずかによじれて皮肉っぽい笑みになった。「そして、正気の女性は、公爵夫人になる機会を絶対に断らないというわけだ」

仕事場になっているレディの間に執事が入ってきた時、キャサリンは書斎の基本設計図を描くことに没頭していた。忠実で控えめな白髪の紳士ハメットとは、前日彼が城に戻って仕事を再開した時に会っていた。

「失礼いたします、お嬢さま」ハメットが丁重に言う。「客間にお越しいただきたいとのことです」

キャサリンは驚いて彼を見やった。「どなたが？」

「公爵閣下です」

会いたいならば、なぜここに来ないのかしら？　キャサリンは鉛筆を置いて立ちあがった。

「そうですか。では、すぐに行ったほうがいいですね」

執事の案内でねじ曲がった長い廊下をいくつも通って客間――毎晩、夕食前の一杯が供される上品な部屋――に向かった。

この城に来た最初の晩の夕食後に起こったことは考えないように努めた。

でも、客間に入ったとたん、考えないのは不可能だとわかった。

暖炉の横で、炉棚に片腕を軽く置いて立っている公爵は、いつものように罪深いほどハンサムだった。不本意ながら、その姿を目にしたとたんに胃がきゅっと締めつけられた。

ひげはさっぱり剃られ、髪もきれいに撫でつけられて一筋の乱れもない。完璧な装いでない姿で現れたことは一度もないが、けさの彼は、さらに念入りに支度をしたように見えた。

黒いフロックコート（十九世紀に流行した昼用の正装用コート）とズボンは蒸気をかけてアイロンしたばかりのようだ。上品な紋織りに金糸で美しく刺繍を施した胴着を着ている。

「ミス・アサートン」

「公爵さま」

執事が姿を消し、客間の扉が締まった。

公爵がソファのほうを身振りで示し、改まった口調で言う。「どうぞ、坐ってください」

キャサリンは坐った。公爵と目が合う。じっと見つめられて、キャサリンは不安になった。この状況は、なんとなく奇妙に感じる。「公爵さま？　なにかまずいことがあったのでしょうか？」

「まったくない」

「なぜわたしをここに呼んだのかうかがってよろしいですか？」

「もちろん訊ねていい。呼んだのは、きみに言いたいことがあるからだ」

キャサリンはふいに恐怖に襲われ、まっすぐに坐り直した。首を言い渡されるのだろうか？　気が変わって、改装計画を進めたくなくなったとか？「どんなことでしょうか、公爵さま？」

「きみも知っている通り」公爵が相変わらず丁重な口調で言い始めた。「ぼくはつい最近爵位を継いだ。それにはいくつかの責任が伴う。そのなかには、結婚して家系を継続させる義務も含まれている。米国人との結婚は考えたこともなかったが、貴族のあいだでは最近ますますもてはやされている」

彼の言葉が向かう可能性に気づき、キャサリンは全身をこわばらせた。ああ、どうしよう、やめて。

「知り合って間もないことはわかっているが」彼が続ける。「そのあいだに、きみの特質や魅力を多く知り、我々の組み合わせは友好的なものになると信じるようになった」

我々の組み合わせ?

「ぼくの公爵夫人として、きみは生涯にわたりここで暮らすことになる。それはきみにとっても歓迎できないことではないと思う。きみはセント・ガブリエルズ・マウントを称賛していた。姉上がたもこの地方に住んでいるから、休暇だけでなく、好きな時にいつでも会えるようになる。結論として、ぼくは、この結婚の申しこみが嘘偽りのないことをきみに伝えたい。ぼくの願いはきみがぼくの妻になってくれることだ」

願いという言葉を使っているにしても、その表情と口調から、よい返事を確信していることは明らかだった。

驚きのあまり、キャサリンは言葉を失った。こんなことあるはずない。冗談でしょう? すべてがあまりに予想外であまりにばかげていて、キャサリンが望んでいることとあまりにかけ離れていたせいで、むしろ、胸のなかでおかしさが泡のようにふつふつと湧きおこった。それは、どんなにがんばっても抑えられなかった。

口から漏れたくすくす笑いが、さざ波のように広がって本格的な笑いに変わる。そのあと、ハエを叩くかのように片手を振り、それからようやく返事をした。「ご冗談でしょう、公爵さま。そんなふうに女性をからかうのはよくないですわ」

公爵の顔がこわばった。今度は彼が言葉を失う番だった。それでも、ようやく出てきた声は権威に満ちていた。「そんなことはない。きわめて真剣に言っている」

キャサリンは笑って申しわけないと思ったが、それでも唇がぴくぴくしていたのは、自分の耳が信じられなかったからだ。「では……ごめんなさい……なんとおっしゃいましたか？」

彼の目に不穏な光がきらめいた。自分の言葉を繰り返すように言われたことが信じられなかったのか、彼の目が暗い光を帯びた。口元をこわばらせたまま、もう一度言う。「ぼくと結婚してほしいと頼んだのだが、ミス・アサートン」

どうしよう、本気なんだわ。ダーシー公爵がわたしに結婚を申しこんでいる。

考えをまとめるのに数秒かかった。前にもこういうことはあった。知り合ってもっと短期間で申しこまれた人もいる。ニューヨーク社交界にデビューした時は、その晩のうちに、噂でしか知らなかった男性ふたりから結婚の申しこみを受けた。そのあと数年のうちにあと三人から申しこまれた。もちろん全員が持参金目当てだった。

それに比べて、ダーシー公爵の申しこみは不可解だ。動機がなんなのか、キャサリンはいぶからずにはいられなかった。彼は炉棚のそばに立ったまま、身をこわばらせて彼女の返事を待っている。ある思いが頭に浮かんだ。キャサリンが大富豪の娘だと彼が知ったのはつい昨夜のことだ。そして突然、結婚を申しこんできた。ただの偶然？　それとも……？

「公爵さま。お会いしてわずか三日しか経っていないのに、この驚くべき提案をなさったのはなぜかお訊ねしてもよろしいでしょうか？」

「言ったように、短期間でわかったからだ」

「あなたが関心を持っているのは、本当にわたしですか？　それともわたしの財産？」

その言葉に公爵は顔を赤くした。侮辱されて傷ついたかのように見えた。一瞬間を置いてから、彼は静かに答えた。「きみの財産はたしかに非常に多い、ミス・アサートン。それを歓迎しないと言う男はいないだろう。しかし、ぼくにとって、きみの持参金は重要ではない」

よかった、少しほっとした。キャサリンが心底嫌っていることがあるとすれば、収入源と見なされることだ。でも、金銭的な懸念については、数日前に訊ねた時にすでに却下され、彼はお金のことなどまったく問題にしていない様子だった。そうよ、もしも財政的な問題があったなら、先代公爵はなぜ彼女の会社に改装を依頼したの？

ふいに、まったく違う考えが浮かんだ。はっとして、片手を口に当てる。「では、これはなんなのですか？　騎士道精神に基づく行動？」

「騎士道精神？」彼が戸惑った様子を見せた。

「わたしたちが……したこと……あの晩ビリヤード室でしたことで、申しこみをする義務があると感じたのですね？」

この質問は明らかに不意打ちだったらしい。「ぼくの申しこみは」少し強い口調で反駁した。「あの晩に起因するものではない。断言するが、義務のことは念頭にない」

「事実をはっきりさせるために申しあげますが」キャサリンは答えた。「あの晩起きたことについては、わたしにも責任があります。ワインを飲み過ぎたのもよくなかったわ。でも、あなたは経験があるでしょう？　経験どころか、地中海の多くの港で多くの女性たちと。それでも、そのうちのだれにも申しこみをされなかったのですよね？」キャサリンはあわてて口を閉じた。こんなことを言うなんて信じられない。思っている以上にショック状態にあるに違いない。できるだけ早くこの話し合いを切りあげる必要がある。

驚いたことに公爵の顔色がさらに濃い緋色に変わった。口も聞けない様子に、キャサリンの不安が増大した。彼の目に苦悩の表情がよぎる。自分の言葉が知らずに彼の心の奥深く埋もれた琴線に触れ、彼にとってつらい記憶を呼び起こしてしまったとキャサリンは感じた。おそらく、過去に結婚を申しこんだことがあるのだろう。そして、彼の希望がかなう結果にならなかったに違いない。なにか言おうと必死に考えたが、なにも思い浮かばない。だが、その焦りは彼が解決してくれた。

「ミス・アサートン」彼が緊張した声で言う。「ぼくの恋愛史はこの件となんの関係もない。現在の話だけに絞ろう。ぼくがきみに申しこんだのは、妻を必要としているからだ。きみとは出会った瞬間につながりを感じた。きみも感じたと思う。それは否定できないはずだ」

キャサリンはおもむろにうなずいた。たしかに、ふたりのあいだになにかを感じた――それに反駁の余地はない。「それは否定しません。でも――」

「だから、申しこんだ。ぼくたちはうまくいくと信じている」

結局キャサリンに理解できたのは、新しい公爵になった彼が結婚して後継ぎを設ける義務に重圧を感じていることだけだった。決断が早いと前に自分で認めていた。キャサリンはここにいるから都合がいい。しかも、有名な米国人一家の出身で、姉たちは同じ地方の貴族に嫁いでいる。彼がキャサリンに結婚を申しこむのは自然なことかもしれない。

西欧のすべての国々のほとんどすべての女性が、公爵から結婚を申しこまれたら嬉しくて舞いあがるだろう。

でも、自分はそういう女性のひとりではない。

「公爵さま」キャサリンは言った。「そのご提案が大変栄誉なことであることは重々承知していますし、本当にありがたいと思っています。でも、お断わりしなければなりません」

「お断わりしなければならない？」彼が驚きを隠そうともせず、キャサリンの言葉を繰り返した。「公爵夫人になる機会を提供していることはわかっていると思うが」

「ええ、わかっています」

「それでも断ると？」

「ええ」キャサリンは苛立ちのため息をついた。公爵や英国の海軍士官たちが、断られることに慣れているはずがない。「失望させてしまったら申しわけありません。でも、わたしがあなたと結婚できないことは、あなたもわかっていらっしゃるはず」

彼は驚くと同時に傷ついた様子を見せた。「それはなぜだ？」

「ひとつは、あなたの事務的で冷淡とも言える申しこみに、愛情に関する言及がなかったことです」怒りをこめて指摘する。「もちろん、言えるはずがありませんよね。お互いにほとんど知らないのですから」

「愛情は、結婚してから育つものだろう」彼が言い返した。

「わたしにとっては違います。もしも結婚するとしたら、愛のために結婚します。でもそれはさておき、わたしは全身全霊を仕事に傾注しています。あなたは建築家を妻にしたいと望んでいるわけではないでしょう？」

「もちろん違う」という答えが即座に返ってきた。「公爵夫人は職業に就くことはできない。ふさわしくないからだ」

「まさにそのことです」キャサリンは言い始めた。

だが、詳しく述べる前に彼が言葉を継いだ。「しかし、公爵夫人という、女王陛下ご自身を除けば、この国でもっとも高い称号《タイトル》を得るという栄誉との交換ならば、きみもその仕事とやらは喜んで諦めていいはずだ」

仕事とやら？　彼の言葉にキャサリンは身をこわばらせた。「わたしが唯一関心を持っている肩書き《タイトル》は建築家です」キャサリンは激しい口調で言い返した。「ここまで来るのに、どんなに長いあいだ多くの困難を克服してきたと思われますか？　わたしは絶対に諦めません。あなたのためにも、ほかのだれのためにも。結婚したいという望みはありません」

「まさか本気で言っているわけじゃないだろう」

「いいえ、本気です」

彼は信じられないという顔をした。「一生だれともつき合わないというのか？　夫を持たない？　子どもも？」

「この職業で成功するためには、男性の二倍働く必要があります。夫や子どもに費やす時間はないでしょう。家族を持つ幸せや満足は求めていません。仕事の成功こそがわたしの人生なんです。自分が建てる建造物がわたしの遺産。わたしが死んだあとも、建物はわたしの名前を残してくれます」

公爵は適切な答えをひねり出そうとするかのように、ゆっくりと頭を振った。「不可能とは言わないまでも、非常に困難な道をきみは選んだ、ミス・アサートン。自分でも、女性の建築家は世界でたったふたりしかおらず、英国にはひとりもいないと言っていたはずだ」

「これからも多くの困難が待ち受けていることはわかっています。でも、だれかが最初のひとりにならなければ。わたしはやり抜きます。そして成功します」キャサリンは息を吸った。「お断りしたことで気分を害されたら謝ります。でもどうかわかってください。個人的なことではないんです。あなたの求婚を喜び、公爵夫人になってとても幸せな女性は、何千人とは言わなくても、確実に何百人かはいるでしょう。どうかそのなかから探してください。わたしはあなたの妻にふさわしい者ではありません」

「なるほど」

キャサリンは立ちあがった。「公爵さま、このことが仕事の関係に影響することはありませんよね？　始めた仕事に、わたしは全力を注いでいます。先日あの……ほかのこと……に関して同意したように、これも過去のことにして前に進めますよね？」

　彼はしばらく答えなかった。顔は怒りに満ちていたが、その怒りと屈辱を隠そうとしていた。そして最後にキャサリンに向かってそっけなくうなずき、ぶっきらぼうに言った。「きみの望みがそうならば」

「そうなんです」キャサリンは仲直りの印に片手を差しだした。「この話はなかったということにしませんか、よろしければ」

　彼はふたたびためらった。まるで彼女との握手がこの世でもっとも嫌なことであるかのように。ずいぶん経ってようやく応じたが、黙ったまま、そして怒りに顔をこわばらせ、視線は合わせず、その握手は強かったが、とても短かった。

「ありがとうございます」キャサリンは言った。「では、仕事に戻ります」

　キャサリンは可能なかぎり優雅さを保ちながら、急いで部屋を逃げだした。こんなに動揺しているのは、たったいま終えた会話のせいというより、ふたりの手がつながった瞬間に腕を伝いのぼった裏切りものの火花のせいだった。

10

なんということだ。

歩いて客間に入っていった時、ランスは自信たっぷりだった。ミス・アサートンが彼の申しこみにイエスと言うことにまったく疑問を持っていなかった。それにもかかわらず、彼女は断った！

あの女性が彼の公爵夫人になる機会を断るほど仕事に入れこんでいるとは、一瞬たりとも思わなかった。だれの公爵夫人にも、それを言うなら、だれの妻にもなる気がないとは。

自分は彼女のことを、なぜそこまで読み違えた？

一方で、結婚に対する彼女の考え方が、これまで出会ったほかの女性たちとまったく違うなんて、ランスは知る由もなかった。

とにかく、とことん恥を掻いた。これから二、三週間かかる仕事の契約に同意したことを考えてみろ。そのあいだずっと、彼女は同じ屋根の下で暮らしている。次に会った時に、いったいなにを言えばいいんだ？　とんでもなく気まずいに決まっている。

仕事の合意を打ち切ることも考えた。この件についてよくよく考えた結果、改修はしないことにしたと告げればいいだけだ。契約に署名していたからといってなんだというんだ？

単に金を払って、帰ってもらえばいいことだ。

しかし、彼女が彼の結婚の申しこみを断った直後では、恨みか怒りから彼女を首にしたとあからさまに伝わるだろう。

ランスは誠意を持って彼女を雇った。約束をしたからには、破るほうにはなりたくない。とはいえ、毎晩彼女と一緒に食べる夕食の席で（このすばらしい取り決めを思いついたのはだれだ？）彼女と会うのは、いまの彼にとっては呪いだった。

ビリヤード室での関係のあと、彼女は彼との同席を避けた。いまはランスが彼女を避けると固く決意している。

その午後、ランスはファルマスに向けて出発した。祖母にはそこで仕事があると伝えたが、唯一の仕事は港を歩き、船を眺めて、酒場を何軒もまわることだった。引退した漁師数人のほか、休暇中の水兵ふたりと出会い、彼らと一緒に数時間楽しく過ごした。しかし、そのあいだもずっと、心はすぐにミス・アサートンに戻っていき、どれほど屈辱的な会見だったかを思った。

彼女は嫌な女だと自分に言い聞かせようとした。自己中心的で感謝を知らず、自分が重要で有能で偉いと思い、英国人と結婚する気などさらさらない。そもそも彼が結婚を申しこむに値しない女性であり、断られてかえって幸運だったと。しかし、ファルマスの滞在二日目、〝ホースアンドフェザーズ〟という酒場で三杯目のビールを飲んだ段階で、彼女は嫌な女ではないと認めざるを得なくなった。並はずれた女性であることは確かだ。ただし、自分の能力が彼よりも高いと思っている様子はない。ただ、自分の道を選び、それをやり通そうとしているだけだ。実際のところ、それについて、ランスは不本意ながら彼女に敬服していた。

彼女の忠告に従うべきだろう。だれかほかの女性を見つける。

ロンドンの社交界シーズンが終わるまでにまだ一カ月ある。彼が花嫁を探していると公表すれば、公爵夫人になれたら大喜びでなおかつ持参金つきの花嫁候補のひとりやふたり、すぐに見つかって彼に知らせが来るだろう。

問題は、と彼はため息まじりで思った。ほかの花嫁候補を彼が望んでいないということだ。

彼女に出会ってしまったいま……自分は彼女を望んでいる。

そしてその人は残念なことに、百万人の女性のなかで、彼を望まないただひとりの女性だ。


落ちこんだ気持ちのまま二日が過ぎ、手持ち無沙汰な状況にも飽きてランスは帰宅した。

ミス・アサートンに報酬を払って図面を描いてもらうのだから、彼もまた、その図面作成の場に介入してもいいはずだ。校舎の屋根と漁師の使う船着き場の修理もちょうど始まる頃だから、それもしっかり見守るべきだろう。

ランスはいまだに、ミス・アサートンに対してどのような対応をするか、うまい結論を出せずにいた。思いついたのは、歯を食いしばって、なんとか切り抜けることだけだ。それだけは実行すると、ランスは暗い気持ちで決断していた。その間《かん》二週間ほどは、妻探しを後まわしにし、自分が探す気持ちになるまで待つしかない。

城に入るやいなや、彼は廊下を歩いて書斎に向かったが、その途中、温室から祖母が呼んでいる声が聞こえた。

「ランス？　あなたなの？」

彼は戸口で立ちどまった。「調子はいかがですか、おばあさま？」

「元気ですよ、ありがとう」祖母は庭いじり用の上っ張りを着て、並んだ植木鉢の植物に水をやっていた。「では、帰ってきたのですね」言わずもがなのことを言う。

「いましがた着いたところです」

「それはよかったわ。少し時間あるかしら？　あなたに話したいことがあるんですよ」

ランスは部屋に入った。午後の太陽が、植木鉢に植わった熱帯植物に金色の光を投じている。小さな花から木くらいの高さで巨大な葉を持つ植物まで、種も色も大きさもさまざまだ。

「この部屋はいつも好きだったなあ」彼は部屋を満たしている心地よい香りを吸いこんだ。湿った土や樹皮の匂いと混じったその繊細な花の香りに、子どもの時に祖母と交わしたおしゃべりの心温まる記憶がぼんやりよみがえった。

「ここはこのお城のなかで一番好きな部屋なんですよ」祖母が植物に水をかけながら、空いている手を動かしてそばの椅子を示した。

無言の指示に従って、ランスは腰をおろした。「なんの話ですか？」

「ミス・アサートンのこと」

その言葉は不意打ちだった。「彼女のなにを？」

「あの方に結婚を申しこんだんでしょう？」

ランスの頬にかっと血がのぼった。祖母はなぜそれを推測できたんだ？「なんの話をなさっているかわかりませんが」

祖母が淡い青色の瞳でじっと彼を見つめた。「わかっていると思いますよ。わたくしが思うに、あなたは求婚し、彼女が断った」

「彼女がおばあさまに話したのですか？」ランスは思わず訊ねた。

「ほーら！」祖母の目がきらりと光った。「わかっていましたよ！　もちろん、ミス・アサートンはひと言も言いません。わたくしが自分で推測したんです。到着した瞬間から、あなたたちふたりのあいだでなにかが起こっていると感じていましたからね。数日前にあなたが彼女を客間に呼んだとハメットから聞きましたよ。そしたら、ほらね！　あなたはすぐにしょげかえって、理由もなくファルマスに逃げだしたでしょう」

「ファルマスで仕事があったんですよ」彼は歯を食いしばって言い張った。

「もちろんそうよね、ランスロット」

「そう呼ばれるのは好きじゃない」

「なぜ？　あなたの名前じゃないの。それによい名前ですよ。彼女がすぐに飛びつくとあなたは思っていたんでしょうね？」

ランスは異議を唱えようと口を開いたが、すぐに閉じた。祖母は非常に目敏い。それはランスも正当に評価すべきだろう。たいていのことは見のがさない。「わかりましたよ、その通りです。彼女に結婚を申しこんだ。彼女はノーと言った。屈辱的でした。気が済みましたか？」

「いいえ、全然」

「いまのぼくは公爵です！　公爵は自分の選んだ花嫁を娶る権利があるはずです。そして、花嫁は感謝してそれを受けることになっている」

「あなたの頭にその考えを吹きこんだのはだれかしら？　あなたのお父さま？　そんな頭が固いことを言う公爵は彼くらいだわね」

「それを言いたくてぼくをここに呼んだんですか？　ぼくを侮辱し、非難するために？　もしそうなら、もう失礼しますよ」ランスは立ちあがりかけたが、祖母が手を振って席に戻るようにうながした。ランスはため息をついて坐り直した。

祖母はじょうろを置くと、こちらに歩いてきて彼の横に腰をおろした。「あなたはその時の勢いで行動する性格ね、子どもの時からそうでした。でも、ほとんど知らない女性に結婚を申しこむとは、さすがのわたくしも予想していませんでした」

ランスは顔をしかめた。恐怖としか形容できない財政的窮状が差し迫っていることを祖母に言えればいいのだが。もうすぐセント・ガブリエルズ・マウントを失うかもしれないと。しかし、祖母は八十五歳だ。六十年以上この城で暮らしている。家を追われて、どこに住むかもわからないという考えに耐えられるとは思えない。ランスがこの問題をなんとかできれば、祖母は知らなくて済む。

「彼女と会ったばかりであることはわかっています。でも、だれかと結婚する必要があるし、彼女と会った瞬間から……」服を脱がせてセックスしたかった。「惹かれるものがあった。彼女が好きです」

「わたくしも好きですよ。まれに見る女性だわ。家族になってくれればどんなにすばらしいでしょう。でも、あなたは本当にあの方を好きなの、ランス？　それとも彼女のお金？」

警戒心が波のように全身に押し寄せた。「どういう意味ですか？」

「わたくしは年寄りだし、たしかに守られた人生を送ってきたけれど、まわりはよく見えているし、愚かでもありませんよ。あなたのお父さまがお金の問題を抱えていたのは承知しています。それをヘイワードが受け継いだ。ヘイワードが何年も前にハンプシャーの地所を売却したのも知っています」

「たしかに売却しました」ランスは事務的な口調にしようと必死になった。

祖母がまた彼を見つめた。「財政状態はとても悪いんですね、ランス？」

祖母の質問にランスは心底ほっとした。つまり、本当の現状を知っているわけではない。疑っているだけだ。なにも認める必要はない。これは男の問題であり、彼だけで解決すべきことだ。

ランスは祖母の片方の手を取り、愛情こめて握り締めた。「財政的にはなんとかやっていますよ、おばあさま。大丈夫」嘘をつくことに一抹の罪悪感を覚えたが、いたしかたない。

「たしかに、ミス・アサートンは多額の持参金を持っているが、そのお金のために申しこんだわけじゃありません」またもや罪悪感。

と言っても、正直なところ、ミス・アサートンの財産は喉から手が出るほどほしいが、金だけのために彼女と結婚したいわけではない。事実として、たとえ財政問題を抱えていなくても、この城に彼女がいる状況で三日間を過ごした結果、ランスは彼女に心底……惚れこんだ。そう思うと、自分だけが悪いという感覚はいくらか減少した。

「それを聞いて安心しましたよ。ずっと心配していましたから」

「ミス・アサートンは非の打ち所がない家庭の出身です」ランスは肩をすくめ、さりげなく見えることを願いながら、つけ加えた。「いい組み合わせだと思ったのだが」

「いい組み合わせ？」祖母が繰り返し、非難するように頭を振った。「少しでもあの方と結婚したいと思うのなら、ただのいい組み合わせ以上の存在と考えるよう願っていますよ」

「どういう意味ですか？」

「申しこみをした時、彼女になんと言ったの？」

その質問にランスは椅子のなかで身じろぎした。「正確には覚えていません」

「当ててみましょうか。あなたはおそらく、新しい後継ぎとして結婚する義務があると言ったでしょう。知り合って間もないけれど、彼女が好ましく魅力的な人だとわかったと。自分の公爵夫人になるという栄誉を受けてほしい。そうすれば、これからの人生をずっとセント・ガブリエルズ・マウントで暮らせる。さらなる誘因として、お姉さまがたがコーンウォールにいるから、家族の近くにいられるということもつけ加えたでしょうね」

「ぼくは……まあ、そんなことを言ったと思う」ランスは口ごもった。祖母はあまりに洞察力に長けている。それとも、盗み聞きしたのか？「ぼくが言ったことがなぜわかるんですか？」

「あなたのおじいさまがわたくしに結婚を申しこんだ時に、まったく同じようなことを言ったからですよ」祖母がまた頭を振った。「彼女が断っても、まったく驚きませんよ」

「でも、あなたはおじいさまの申しこみを断らなかった」ランスは指摘した。

「六十年前のことですからね。時代は変わりました。過去の女性と、あるいはいまの多くの女性と同じ返事をミス・アサートンに期待することはできないわ。ミス・アサートンは現代的な女性です。いまの立場に至るまで、必死にがんばってきたんですよ」

「そのように、彼女もぼくに言っていた。非常に決然と」

「その職業が彼女にとってどれほど大切か、あなたにはわからない？　あの分野でほかの女性がだれもできなかったことを、すでに達成している。彼女が諦めるのを見たくはありません。とても才能があるし、まさにいまその出発点に立っていて、これから活躍することでしょう」

「たしかにそうですね」ランスはため息をついた。「自分がどうしようもない愚か者に感じますよ、おばあさま。最初から彼女に申しこむべきではなかった」

「そうは言っていませんよ。それでも、ミス・アサートンはあなたにふさわしい妻になれるということ」

「なんですって？」ランスは戸惑い、祖母を見やった。「よくわからないが。ミス・アサートンの職業が彼女にとってすべてだと主張したじゃないですか」

「ええ、そうですよ」

「それでは、なぜぼくの妻になれるんです？　公爵夫人は建築家にはなれない」

「なぜなれないの？」

「なぜなれない？」彼は思わず聞き返した。「それをぼくに聞くんですか？　公爵夫人になにが期待されるか、あなたはだれよりも知っているはずだ。家庭とその地域において多くの義務と責任を担っている。商売に関与することはできません」

「どんな結婚も問題は抱えているものですよ、ランス。結婚を見つけたいのなら、妥協も見つけないとね」

「どんな妥協です？　彼女がもしも建築の分野で成功したら、成功できるかどうかも疑わしいが、彼女はロンドンで働くことになる。そして、もう一度言いますが、それは商売だ。それは諦める以外、彼女に選択肢はない。ほかは不可能です」

「時には」祖母が言った。「わたしは朝食前に不可能なことを六つも信じました」

ランスはむっとした。「ぼくに『不思議の国のアリス』の言葉なんて持ちださないでください」

「でもそれが、いまあなたが耳を傾ける必要があることなんですよ。不可能なことも、心から望めば可能にできる。あなたはあの方とどのくらい結婚したいのかしら、ランス？」

「とてもです」力のこもった口調にランスは自分でも驚いた。

「彼女を得るために、どのくらい一生懸命がんばるつもりがあるのかしら？」

「ぼくは……わからない」彼は認めた。「どちらにしろ、それが論点じゃない。ぼくはすでに申しこんだ。彼女はすでに断った」

「だから、諦めるんですか、ただそんなふうに？」

ランスは両手をあげた。「ぼくになにをしろと言うんです？」

「もう一度申しこむべきだということ。きょうとか、あしたとかではありません。そして……好機が来るのを待つんです。正しい時期を待って、もう一度申しこみなさい」

「いったいなんのために？　ぼくは後継ぎを必要としている。彼女は夫も子どもも絶対にほしくないとはっきり言っていた」

「絶対にというのは強い言葉だわ、ランス。わたくしの経験では、その言葉は信頼おけないものなの。ミス・アサートンは、いまはそう言っているけれど、そのうち違うように感じるかもしれない。あなたは出会って三日で、あまりに突然彼女にそれを突きつけたでしょう。あなたを知ってもらう時間を与えるべきですよ。人の心は日々変わっていきますからね」

ランスはそれについて考えた。自分が待って、もう一度申しこんだら、彼女が違う返事をする可能性が本当にあるのだろうか？　彼のなかで波紋のように希望が広がった。

「わかりました」彼女から結婚の承諾を得る勝算が少しでもあるなら、それに賭けたい。これは、とランスは思った。決闘だ。いまや、長手袋を投げつけられたように感じていた。敵を甘く見ていたわけだ。最初の手合わせで狙いをはずしたからには、この状況を見直して新しい作戦を練り、別な方法を見つけなければならない。「ミス・アサートンに一度は断られても、決して諦めない。彼女を説得する方法を見つける」

「そうこなければ！」祖母がそう言い、それから心配そうな声で優しくつけ加えた。「前に女性に求愛したのはいつなの、ランス？」

「女性に求愛？」彼は繰り返した。ほとんどの場合、求愛などしなくても、女性のほうからやってくる。実際、長いあいだ、だれにも求愛したことはない。あれ以来……。

ランスの思いは、何年も昔に彼が心から望んでいた女性に向かった。ベアトリス。彼女のためならなんでもした。彼女の心を勝ちとるために払ったすべての犠牲を思いだした。そして勝ちとったが、結局はこれ以上ないほど屈辱的なやり方で奪われた。

「わたくしが言うのは、ほかの方……ベアトリス以外の」祖母の声にはっと現実に引き戻される。祖母が同情をたたえた淡い青の瞳で彼を見つめていた。

「いや」彼は言った。「求愛しなければならないことなどなかった」

「それなら、やり方を思いだすべき時が来ましたね。あなたは必ずあの人を説得できるわ。近づき方を洗練させればいい、それだけですよ」

「近づき方？」ランスは祖母を見やった。「どういうことか説明してください」

「ミス・アサートンはアメリカでもっとも裕福な家庭のひとつの出身だわ。もしもあなたと結婚したら、巨額の財産を渡さなければならず、しかも、ほかにも多くを犠牲にすることは確実でしょう。結婚を申しこむことであなたが彼女に恩恵をもたらしたとは言えないわ。むしろ、その逆とも言えるんですよ」

ランスは少し考えてからうなずいた。「たしかにそうだ」忠告してくれる祖母がそばにいることを、ランスはふいにありがたく思った。「ほかになにかいい考えはないでしょうか？物をあげても、彼女はすでに女性が望むすべてを持っているでしょう。花を持っていくべきかな？」かつて、寄港地で花束は驚くほど効果があった。

祖母はあきれた目で彼を眺めた。「あなたは聞いていなかったの、ランスロット？」

「なにを？」

「ここに来た最初の晩に、ミス・アサートンは切り花が耐えられないと言っていましたよ。生きていて、育つもののほうが好きだと」

「たしかに、言われてみれば、そういうようなことを言っていたのを覚えている」

「あなたはちゃんと聞くことを学ぶべきですよ。たいていの女性が嬉しく思うのは……とくにミス・アサートンはそうだと思うけれど……しっかり見てもらい、理解されること。彼女と話しなさい、ランスロット。なにが彼女の心を動かすのか見つけだすんですよ」

「なにが彼女の心を動かすか」ランスは繰り返した。「それは難題ですね。ミス・アサートンと話したいのはやまやまだが、彼女は一日じゅう、あのいまいましいレディの間で図面を描いて過ごしている。先日の夕食に参加するように説得するのが精一杯だった」

「それでも、それは説得できたじゃないの」祖母の目がきらきら輝いたのは、自身の過去のなにかを思いだしたからだろうか。「あなたは賢い人のはずよ、ランス。彼女に少し仕事を休んで、あなたと一緒に過ごすように説得する方法を見つけなさい。そして彼女に、素の自分をさらけだしなさい。女性は、自分の弱い面を見せることを恐れない男性を評価するものですよ」

ランスは顔をしかめた。「彼女の前で泣くつもりはないですよ」

「泣きなさいなんて言っていませんよ。わたくしは〝弱い面を見せなさい〟と言ったんです。そのふたつは違うこと。それにわかりませんよ。もしかしたら、あなたもそのあいだに、彼女に対する特別な思いを見つけるかもしれない。彼女のあなたに対する特別な思いにも気づくかもしれない」

そう言われたとたんに、ランスは苛立ちを覚えて立ちあがった。「つまりそういうことですか？」騙されて、不意を突かれたように感じたからだ。「ぼくが彼女を愛するようになることを期待していると？」

祖母が彼に鋭い目を向けた。「あなたがずっと昔にとても傷ついたことは知っていますよ。でも、それは、愛せない理由にはなりませんよ」

「もしぼくが結婚するとしても、おばあさま、そこに愛情が入ることはありません」

「そう、それならあなたは失敗するでしょうね。自分でそう仕向けているのだから。わたくしの言うことを信じなさい。あの女性に求婚を受けてほしいのなら、まず最初に彼女の心を勝ちとらなければなりません」

キャサリンは早朝から仕事に没頭し、盆に載せて運んできてくれた朝食と昼食を食べる時に手を止めた以外はずっと働いていた。

すでに、何枚もの図面が満足がいく内容で仕上がっているのに、なにとはっきりは言えないが、これまで感じたことのない不安にかられていた。

いつもと違う状況のせいだろうとキャサリンは思った。他人の家に滞在して、そこで仕事をしたことはこれまで一度もない。それを言うならば、この仕事のなにひとつとっても、通常とは異なっている。依頼人と会って数時間もしないうちに、その彼とビリヤード台の上で官能の行為に至りそうになり、そのまま彼の両腕のなかで意識を失った。三日後には当の依頼人に求婚された。どれをとっても、この仕事で起こるはずがないことばかり。

キャサリンの辞退は明らかに公爵の自尊心を傷つけた。ほどなく彼はこの城から姿を消したが、きのうの午後には帰宅したらしい。夕食の席に出るように指示するメモは来なかったので、キャサリンはありがたく盆に載った夕食を食べたのだった。

とはいえ、お互いを永遠に避けていることはできない。出会ってしまった時に、おそらくとても気まずいだろう。そうでないことを願っているけれど。自分にとって大事なのは仕事だけ。少なくとも……それが自分にずっと言い聞かせていたことだった。

といっても、残念ながら心の協力はさほど得られていない。昨夜はまた彼の夢を見た。また官能的な夢を。

夢で彼は海軍艦長の制服の姿でキャサリンの寝室に現れた。キャサリンはベッドで上半身を起こし、うっとり見つめた。彼の目は願望に満ちていた。彼に寝間着を脱がされて、数秒も経たないうちにキャサリンは裸で彼の前に立っていた。

なぜか恥ずかしさも感じず、彼に抱いてほしいと願っていて、それを彼はなんのためらいもなく実行してくれた。そしてキスをした。気が遠くなるようなすてきなキスをされた瞬間に目覚めたのはあまりに早すぎた。心臓は暴走列車のように激しく高鳴っていて、両脚のあいだがずきずきうずいていた。

いまもその夢のことを考えただけで鼓動が早くなる。でも、眠っているときの心の動きなど不合理そのもの、なんの意味もない。そもそもなぜ彼に官能的な欲望を抱くことなんてある？　自分がここにいるのは、彼の仕事をするため。それだけのこと！

ため息をつくと、キャサリンは目の前のテーブルに載った主階段の図面にふたたび意識を集中した。この図面の作成に何時間も費やしていちおう完成させたが、なにかが足りないように感じている。でも、それがなにか、いくら考えてもわからない。

キャサリンはもどかしくなってその図面を脇に押しやり、リストの次の項目である主寝室に取りかかった。基本的な間取図はすでに描いてあった。いま必要なのは、洗面所の位置がどこならば一番使いやすいかを考えることだ。

洗面台は、とキャサリンは考えた。どこに設置すべきだろうか？　北側の壁につける？　決める手がかりを得るために、キャサリンは実際に公爵が部屋を使っている様子を思い浮かべた。

心のなかで、彼は洗面台に向かって立っている。下着しか穿いていない。ウエストから上は裸で、ひげを剃っている。

キャサリンはあわててその映像を振り払った。これは自分が思い描くべき光景ではない。急いで洗面台の位置を描きこみ、今度は浴槽の位置に思いを向けた。

浴槽。

キャサリンの脳裏に新しい映像が現れる。公爵が浴槽から出る姿。よく鍛えられ、釣り合いの取れた美しい肉体が濡れて輝いている。裸の彼がどう見えるか、キャサリンは正確に知っていた。浜辺にいる彼を観察したからだ。彫刻のような胸と張りつめた腹部、引き締まった脚、そして……ほかのところも。その記憶に、キャサリンの背筋を震えが走った。

頬がかっと熱くなり、キャサリンは思わず鉛筆を放りだした。なぜ、ああ、なぜなの？自分はなぜ、彼の裸体のことばかり考えているの？

きょう、浴室の仕事をするのは明らかにまずい考えだ。もうすぐ一時。つまり、ここに七時間もずっと坐って仕事をしたということ。キャサリンは両腕をあげて伸びをすると、突如脚の血が滞ってしまったように感じた。立ちあがって、この部屋を出る必要がある。新鮮な空気を吸って、頭をすっきりさせよう。

テーブルの上の図面を揃えると、キャサリンは急いで自室に戻って帽子をかぶり、さらに階段をのぼって上の階に向かった。

外に出ると、心地よい海風に迎えられた。キャサリンは思わずほほえみ、狭間胸壁に囲われたテラスを横切って張りだし部分に行き、古びた大砲が二門並んでいる横に立った。眺めはすばらしかった。白い雲が浮かぶコバルトブルーの大空の下、鮮やかな青い海が午後の陽光を受けてダイヤモンドのようにきらめいている。

キャサリンは目を閉じて、肩に感じる太陽のぬくもりと顔に吹きつける風、そして大気に満ちる海の香りを心ゆくまで楽しんだ。ほんの数分でも公爵のことを考えずに、ただ、ここにいられる恵みを感じ、すばらしい場所に滞在して、やりがいのある仕事に励める自分がどれほど幸運かを考えたかった。

彼女の黙想は馴染みのある深い声にさえぎられた。

「ごきげんよう」

ぎょっとして目を開け、急いで振り返ると、ダーシー公爵がテラスを横切り、こちらに向かって大股で歩いてくるところだった。

11

「ミス・アサートン」公爵が胸壁の前まで来て、キャサリンの横に立った。堅苦しく、どちらかと言えば落ち着かない様子だったが、そのはっとするほど青い瞳のきらめきは、なにかキャサリンには特定できない感情を示していた。「会えてよかった」

彼の近さに反応し、キャサリンの体に軽い衝撃がさざ波のように伝わった。不本意ながら、また胃がきゅっと締めつけられる。「公爵さま……お目にかかれて嬉しいですわ」気まずさを回避するために、なにか言おうと必死になった。「お仕事で……ファルマスに行かれていたとか」

「そうだ」彼も言葉を探しているように見えた。「だが、戻ってきてほっとした」一瞬間を置く。「きみが外にいるのを見て驚いた。机にかじりついて仕事をしているかと思っていたので」

「ええ、でも」思わず言いわけがましい口調になる。「夜明けからずっと仕事をしていましたわ。一日じゅう休まずに働くべきではないと言われたので、少し空気を吸おうと思って」

彼の裸の姿のせいで、空気を吸う必要にかられたことはもちろん言わない。

「非難しているわけではない」彼が急いで言う。「きみが外に出ているのを見て嬉しかった。仕事は順調に進んでいるかな？」

「はい、ありがとうございます。数日のうちに、素案の図面をお見せできると思います」

「すばらしい」

キャサリンはその言葉を聞いて、ふたりのあいだの気詰まりさが少しだけ解消されたように感じた。

「いい天気だな」彼が言う。

「最高です」

彼は求婚のことについてなにも言わず――キャサリンはほっとしたし、ありがたかった――、キャサリンもあえて持ちだすつもりはなかった。実際、彼はその日に感じた怒りと屈辱は忘れて、会話をしたいと思っているようだった。そうだとすれば、それ以上に嬉しいことはない。キャサリンにできることがあるとすれば、よい仕事関係を築くことだろう。

「この景色」キャサリンは言った。「死ぬほどすてき」

「死ぬほどすてき」彼が考えこむような口調で繰り返した。「おもしろい言いまわしだ」脇の大砲二門に目を向け、それから、テラスの周囲に配置された大砲の列を見やった。「大砲を見るたび、この島を守るために命を賭けて戦った男たちがいたことを考える」

「そんな時代もあったのですね。ここで実際に、どのくらい多くの戦いが行われたのですか？」

「攻城の有名な戦いが二回あった。最初は一一九三年で、リチャード一世の統治時代にジョン王に加担して占拠された。もう一回はバラ戦争のあいだだ。六千人の軍隊に対し、籠城で二十三週間持ちこたえたそうだ」

「それはすごいですね」

「幸い、それ以外の時はセント・ガブリエルズ・マウントの威圧的な外観が侵入者たちを阻んだ」

「堂々としたお城ですものね。ここで育つのはわくわくすることでしょうね」

彼は少し考えた。「まあ……ほかでは味わえない経験かもしれない。しかし、兄が七歳年上だったからね。ぼくが小さいうちに学校に入って、家を離れた。しかもぼくは地元の子どもたちと遊ぶことを許されなかった。両親とはお茶の時に一時間会うだけだった。乳母と一緒にいるか、家庭教師と勉強する以外の時間はひとりで過ごすしかなかった」

以前、同様のことを上流階級の男性たちから聞いたことがある。キャサリンは心から同情した。「それは寂しかったでしょうね」

「その違いもわからなかったからね」

「姉たちとわたしもずいぶん放っておかれました」キャサリンは言った。「でも、三人でしたから。自由時間にはなにをしていたんですか？　どうやって楽しんでいたんでしょう？」

「いろいろだな。たとえば、船の模型を作ったり」

「船の模型！　いまはどこにあるんですか？」

「わからない。兄が捨ててしまったのではないかと思う」

「残念ですね」

「別に特別なものでもなかった。ただの子どもの趣味だ。それよりも読書に時間を費やした。時間がある時は図書室の窓辺の席で本を読みふけった」

「わたしも子どもの時に同じことをしていましたわ」キャサリンは子どもの公爵が読書をしている姿を想像し、ついほほえんだ。ふいにいい考えが思い浮かんだ。「あっ！」思わず声をあげる。

「どうした、なにかまずいことでも？」公爵が驚いて訊ねた。

「いいえ、とてもいいことです。あなたがいまおっしゃったことで……お城の吹き抜け部分の図面になにが足りないかわかったんです。窓下のベンチだわ！」

「窓下のベンチ？」

「主階段はどの階も美しい縦仕切り窓があって、そこの壁の奥行きが六十センチあります。造りつけのベンチを設置するのにぴったりだわ。中国の花瓶とかランの花を置いたら目を引くでしょうし、クッションを置けば居心地よい読書の場所ができます」

「それはいい考えだ。リストに加えてくれ」

「そうします」キャサリンはポケットからノートと鉛筆を取りだし、手早くメモをした。小さいノートをしまいながら、公爵にほほえみかける。「わたしもかなりの読書好きでした。ベッド脇の小テーブルに『アイヴァンホー』の本が置かれているのに気づきましたが。かなり読みこまれた状態でしたね」

彼は驚いたようだった。「ぼくの寝室に入ったのか？」

キャサリンの喉と頬がかっと熱くなった。「わたし……図面のために計測をしたんです」急いで説明する。「その時にたまたま本に気づきました」

「なるほど。『アイヴァンホー』はとくに好きな愛読書の一冊だ」

「わたしもです。サー・ウォルター・スコットは天才です」

「まったく同感だ」

「いま出版されているロビンフッドの小説版も、彼が書いたものだそうですわ。わたしは姉たちと、庭や周囲の森でロビンフッドの芝居をして遊びました」

「しかし、ロビンフッドは少年のための話だろう」

「そんなことありません。伝説の無法者が主人公ですが、だれでも楽しめるお話ですわ。少年だけでなく、少女も読める小説です」

「言われてみれば、たしかにそうだ。ところでミス・アサートン」公爵がにやりとした。「きみはどの役を演じたんだ？　当ててみようか。主人公の無法者だろう」

キャサリンは声を出して笑った。「レクシーとマディとわたしは民主的な姉妹なんです。ロビンと乙女マリアンを交代で演じ、愉快な仲間たちも全員に命を吹きこんだわ」

「お姉さんたちもきみも非常に変わった子どもだったようだ。そして、きみと少しでも似ているならば、お姉さんたちもただの女性には育ってはいないだろうな」

「それって、褒めているのか批判しているのかわかりませんけれど」キャサリンは眉をひそめた。

「褒めたつもりだ」

「それでは、そのように受けとらせていただきますわ」

「お姉さんたちの名前をもう一度言ってみてくれないか？」

「レクシー、アレクサンドラの省略です。マディはマデレン」

「きみも愛称があるのか？」

「いいえ、母がケイティとかキャシーという愛称を許してくれなかったんです。だから、わたしはずっとキャサリン」

「いい名前だ」彼のまなざしは温かく、称賛に満ちていて、そこに浮かんだ表情にキャサリンの心臓はまた早鐘を打った。

きょうの公爵はとても魅力的で思慮深い。ふと気づくと、まるでタンポポのふわふわした種子がそよ風に乗って飛んでいくように、ふたりを支配していたぎこちなさも消散していた。そして、キャサリンはふたりのおしゃべりを心から楽しんでいた。

「実を言えば」彼が唐突に言う。「何年も、思いだしもしなかったが、ぼくも子どもの時に芝居をしていた。まさにこの場所で」

「なにを演じたのですか？」

「この城を守るために命を捨てる騎士だった。この大砲に装塡して敵を撃つんだ」

「そしていつも、土壇場で勝利していたんですね？」

「その通り」彼が笑った。それは楽しい思い出らしい。「ほかにもやった。城を海賊から守るんだ。城壁をのぼってきた海賊たちをただひとり剣だけで撃退し、海賊の頭に致命的な傷を負わせる」彼は話しながら、その姿を熱っぽく演じ、想像の剣を振りまわした。「ぼくの剣の技術と勇敢さに感心して、生き残った海賊たちが一斉にひれ伏し、新しい頭になってほしいと懇願する」

「それを受けたんですか？」

「もちろん。すべての少年の夢だと思う。海賊の頭になるのは」

キャサリンが笑って返事をしようとしたその時、ふいに海から突風が吹いてきてキャサリンのスカートを揺らし、頭から帽子をさらった。「まあ！」

どちらも手を伸ばして帽子をつかもうとしたがだめだった。キャサリンはがっかりして、帽子が城壁を越え、風に乗って中空を漂い、くるくるまわりながら海の上まで飛んでいくのを見送った。

「見えなくなった」公爵が残念そうに首を振った。

「ええまあ」キャサリンは肩をすくめた。「ただの帽子ですから。たしかにお気に入りのひとつでしたけど」

彼がキャサリンのほうを向いて優しく言った。「ぼくがきみに新しい帽子を買おう」

「そんなことはしていただけません」

「だが、そうするべきだ」

「ほかの帽子もありますから、ロンドンに戻る時はそれをかぶりますわ」

「ミス・アサートン、きみはぼくの敷地内で帽子を失った。しかもぼくの見ている前で。だから、その代わりを用意する責任はぼくにある」

断固として言われれば、キャサリンも断れない。「どうしてもとおっしゃるなら」

「どうしてもだ。しかも、すぐに代わりを見つけることを主張する。ちょうど潮が引いたところだ。ということは、これから三時間は土手道を歩いて海を渡れる。ロスキーに行けば、少なくとも一軒くらい婦人帽子店があるだろう」

「とてもすてきなお話ですが、買い物に行く時間はありません。仕事に戻らなければ」

「前回確認した時、きみはぼくのために働いていた。それはいまも同じだろう？」

「そうです」キャサリンはうなずいた。ためらったのは、彼と一緒に話しているのが楽しくて、まだ終わってほしくなかったからだ。

「きみの雇い主として、毎金曜日の午後を休みにするという条件を契約につけ加える」彼がキャサリンに小さくほほえみかけた。「そして、ただちに有効化する」

日に二回の干潮時、セント・ガブリエルズ・マウントとロスキーのあいだに小石を積みあげた細い土手道が現れ、金色に輝く砂の広がりを分断する。

「船の模型を作っていたとうかがい、とても興味を引かれました」本土に続く小道を歩きながら、ミス・アサートンが言った。

彼女が一緒に外出するのに同意したことをランスは喜んでいた。先ほどテラスで彼女に向かって歩いていくのは簡単なことではなかった。だが、ランスは困惑と傷ついた自尊心を抑えこみ、祖母の忠告に従うと決意した。彼女と話しなさい、ランスロット。聞きなさい。なにが彼女の心を動かすのか見つけなさい。

これまでのところ、成功しているようだ。

「わたしも小さい時に同じような趣味を持っていました」ミス・アサートンが言う。「ただしわたしは、森で家の模型を建てたのですが」

「どんな種類の家を？」ランスは訊ねた。

「樹皮や枝や石や苔などを組み合わせた家です。扉と窓をつけ、木片製の家具やどんぐりの殻などで作った装飾品も飾って」

「そうした家にはだれが住んでいたのかな？」

「妖精たちですわ、もちろん」

「もちろんそうだな」彼はミス・アサートンを見やり、陽光を受けて金髪がきらめく様子をうっとり眺めた。気まぐれな巻き毛がピンからほつれ出ている。手を伸ばして彼女の額からほつれ毛を払いたくなり、その衝動を抑えるために手をポケットに押しこんだ。「それが建築の道への第一歩だったのか？　妖精の家が？」

「たぶんそうです。美術の授業でも、ほかの女の子たちが花や動物を描いている時に、わたしはいつも家やほかの建物の図案を描いていました。描くたびにどんどん複雑な造りになっていくから、教師にはとても変わった子だと思われていたわ。でも、描かずにはいられなかった。その映像で頭が一杯でしたから」

ランスの頭をいっぱいにしたのは、少女のミス・アサートンが風変わりな大建造物を描いている姿だ。ランスは思わずほほえんだ。「その絵をぜひ見たいものだ」

「母が全部燃やしてしまいました」

「まさか！」

「本当です。レディらしくないから、そういうものを描くのはやめなさいと言われました。何年か経って、わたしが建築家になって、本物の建物を設計したいと言った時、母は心底ぞっとしていましたわ。富豪令嬢が働くなんて考慮にも値しないと言われました。しかも、建築は男の職業です。みずから失敗のお膳立てをしているようなものよと」

みずから失敗のお膳立てをする。ランスはメゴワンとミス・アサートンについて議論した時、ほぼ同じ言葉を使ったのを思いだした。

彼のなかの一部は、ミス・アサートンが求めている目標を達成できることを願っている。しかし、朝食前に祖母に妥協が必要と言われ、不可能を信じる話をされたにもかかわらず、彼女は失望することになるとランスはいまだに信じていた。しかし、彼の妻になれば、新しい目標、新しい目的を持つことができる。そうなれば、いま望んでいるこの仕事での成功はあり得ないという現実を受け入れやすくなるだろう。

ランスがやらねばならないのは、彼女に彼を選ばせること。次に求婚した時に、それを承諾してもらうこと。

「きみの母上が言うことにも多少の真実はあるかもしれない」ランスは慎重に指摘した。

「建築業界では男があらゆる権限を握っている。奇跡が起こらないかぎり、女性が同じ地位になることを男たちは認めないだろう」

「では、わたしがその奇跡を起こしますわ」ミス・アサートンが答えた。ふたりはすでに本土に渡り終え、ロスキー村に入るところだった。村には古風な店や家々が並んでいる。ミス・アサートンは立ちどまり、手を振って道の反対側に立つ古いパブ〝王の頭〟を示した。

「言ってみてください、公爵さま。あの建物を見て、どう思いますか？」

ランスは足を止めてパブを観察した。「すばらしいエールを出すパブだ」

彼女が笑いだした。「建物の話をしているんです。観察した結果は？」

「ハーフティンバー（柱、梁などの木材を露出させ、あいだをしっくいなどで埋める様式）、白しっくい塗り」

「ほかには？」

「鉛枠の窓ガラス。傾斜屋根。とても古いと思う」

「適切なご説明ですわ。たいていの方はそのように描写するでしょう」

「きみには違って見えるのか？」ランスは好奇心を掻きたてられた。

ミス・アサートンがうなずく。「わたしならば、建物を支えている基礎に着目します。それから、しっくいの下の、木材にしろ煉瓦にしろ、その建物の形を決める骨格。心の目でそれをばらばらにして、基礎から改築できるかを見ます」

ランスはゆっくりとうなずいた。「なるほど、おもしろい」

彼は顔をしかめそうになるのをこらえた。この女性に建築家の血が流れていることがいよいよ明らかになってきた。それを簡単に諦めるとはとても思えない。だが、戦闘は始まったばかり。自分もそう簡単には諦めない。

帽子店が見えないかと、通りの先まで眺め、一軒の店を指さした。

その方向に歩きながら、ミス・アサートンが言った。「昔から海への憧れを抱いていたのですか？」

「いや、模型を作るのは好きだったが、とくに憧れは持っていなかった。ぼくのために海軍を選んだのは父だ。海軍兵学校の一年目は最悪だった」

「なぜ？」

「公爵の息子ということで、からかわれ、いじめられた。両親の突然の死によって、精神的な苦痛はいや増した」そのことを言うつもりはなかった。兄以外、だれにも話したことがない痛ましい話題だ。

「お気の毒に思います」ミス・アサートンが彼を見つめた。「ご両親が亡くなった原因をおうかがいしてもいいでしょうか？」

彼自身が持ちだした話題だから、最後を言わないという選択肢はないだろう。「世界旅行に出て、インドでコレラに罹って亡くなった」

「まあ！　なんて恐ろしいことでしょう。あなたはおいくつだったのですか？」

「十四歳」深い悲しみがランスの胸をむしばんだ。これについては、いままでだれにも話したことがない。しかし、彼女はとても関心を持っているようだった。この女性に心を開けと祖母に言われた。ランスは気力を振り絞って話し続けた。「訓練船の教室に坐り、航海天文学の講義を受けていた時、指導教官に甲板に呼ばれて、両親が亡くなったことを告げられた。『歯を食いしばってがんばれ』彼はそう言って、ぼくの背中を叩いた。『泣かねばならないなら泣いて、そして乗り越えろ。おまえは英国海軍の一員だ。おまえの前にはすばらしい人生が待っている』と」

「それはすばらしいお言葉ですね」彼女のまなざしは同情にあふれていた。「いまでも、すべての言葉を覚えていらっしゃるんですね」

ランスは肩をすくめ、その時の記憶を頭から追いやろうとした。「遠い昔のことだ」

「でも、その時の心の痛みは、いつになっても消えないでしょうね。どれほどつらかったか、わたしには想像もできません。本当にお気の毒です」一緒に歩きながら、彼女はもう一度同情の言葉を述べた。

その優しさは、胸のなかに巣くう痛みを和らげる軟膏だった。

「受け入れる必要があった。そうしなければ、正気ではいられない。だから、つらい感情とは和睦を結び、未来を見ようとした。ほどなく海軍に対する気持ちが変化した」明るい話題に戻そうと決めてそうつけ加えた。「新しい生活に耐えるだけでなく、その生活を愛するようになった」

「愛する仕事を見つけることができてよかったですね、公爵さま。そして、その仕事を何年も楽しめたことも」

彼は帽子店の戸口で立ちどまり、ミス・アサートンのほうを向いた。

「たしかにそうだ。しかし、人生がどんな方向に自分を導くかなんて、本当にわからないものだ。そうじゃないかな？」ここは、とランスは思った。彼女が心を動かして新たな方向に向かう下地を作るよい機会かもしれない。「前の時もそうだったが、まずは変化の窓を開くことが大切だ」

ミス・アサートンがほほえんだ。「同意しますわ、公爵さま」

彼はほほえみ返した。かなりうまくいった気がする。店の扉を押しながら、彼は言った。

「さあ、帽子を買おうか」

12

その帽子店には、キャサリンが好む飾りの少ない形の帽子は置いていなかったが、青いリボンと花を飾った黄色の麦わら帽子が気に入り、公爵と店員もとても似合うと断言した。

帽子の購入を終えると、キャサリンはせっかくロスキーまで来たのだから、その機会を有効活用することに決めた。ふたりはほかにもいくつかの店に立ち寄り、そこでセント・ガブリエルズ・マウントの改装に関して職人や工匠たちと話をしたり、利用できそうなペンキや布地の見本を集めたりした。

ロスキー村の職人や店主たちはだれもが公爵に会えてとても喜び、心からの敬意を示した。その人々がキャサリンに対してよそよそしい態度で対応するとか、女性と話したくないことをあからさまに見せても、キャサリンはさりげなく受け流した。そうした偏見に長いあいだ晒されてきたので、その対応は第二の天性になっている。こちらの言いたいことを話し続ければ、相手は根負けし仕方なく耳を貸すようになる。

キャサリンは店のひとつの窓に貼られた子どもたちの祭りの貼り紙を見つけた。

「まあ」キャサリンは公爵に言った。「お城の改装に集中していたせいで、子どもたちの祭りのことをすっかり忘れていました。なにか計画を立てましたか？」

「まったく立てていない」彼が恥ずかしそうに認めた。

「では、のんびりしている暇はないですね。急いだほうがいいわ」ちょうど布地店の前を通り過ぎたので、キャサリンは提案した。「ここに入って、リボンを買いましょう」

「なんのために？」

「賞リボンなしで子どもたちの祭りはできません」キャサリンはまた説明した。

よさそうな幅のサテンリボンを赤、青、黄と巻きで三色購入したあと、郵便局長に頼んで、それをプリマスの印刷所に送ってもらう手配をした。そこで賞リボンの長さに切って、名前と祭りの日付を白のインクで印刷してもらう。

郵便局を出ながら、キャサリンは公爵を見やり、彼が言った通り、彼と出かけるというありふれた活動を自分が思いのほか楽しんでいることを実感していた。なにより、目標を達成した自分を褒めたかった。熱いときめきも結婚話もなかったように振る舞っている。ふたりとも用事だけに集中している。よい天気だったから散歩に出かけたふたりというだけ。

だが、その時公爵が唐突に立ちどまって振り返り、キャサリンと向き合ったせいで、キャサリンは危うく彼にぶつかりそうになった。その時点で先ほどの理屈は粉々に砕け散った。

「きみがこれを手伝ってくれて、心から感謝している」彼が静かな声で言う。

彼は三十センチほどしか離れていないところに立っていた。彼の瞳に浮かぶ感情の深さと温かさ、そしてあふれる感謝の念にキャサリンの心がときめいた。キャサリンに対する彼の関心は、顔に鼻がついているのがわかるのと同じくらい一目瞭然だ。そして、彼のその鼻は完璧にまっすぐで、世界でもっとも美しい古代ローマの彫像の鼻と同じように、みごとに均整がとれている。なにか言おうと思ったが、ふいに言葉を考えるのはおろか、息をするのも難しくなった。

「これは……ほんの手始めです」自分の声が聞こえる。彼の顔の輪郭を縁どる無精ひげに視線が引き寄せられた。「どこでそんな時間を見つけられるかわかりませんが、でもわたしたちはやらなくては……ええとまず……」彼のひげに触れたかった。触れて、記憶にあるくらい柔らかいかどうか確認したかった。「どんな遊びをさせるか考えなければ。それから出し物をする人たちを依頼する。あとは……」彼のひげが囲んでいる唇はピンク色で美味しそうで、キスをしてと求めている。ああ、もう。また彼にキスをすることを考えている。絶対に考えてはいけないこと。「そうだわ!」キャサリンは自分の気を逸らそうと、わざと叫び声をあげた。「景品が必要です! ロスキーにおもちゃ屋さんはありますか?」

おもちゃ屋はなかった。雑貨店は、子どもたちに配る手ごろな品をなにも置いていなかった。「問題は」村をあとにしながら、キャサリンは説明した。「子どもたちにどんな記念品をあげるにしろ、百個とかそれ以上の数が必要だということです」

「ロンドンの店に注文すべきかもしれないな」公爵が提案した。

「そうかもしれませんね」

村の滞在が長引いたせいで潮がすでにあがり始めていたので、帰りは連絡船に乗ることになった。

船客はふたりだけで、ほかにも空いている席があったが、公爵はキャサリンの隣りに坐った。

た。海峡を横切るあいだ、キャサリンは公爵の太腿と肩が、自分のわずか数センチのところにあるのを強く意識せずにはいられなかった。夏の日差しとはなんの関係もないぬくもりに包まれている。

セント・ガブリエルズ・マウントの波止場に着くと、公爵が最初に船をおり、キャサリンが桟橋におりるのを助けるために手を伸ばした。彼の手に手を握られた瞬間、ふたりの目が合い、キャサリンの腕にどきんと鋭い感覚が走った。そのうずきは彼が手を放したあとも長く残っていた。

もう二度とどきんはなしと自分に言い聞かせる。

桟橋を歩いていると、港の反対側に工事の作業員が見えた。公爵がすでに村の問題処理に乗りだしていると知って、キャサリンは嬉しかった。セント・ガブリエルズ・マウント村に通じる出入り口まで来ると、公爵の一族の紋章がついた小さな馬車が待っていた。

「きみが少しでも早く仕事に戻りたいことはわかっていたから」公爵が言った。「御者に言って、城まで馬車に乗る手配をしておいた。三十分は短縮できるし、きみも知っている通り、急坂をのぼらなくて済む」

「ありがとうございます、公爵さま。ご配慮を感謝しますわ」

しかし、その馬車のところに着く前に、キャサリンは路地を走りまわる色褪せた服を着た赤毛の少女たちに目を引かれた。高くかかげた棒の先に小さいかざぐるまがついている。それがくるくるまわるのを見て、少女たちが楽しそうに笑っている。

キャサリンはその場で立ちどまった。「ちょっとだけいいですか？　あの少女たちと話をしたいので」少女たちに声をかける。「あなたたちのかざぐるまを見せてくれるかしら？」

年上らしい、おそらく七歳くらいの少女が自分のおもちゃをキャサリンの手に乗せた。単純な作りだが、明るい色の紙で丁寧に作られている。羽根は小さい釘で留めてあった。「これをどこで手に入れたか教えてくれる？」

「ママが作ったの」少女が答え、恥ずかしそうに公爵をちらりと見あげた。

「お母さまが？」キャサリンはおもちゃを所有者に返した。「あなたのお名前は？」

「ローズ・ペンバーシー。こっちは妹のフローラ」

キャサリンは自己紹介し、公爵もそれに倣った。彼がだれかを知るや、少女たちは目を丸くし、慌てて膝を折ってお辞儀をした。

「ローズ」キャサリンは言った。「あなたのお母さまとお話ししたいんだけど。おうちにいらっしゃるかしら？」

「はい、います。ほかにどこにいるの？」くすくす笑い、ローズが後ろを振り返り、セント・ガブリエルズ・マウント村の大通りの役割を果たしている道のほうを指差した。「赤い扉のおうちよ」そう言うと、少女たちは駆けていった。

公爵がキャサリンを見やった。「ミセス・ペンバーシーを訪問したいのかな？　なにか……かざぐるまに関することで？」

「子どもたちの祭りのおみやげにぴったりだと思います。もしもその方が作ってくださるならば」

「どちらにしろ、ペンバーシー家は訪問することになっていた。前回来た時には時間が足りなくて寄れなかったから」公爵が御者に待つように指示し、ふたりは通りを歩いていった。

「ペンバーシーは地元の漁師のひとりで、長女のアイヴィは城の女中だ」

「アイヴィには会いました。かわいらしい娘さんですね」

キャサリンにとっては、この村に入る初めての機会だった。「なんてすてきなところでしょう」二十数軒ほどの小さな家や店は灰色の石で造られている。ただ、狭い前庭はよく手入れされているものの、建物自体はかなり傷んでおり、とくに何軒かはすぐにも修理が必要であることに気づかないわけにはいかなかった。

公爵は彼女の視線の方向を見やり、彼女の思いを読みとったようだった。「村は新しくする必要がある。その点に関して、ヘイワードは怠慢のそしりを免れない。ぼくはできるだけやりたいと思っているが、こういうことには時間がかかる」

ペンバーシーのコテージの玄関は風雨や日焼けで傷み、赤いペンキは色褪せて剝がれていた。擦り切れた服を着た女性が玄関前の階段に腰をおろし、豆の皮を剝いていた。幼児をふたり、そばの雑草が生えている地面で遊ばせている。

公爵は帽子をとって丁寧に一礼した。「ごきげんよう、ミセス・ペンバーシー」

彼がだれか気づいた女性ははっと息を呑み、かごを脇に置いて急いで立ちあがると、膝を折ってお辞儀をした。「公爵さま」

「ぼくの友人、ミス・キャサリン・アサートンを紹介しよう。ロンドンから来た方だ」

女性はキャサリンに向かってもお辞儀をした。「お目にかかれて嬉しいです」

「こちらこそ、どうぞよろしく」キャサリンも挨拶した。

女性の顔に不安げな表情がよぎった。「家賃の徴集にいらしたのですね、公爵さま？」

「家賃？　いや違う。そういうことは管財人に任せている」公爵が声をひそめて心配そうに訊ねた。「家賃を滞納しているのかな、ミセス・ペンバーシー？」

彼女はうなずき、すり減ったブーツに視線を落とした。「大変申しわけありません。でも、エラスムスが、この数カ月脚の痛みで床についております。歩くことができないくらいひどくなって、五月からずっと船を出せていません。生活費は娘のアイヴィの賃金と、わたしが洗濯でいただくわずかなお金以外は一ペニーもなくて。支払いを延ばせるとミスター・アヴェリーが言ってくださいましたが、でも――」

「それならそうすればいい」公爵が答えた。「必要なだけ延ばしなさい、奥さん」

「ミセス・ペンバーシーが見るからにほっとして大きくため息をついた。「ありがとうございます、公爵さま」

「だが、別の件であなたと話をしたいことがある、ミセス・ペンバーシー」彼がキャサリンを見やり、話を続けるようにうながした。

「お嬢さまたちがかざぐるまで遊んでいるのを見たんです。あなたが作ったとローズに聞いたので」

「え、あのくるくるまわるやつですか？」ミセス・ペンバーシーが笑いだし、豆のかごを取りあげた。「子どもを楽しませるちょっとしたおもちゃですよ。紙切れで作っただけです」

「あれを百個作ることはできるかしら、ミセス・ペンバーシー？」キャサリンは訊ねた。

「百個？」ミセス・ペンバーシーが口をぽかんと開け、危うくかごを落としそうになった。

「今月末までになんです。子どもたちの祭りのおみやげにぴったりだと思って」

「もちろん工賃は支払う」公爵が口を挟んだ。「あなたが妥当と思える金額を」

「ありがとうございます、公爵さま」ミセス・ペンバーシーが口ごもり、嬉しさに目を輝かせた。「でも百個なんて！　材料が必要です……紙とか棒とか」

「ミスター・アヴェリーに、あなたと話して、材料の手配などをするように指示しておこう。必要なものはなんでも彼に言ってくれれば、買うための前払い金を届けると思う」

「わかりました、公爵さま。ほんとにほんとにありがとうございます」

「いや、礼を言うのはこちらのほうだ、奥さん。あなたのおかげで大変助かる」彼は行きかけたが、すぐに振り返った。「ご主人はなんの病気か訊ねてもいいだろうか、ミセス・ペンバーシー？　脚と聞いたが、医者はどこが悪いと言っていたのかな？」

「それが」ミセス・ペンバーシーが口ごもった。「お医者さまに診ていただく余裕はないんです、公爵さま」

「そうか、だが、医者には診せないといけないな。ぼくが連絡しておこう。その費用は喜んで払わせてもらう」

キャサリンと公爵はほどなくいとまを告げた。馬車に乗るのを助けてもらった時も、握った手の感触に、またどきんと強い感覚がキャサリンの全身を貫いた。

急勾配の狭い道は軽量の馬車しかのぼれないので、客席はひとつしかない。ふたりはまた隣り合わせで坐らざるを得なかった。

馬車がごろごろと走っているあいだ、キャサリンの脈動はどんどん速まり、次第にいたたまれなくなった。石鹼とコロンが混じった彼の独特な香りを嗅いでいると、思いはどうしてもあの晩にビリヤード室で起こったことに戻ってしまう。その思いが心の中だけの秘密であり、考えていることを公爵が知ることは絶対にないのがありがたかった。

「あなたはとてもご親切でしたわ」ただ事実を述べているような口調を心がける。

「あの女性を雇ってかざぐるまを作らせるというのはきみの思いつきだ」公爵が言い返した。

「しかも、すばらしい考えだ。それで稼げる収入がとくに嬉しかったようだ」

「わたしが言ったのは、あの方のご主人にお医者さまを呼ぼうと言ってあげたことです」

「それが正しいことのように思えたのでね」

城に到着すると、ふたりは揃って階段をのぼり、五階に続く踊り場で立ちどまった。

「きょうは時間を割いて、村に同行してくれてありがとう」彼がキャサリンと目を合わせて、優しく言った。

「新しい帽子をありがとうございました」キャサリンは紐をほどいて帽子を頭から取った。

「どういたしまして」

「とても楽しかったですわ」キャサリンは言った。立ち去らなければと思いつつ、この瞬間が終わらないことを願っている。

「ぼくもだ」

「では、仕事に戻らないと」

「そうだな」彼は片手でキャサリンの手を取り、優しくキスを押し当てた。「夕食の時にまた会えるかな、ミス・アサートン？」

またどきんとする。

しまった。今夜は夕食には同席できないと言えるチャンスだったのに。午後じゅう一緒に過ごした。どうしても仕事に専念する必要がある。

でも、聞こえてきた自分の声は別なことを言っていた。「ええ、その時に」


寝るための着替えをしながら、ランスは、テラスでばったり出会ってから夕食後におやすみなさいを言う瞬間まで、きょう一日ミス・アサートンと一緒にやった一部始終を思いだしていた。

彼女は本当に魅力的な女性だ。ランスはふたりの時間の一瞬一瞬を、会話の一言一言を楽しんだ。彼女も同じように楽しんでいたのではないかと期待している。

いいことだ。とてもいいことだ。

「ありがとう、ウッドストン」ランスはシャツを脱いで従者に渡した。

ウッドストンは四十代前半の容姿端麗な男性で、ヘイワードが亡くなった時はとりわけ深い悲しみに打ちひしがれていた。それも意外ではない。先代の公爵に十九年間も仕えてきたのだ。

ランスは公爵としては新参者でも、かしずかれることには慣れている。海軍士官だった時も当番兵がいた。通常任務のほかにランスの部屋に気を配り、彼の従者として仕え、洗面用のお湯を運び、食卓の給仕をした。

ウッドストンが、海軍で最後にランスについていた海兵隊員と同じくらい仕事に熟練し、しかも献身的なことを知ってランスは喜んでいた。ヘイワードは人を見る目があったようだ。

「きょうは非常にいい日だった」ランスはつけ加えた。

「そうでしたか、旦那さま」従者が言う。

「ああ」ランスは腰をおろしてブーツと靴下を脱いだ。「ミス・アサートンとロスキーに行った。最初は彼女に新しい帽子を買うためだったが、彼女が地元の職人たちに会いたいと望んだ。女性だからという理由で彼らが嫌がるのではないかと心配だったよ。案の定、みんな初めは乗り気でなかったが、そのあと、驚くべき展開となった」

「どうなったのですか、旦那さま？」

「最初に抱いた不信感が消え、男たちが真剣にミス・アサートンの言うことに耳を傾けだすと、流れはいっきに変わった。彼女はあの情熱と構想力で男たちの心をとらえたんだ」ランスはくすくす笑いながら立ちあがり、ズボンのボタンをはずした。「全員がひとり残らず驚き、そして彼女に魅了された」

「それはよろしゅうございました」ウッドストンがランスのズボンを受けとってつるしながら言う。

「しかもそのすべてを彼女ひとりの力で成し遂げた」修復は得意分野でないから、ランスはただ横に立って彼女に全部話をさせた。「いまやペンキ屋、室内装飾、壁紙貼り、木工、その他大勢の職人たちが、ここの仕事を得ようと手ぐすねを引いてぼくのひと声を待っている」

この仕事を得ようと待っている。

自分が言った言葉にランスはためらった。

実際にミス・アサートンの図面が施工に至る可能性は、いまだ儚《はかな》いまぼろしでしかない。すべては彼女が彼との結婚に同意するかどうかにかかっている。

それも……彼女にもう一度申しこむ度胸が自分にあればの話だが。

あなたを知ってもらう時間を与えるべきですよ。人の心は日々変わっていきますからね。

その瞬間を心のなかで思い描いた。きょうの午後のように、テラスの壁際に立って景色を眺めている彼女を見つけた時か。あるいは彼女が浜辺を散歩している時か。彼女の手を取り、キスをして言う。愛しいミス・アサートン、ぼくの心にあるのはあなただけだ。あなただけを大切に思っている。彼女も同じように感じると認めるだろう。彼は片膝をつき、妻になってくれるかどうか訊ねる。イエス、と彼女は言うだろう。あのアクアマリン色の瞳を輝かせて。結婚します。

彼女の顔をキスで覆い、それから両腕で抱きあげて寝室に連れていき、そこでついに彼は――。

「旦那さま？」

ウッドストンがまだ部屋にいたことを思いだし、ランスは目をあげた。シルクの部屋着を持った両手を前に出して、辛抱強く待っている。小さな下着以外はなにも着ないまま立ち尽くして空想にふけっていたわけだ。赤面しながらランスは室内着に腕を通し、ウエストのベルトを結んだ。「ありがとう、ウッドストン。あとはとくに用事はない」

「かしこまりました、旦那さま。おやすみなさいませ」従者が部屋を出て扉を閉めた。

ひとりになると、ランスは空想に戻ることを自分に許し、中断したところに戻った。この寝室に連れてきて、ついに……彼女の服を最後の一枚まで脱がせる。いつも着ているあのいまいましいスーツから始めよう。襟の折り返しをつかんで裂くほどの勢いで開き、その下のブラウスも同じようにする。直接彼女に触れたいと気持ちが急くあまり、ボタンがとれて床に飛び散る。

彼女の胸の眺めを夢想しただけで、血が沸騰しそうになる。どんなふうに見えるかは記憶に強く残っていた。首から肩にかけてクリーム色の磁器のような肌が広がり、コルセットの上に乳房の上部が丸く盛りあがって彼を誘っている。手のひらで包みこんだ感触を覚えている。ああ、はっきりと覚えている。

考えただけで股間がみるみる張りつめた。呼吸が速まるのを感じながら、次に起こることを想像する。留め金をはずせば、スカートはするりと滑り落ちて、彼女の足元に布地が溜まるだろう。次にコルセットをはずせば、シュミーズだけになる。それから……。

おまえはなにをしているんだ、ランス？　下劣な愚か者め。そんな思いはすぐに頭のなかから消し去れ。

脈拍と呼吸が暴動を起こしている。陰茎は岩のように硬くそそり立ち、解放を求めて激しくうずいている。

いまできる選択肢はふたつ。ひとつはベッドに入って手で終える。もうひとつは氷のように冷たい水を浴びる。

キャサリンは浴槽の洗面台の上の鏡に自分の姿を映し、髪から最後のピンをはずした。強い日差しを浴びてロスキーを歩きまわったから、寝る前に風呂に入るのを心待ちにしていた。とてもすてきな一日だった。いいえ、すてき以上だった。これまでの人生でもっとも楽しい午後と言ってもいいかもしれない。

浴槽にお湯を入れ、服を脱ぎ始めた。ボタンをはずし、シルクのブラウスを脱ぐ。スカートが続き、そのあと靴も脱いだ。きょうは公爵についてたくさん知ることができた。子どもの時に好きだったこと。海軍兵学校に入学直後のこと。両親を失った悲しみを打ち明けてくれた時は心を打たれた。

コルセットをほどいてするりと抜けだすと、シュミーズを持ちあげて頭からはずし、椅子の背に掛けたほかの服に追加した。子どもの時の悲しみを乗り越えて、公爵はとても親切で寛大な人間に成長した。飛ばされた帽子の代わりを買うと言い張る男性に。子どもたちの祭りのために百個ものかざぐるまを発注しても、まばたきひとつしない男性に。貧しい漁師の診察に医師を差し向ける男性に。

すべてが彼の優しさを映しだしている。

キャサリンはひとりほほえみ、その男性をどれほど好くようになったかを考えた。ズロースの紐をほどき、脚を滑らせて下に落とす。一歩踏みだして足を抜いたその時、浴室の扉が突然大きく開いた。

キャサリンははっと息を呑んだ。

ダーシー公爵が戸口で足を止め、驚きで大きく目を見開いて彼女を見つめていた。

13

キャサリンは立ちすくんだ。片手に持っていたブルーマーが床に落ちる。

戸口に鍵をかけなかった？　明らかにそうらしい。

顔がかっと熱くなり、心臓が早鐘を打ち始める。身につけているのはストッキングとガーターだけだ。スカートを取りなさい！　タオル！　なんでもいいから！　頭が指令を出している。でも、筋肉ひとつも動かすことができない。

公爵も動けないようだった。キャサリンの前でじっと立ちつくしている。素足に部屋着だけ羽織っている。

「申しわけない」キャサリンがほとんど裸であることに気づき、公爵はまるで喉を絞められたような声で言った。「忘れていた……この浴室を共同で使っていることを」

キャサリンは忘れていなかった。ここでうっかり彼に出くわすことを心配していた。そのために鍵があるんじゃないの、なんて間抜けなの。「この階で……ただひとつの……浴室ですものね」

脳はいまも必死に体を覆えとうながしていたが、キャサリンは動くことができず、その場に立ち尽くしたままだった。目だけが勝手に動いて、彼の体の……とくに……真ん中あたりを注視する。

部屋着の下になにか着ているかどうかわからないが、おそらく……なにも着ていないだろう。彼の裸体は見たことがある。それ以来、美しい筋肉質の胴と両脚のあいだに見えた男性器官の映像がキャサリンの頭から離れたことがない。

でもそれは、いまの状況をキャサリンが正しく理解しているとすれば、岸辺で観察した時よりもずっと大きく——しかも、まったく違う状態だった。彼の体から鋼の棒のように突きだし、部屋着のシルク地をテントの形に押しあげている。

「なんてことだ」彼がかすれ声で言った。

顔に浮かんだ表情を見たとたん、キャサリンの胃がもんどりを打った。本で読んだ表現が思い浮かぶ。熱い欲望に満ちたまなざし。そういうまなざしを現実の世界で目撃したのはこれが初めてだった。しかも、そのまなざしは自分に向けられている。

なぜかそのまなざしが……自信を与えてくれるような気がした。これまで見たなかで一番美しい女性と思っているかのようなまなざしだ。この場でキャサリンを両腕に抱きあげてキスをしたいと全身全霊で願っているかのようなまなざし。

そして、キスよりはるかにたくさんのことをしたいかのようなまなざし。

突然、キャサリンはもっとほしいということ以外なにも考えられなくなった。

それが間違ったこととわかっている。ただ立ったまま、裸でこんなふうに彼を見つめ返しているのも同じくらい間違ったこと。ごくりとつばを飲みこみ、彼に出ていってもらう言葉を言うために全気力を掻き集める。

た。

「ええと」なんとか声を出した。「どうか……扉を閉めてください」

「そうだな」公爵が答えた。しかし、後ろにさがる代わりに、部屋に入ってきて、扉を閉めた。

暴走する機関車のように激しく心臓を鼓動させながら、ランスは部屋のなかに入り、立っている彼女から数メートルほど手前で立ちどまった。

信じられないことだが、いま彼が見ているのは、寝室で想像していたまさにその姿だった。ミス・アサートンが目の前に立っていて、白いストッキングとガーター以外はなにも着ていない。ほどいた髪が肩にかかって、金色の小麦のように波打っている。しかも自分を隠そうという動きをいっさいしていない。

このところ萎えることなく常に勃起状態の彼自身が、彼女を見たとたん瞬時に活気づき、さらに力強くそそり立った。

彼女を頭のてっぺんからつま先までむさぼるように眺める。小柄だが完璧だ。ほっそりしたウエスト。太腿と尻は乳房と釣り合うちょうどいい形と大きさだ。そしてその乳房は……完璧な丸みを帯び、乳首はピンク色でいかにも官能的だった。太腿のつけ根に毛の茂みが見える。まさに想像した色合い——髪の毛と同じ黄金色。

扉を閉めてと頼まれた時、それが彼に立ち去ってほしいという意味であることはわかっていた。しかし、そう言った時の彼女の声は確信がなさそうだった。

実際のところ、荒馬でも彼を引きずりだせなかっただろう。夢に出てくる乙女のように彼の前に立ち、その胸は不規則な息遣いに合わせて上下に揺れている。ガス灯の柔らかい輝きの下でアクアマリン色の瞳がきらめき、目をかすかに細めた表情がわたしを抱いてと言っている。

これほど美しい女性を見たことがなかった。そして、自分はただの男だ。

ランスはそれ以上ためらわなかった。大股ですばやく三歩進んでふたりの距離を狭め、彼女を強く抱き締めて唇を合わせた。

体に彼の体が押し当てられた瞬間、キャサリンの心から理性的な思いがすべて消えた。彼の舌が口のなかに滑りこんできて、キャサリンの舌と求愛ダンスを踊る。彼のキスは力強く支配的だった。片手をキャサリンのうなじに当てて、顔を少し持ちあげさせ、もう片方の手で背中をまさぐる。

自分の喉から漏れる低いうめき声が聞こえ、それに応えて彼のうなり声も聞こえた。キャサリンはキスをしたまま片手を彼の首にまわし、もう片方の手で彼の尻の硬い丸みを包みこんで自分のほうに引き寄せた。ふたりのあいだの鋼のように硬く長い彼のものに下腹を突かれると、欲望が矢のように走って奥の核心を貫いた。

肌が燃えているように感じる。彼の手がふたりのあいだに滑りこんで乳房を包みこみ、そっと揉んだ。それからキスを分かち、少ししゃがんで乳房を口に含んだ。唇と舌でゆっくりと、そして優しく乳首をもてあそぶ。性的な強い興奮を引き起こされ、あまりの快感にキャサリンはうめいた。

片方の乳首を吸われ、もう一方の乳首を舐められる。すぐに女性の場所の中心が熱く濡れてきた。思わず身をそらし、彼が抱いてくれているのをありがたく思った。そうでなかったら倒れていただろう。

「きみは本当に美しい」彼がささやき、体をまっすぐにした。息を取りこもうとふたりともあえぐ。彼が喉と首の横に沿ってキスを這わせる。感じやすい場所にキスをされただけで背筋に震えが走った。

唇で耳たぶをくわえて、優しくかじる。「きみの体はまさに女神のようだ」彼か耳元でささやいた。

「あなたもとてもすてき」喘ぎともため息もつかない声をなんとか言葉にする。

彼がキャサリンを見おろした。「きみはぼくの裸を見たことがある」かすれ声で言う。「だろう？」

キャサリンはかすかに身をこわばらせた。「なんでそんなことを――」

「数日前だ。ぼくが朝、水泳をする前に」彼がのんびりしたキスの合間につぶやく。「崖をのぼるきみを見た。きみも見たはずだ。浜辺にいるぼくを。そうじゃないか？」

彼は言葉を切り、沈黙によって、否定してみろとキャサリンに挑んだ。キャサリンの顔が燃えるほど火照った。

「ええ」聞こえないほど小さい声でささやく。

「見たものを気に入った？」

「ええ」

「もう一度見たいか？」

キャサリンにできたのはうなずくことだけだった。

彼がにっこりほほえんだ。キャサリンを手離したが、それも部屋着を脱いでタイル張りの床に滑り落とすあいだだけだった。キャサリンは小さなあえぎを止められなかった。予想は間違っていなかった。部屋着の下の彼はなにも着ていなかった。

彼の興奮の証拠が生き物のようにキャサリンのほうに向いて突きでている。息を呑み、その大きさと形に魅せられて思わず凝視した。キャサリンのせいでそうなっていると知って、ぞくぞくせずにはいられない。

キャサリンが唯一経験した性行為は見当違いのひどいものだった。ふいにそれを修正する必要があるという思いにかられる。

いけないこととわかっていた。自分は未婚の女性。彼に求婚されたことでなにか違いはある？　いいえ、なんの違いもない。この男性と結婚するつもりはないし、彼もそれを知っている。それでも彼は明らかにキャサリンを望んでいる。

公爵はキャサリンのなかに、自分が抱くなんて想像もしていなかった感情を呼び覚ました。わたしは彼が好き。崇拝している。彼とならば、これまで何年も知らずにいたこと――人と人との結合に関する真実をついに発見できるかもしれない。

両腕をまわして彼を引き寄せ、抱き締めた。

彼がうなり声を漏らした。両手がキャサリンの背中から尻までくまなくまさぐり、唇はふたたび彼女の唇を奪う。硬い男根がふたりに挟まれてキャサリンの下腹部を押している。彼の腰が官能的な動きでそのものを彼女にこすりつけ、ぞくぞくする期待を否応なしに掻きたてる。

どこかすぐ近くで轟くような音が聞こえてくるのにぼんやりと気づいた。ライオンの咆哮か、何百もの滝が落ちているような音。それがなにかわからなかったが、どうでもよかった。彼のことしか考えられない。このことだけ。

キャサリンの血管のなかで火が燃えているようだった。全身が張りつめて敏感になっている。彼女のなかで強い欲求がみるみる高まりだした。彼はここで、浴室の床に立ったまま、キャサリンを自分のものにするつもりだろうかと考える。立ったまま愛し合うことなどできるのだろうか？　それも解明したくてたまらない。

雷のような音はまだ続いている。脳のなかで祝賀の歌を合唱しているかのように。

これが永久に終わらないでほしかった。同時に次の段階に進むのを待ち切れなかった。彼の堂々たる男性器官を手で感じたくてたまらない。その方向に手をさげていこうとした時、足のまわりをなめる奇妙な感覚に気づいた。お湯がつま先に押し寄せ、ストッキングを濡らしている。

「なにかしら？」キャサリンは喘ぎ、しぶしぶ唇を離そうとした。

「うーん？」彼が心あらずでつぶやく。

キャサリンは問題の原因を確認できる幅だけ、彼の抱擁から身を離した。

浴槽の縁からお湯があふれて滝のように床に流れ落ちていた。


「浴槽があふれているわ」

その言葉が霧の向こうから聞こえてきた。ランスはそれを無視した。

「待って、やめて」彼女が言うのが聞こえた。

侵入してきた声によって美しい夢から引き戻されたことに苛立ち、ランスは動きを止めた。

彼女が指差している方向を見やる。

なんてことだ。浴槽があふれている。

一瞬のうちに彼女が彼の抱擁から抜けだし、蛇口を閉じて栓を抜いた。「あふれ防止の排水口をつけていますか？」

「あふれ防止？」

彼女は配管を調べ、仕方なさそうに諦めた。ふたりは少しのあいだ黙って立ちつくした。

聞こえる音は、お湯が浴槽の排水管に吸いこまれる音だけだ。

「新しい浴槽はどれも、あふれ防止用の排水口がついています」彼女がやや気まずそうに言う。「改修のひとつに入れなければいけませんね」

「もちろんだ」自分が答えるのが聞こえた。「リストに加えてくれ」

ふたりの目が合った。彼女の目に、おもしろがっているようなきらめきが浮かんだ。「了解しました、艦長」唇がぴくぴくしている。

それに対する反応が彼自身の胸に湧きおこる。まったく同時にふたりはどっと笑いだした。しばらく笑いの渦に包まれ、それから目ににじんだ涙を拭った。

「やれやれ」ようやく言う。「すばらしい展開を予期させる物語に残念な邪魔が入ったな」

ランスは状況を見極めようとした。自分は素っ裸でいまだに痛いほど張りつめている。彼女もストッキングとガーター以外は同じように裸だ。床は水浸し。その真ん中に自分の部屋着が、それに並んで彼女のブルーマーが落ちていて、どちらもびしょびしょに濡れている。

そんなことはどうでもいい。

水を蹴散らかしながら部屋を横切り、また彼女を抱き締めた。「やめたことを再開しようか？」優しく訊ねる。

彼女が身をこわばらせた。そして顔を赤らめた。その紅潮とともに表情がかすかに揺らぎ、そして変化した。ふたりのあいだで起こったことにふいに疑念が湧いたらしい。そして後悔している。

くそっ。

彼女を離し、棚から大判のタオルをつかんで彼女に手渡した。彼女はそれを体に巻きつけて、端を胸の上でたくしこんだ。「このことは二度と起こらないと約束します」彼女が悲しそうな声でゆっくり言った。「わたしたちのあいだは仕事関係だけだと、もう一度約束しましょう」

「まったくその通りだ。自分がどうしてしまったかわからない」ランスは息を吸いこみ、自分もタオルを取って腰に巻いた。落ち着け、おまえ。「まあ、正直に言えば、ぼくは自分がどうなったかはわかっていたが。きみがそこに一糸まとわず立っていた。あまりに美しく魅力的すぎた。そしてきみのまなざしに浮かんだ表情が……招いていた」

彼女の頬はいまや深紅に近かった。「わたしの目は招いていません」

「招いていた。認めろ。きみもこれを望んでいたと」

「わたしは望んでいませんでした」しかし、その口調は明らかにそれが嘘と暴露していた。

「王妃の誓いは大げさに過ぎると思う」

「シェイクスピアの引用なんてしないでください」彼女が怒った声で言う。

「シェイクスピアは嫌いか？」

「もちろん大好きです！　わずかでも良識がある人なら、だれでもシェイクスピアを好きだと思います！　でも、これは……起こってはいけないことでした」彼女は自分を恥じ、無力感に苛まれ、混乱していて、そして愛らしかった。

ひねくれているかもしれないが、このやりとりで彼女が示す不快感をランスは楽しんでいた。「たしかに、そうだったかもしれない。しかし、きみはぼくの目を見つめた。ぼくの意図を読んでいた。自分の体を隠して立ち去ることもできたが、そうしなかった。代わりに、ぼくが抱き締めてキスをすると、キスを返してくれた。明らかに心から楽しんでいた」

彼女は否定するかのように口を開いたが、すぐに閉じた。そして、両手をあげて顔を覆った。「わかりました。いいわ、認めます。あなたにしてほしかった……キスを。そして……」彼女の声が途切れた。両手をおろし、苛立ちをあらわに下唇を噛む。「でも、それを許すべきではなかったし、自分からするべきでもなかった。わたしはただ……また我を忘れてしまったんです」

「ぼくもだ。しかし、ぼくの意図は高潔だ」ランスは指摘した。もう一度求婚するにふさわしい時期でもなければ場所でもないとわかっていたが、自分が放蕩者でもなければ下劣な意図もないことをこの女性に理解してほしかった。「結婚してほしいと頼んだ。その希望はいまも変わっていない」

だがすぐに、彼女をますますいたたまれない気持ちにさせたことに気づき、言わなければよかったと思った。

「申しわけありません」それが返事だった。「わたしの希望も変わっていません」

彼の心に失望の小さい波が押し寄せた。ばかげている。いったいなにを期待していたんだ？　午後を一回一緒に過ごし、少しばかり裸でまさぐり合えば、すべてを考え直して彼の花嫁になってくれるとでも思ったのか？

それ以上のものが必要であることはランスにもわかっている。だが残念ながら、いったいなにが必要なのかはっきりわからない。そもそもこの探求が実を結ぶ可能性はあるのだろうか？　とはいえ、この幕合い劇は、お互いが非常に相性がいいというランスの確信を強めるのに役立った。

彼女がため息をついて言った。「こういうことが起こり続けるならば、ここで仕事を続けられるかどうかわかりません」

ランスとしては、これが起こり続けるかどうかについて、どんな制約も設けたくなかった。なぜか、ふたりが本当に結ばれ、それが信じられないほどすばらしいと彼女も理解する日がいつか来るだろうという予感があった。そうなれば、彼女も優先順位を見直し、仕事の重要性がどれほどのものか悟るかもしれない。

自分は諦めるつもりはない。少なくとも、彼女にそれを悟らせるまでは。

それはともあれ、いますぐになにか言う必要がある。さもないと、彼女はこのまま歩き去って仕事を辞め、自分は求婚を承諾してもらう機会を失ってしまう。「起こり続けない。今後はすべてを公明正大かつ専門的な仕事関係に戻る」額に指先を当ててすばやく敬礼した。

「わたしがここに来た日にも同じ約束をしたのに、どうなったか見てください」

「誓うよ。きみが建築家としてぼくのために働いているあいだは――」

「働いているあいだ？」彼女が繰り返した。「ちょっと待ってください――」

彼は片手をあげて黙らせた。「きみも、永遠にぼくのために働くわけではないだろう。後悔するような約束はしたくない。だから、もう一度言う。きみが建築家としてぼくのために働いているあいだ、ぼくたちの関係は仕事だけに厳しく限定する。ただし……」

「ただし、という言葉がほんのわずかでも許容される条件はありません、公爵さま」

「きみのほうから、それ以上のことを始めないかぎり」ランスは彼女の言葉を無視して言い終えた。さあ言った。絶対にしたくない約束だが、少なくとも途中で変更できる余地を残した。あとは彼女次第だ。

彼女は黙りこんだ。彼の示した条件を考えているらしい。それから、肩をぐっといからせた。そして、タオルを巻いている以外になにも着ずに浴室の水浸しの床に立っている女性にできるかぎりの威厳を保って口を開いた。「それなら異存ありません。あなたが言った状況は決して起こりませんので」

ぼくはそうは思わない。ランスは片手を大きく振って仰々しく一礼した。「我が貴婦人の仰せのままに」

彼女の部屋着はそばの掛けがねに掛かっていた。それに袖を通して着ると、彼女は椅子に置いてあったほかの衣類を集めた。「呼び鈴を引いて使用人を呼び、ここを掃除してもらったほうがいいでしょうね、公爵さま」

彼女にもう一度触れたくてたまらなかったが、ランスはなんとか自分を抑えこんだ。「先ほどのような親密さを経験したあとで」彼は静かに言った。「互いを格式張った呼び方で呼ぶのは、いくらなんでもばかげている。ランスと呼んでくれ」

彼女は心のなかで葛藤しているようだった。「使用人の方々にどう思われるでしょう？おばあさまはどうお思いになるでしょう？」

「それでは、ふたりだけの時はランスと呼んでくれ」

彼女はほとんどわからないほど小さく肩をすくめた。「わかりました」そして試した。「ランス」

彼はにやりとした。「ぼくもキャサリンと呼んでいいかな？」

「ええ」それだけ言うと、彼女は彼の脇を通りすぎて浴室の扉のほうに歩きだした。そして戸口で振り返り、いたずらっぽい笑みを浮かべてつけくわえた。「ただし、ふたりだけの時だけです」

14

一週間が過ぎた。キャサリンは自分の時間の大部分を仕事に当てていた。時には午前一時か二時まで働いたのは、すべての図面をできうるかぎり完璧なものにすると決意していたからだ。

二、三日ごとに、公爵に面会して進捗状況を話し合った。キャサリンが仕上げつつある内容を彼は気に入っているようだった。

キャサリンは忙しいなかで、いくつかのことに関してだけ、作業日程の猶予を自分に許していた。

まずは約束した通りなんとか時間を捻出して、近づきつつある子どもたちの祭りの計画を立てる手伝いをした。出し物と芝生でやるゲームを具体的に決めたあとは、ミセス・モーガンの協力を得て必要なものを集め、コックに会ってメニューを作成した。

そのほかにも、姉たちとの手紙のやりとりは続けていて、詳しく書かれた姉たちの生活の様子を読むのを楽しみにしていた。また、ランスとも何度か散歩に行き、浜におりたり、セント・ガブリエルズ・マウント村に行ったりした。崖のベンチから海の景色を眺めた。ランスはそこが子どもの時から一番のお気に入りの場所で、考え事をする時は必ず来ていたことを認めた。

毎晩、ふたりは夕食をともにした。時々ランスの祖母が加わり、ふたりの会話に彩りと活気を添えた。ミスター・ペンバーシー――ランスが医者を手配した病気の漁師――は片足の骨折と診断され、幸い適切な処置と時間によって全快すると言われたことも知った。

キャサリンは気づけば、とくに公爵とふたりだけで食事をする夜を楽しみにしていた。予想した以上に彼との親交を楽しく、また大切に感じていた。

彼はキャサリンがニューヨークで育った時の話を聞きたがった。お返しに、彼は海軍での任務について話し、また時には乗組員たちによるほら話を語って夜が更けるまでキャサリンを笑わせた。

こうした小休止のあいだに、とくにすばらしい考えが思い浮かぶこともわかってきた。しかも、休憩のあとは、前よりずっと元気になり、より充実した仕事ができた。

公爵は約束を守った。厄介なことは一度も起こらなかった。一緒にいる時も彼はつねに礼儀正しい態度を守り、キャサリンもそうした。

ふたたび結婚の話を持ちだすこともなく、それに関してキャサリンは感謝していた。しかし、図面の仕事をしながら、ランスがここで、この自分が設計したいくつもの部屋で、未来の花嫁――美しくて非の打ち所なく、公爵夫人になることを喜ぶ女性――と一緒に暮らす様子を思い浮かべるたび、ことのほかその考えに苦しめられた。

どちらも決意をもって礼儀正しく振る舞っているにもかかわらず、ふたりのあいだにはこれまでと違うなにかが張りつめていた。どちらもなにも言わないが、親密さの徴候は、ふたりが名前で呼び合うたびに明らかに増していった。

それは最初に出会った時に感じた官能的な緊張とは微妙に違っていた。いまはどちらも、互いに性的に魅了されていることを知っている。それが不適切であることに同意し、未然に防ぐ約束を交わした。公爵に渇望のまなざしで見つめられている時、彼の頭のなかでなにが起こっているかは想像に難くなかった。それがなにを意味するのかをキャサリンは知っていた。彼がなにを望んでいるかを。そして、それを許さないことにより自分がなにを失っているかも。

心の一部は、ただ受け入れたいと願っている。あの夜に浴室で、ほとんど裸で彼に抱かれた時に経験したかったことを経験すればいい。

どちらもおとななのだから、と自分に言い聞かせる。どちらも未婚者で決まった人もいない。互いに欲している。受け入れて彼と愛の行為を持つことがそれほどだめなこと？

ええ、明らかにだめなこと。

自分は働かなければならない。しかも、どんなにつらくてもその仕事に集中しなければならない。

ランスはカモメの鳴き声で目覚めた。起きだして服を着る。そして、朝の飛びこみのためにぶらぶらと浜におりていった。

沖に向かって泳ぎだしながら片越しに振り返り、二週間前の朝のようにキャサリンが彼を追いかけておりてきていないか確かめる。残念ながら、彼女はおりてきていなかった。

あの浴槽の大惨事から一週間が過ぎたと思うと我ながら誇らしい。自分たちは非常にうまくやっている。不道徳な言動は一度もなかった。たやすいことではなかったが、それでも協約をきっちり守った。

進展もあった。

キャサリンをふたたび村に連れていき、今度は学校の校舎を見せた。もしも彼女の資産が使えるようになったら、この村で役立つことをすぐにするための基礎作りという意味合いもあった。散歩や毎晩の夕食時に活発な会話を交わした。気づけば彼は一日じゅう、この夕食、彼女と同席する喜びを得られるこの機会を楽しみに待っていた。

読書好きに加え、ほかにも共通点がたくさんあることも判明した。ふたりとも旅行が好きで、――ランスは海軍の任務で、彼女は家族との休暇で――世界のあちこちを訪れていた。どちらもカードゲームで遊ぶのが好きだった。音楽鑑賞の趣味も共通していた。

「ニューヨークで交響曲を聴きに行くのが大好きでした」数日前の夕食の時にキャサリンは熱心に語っていた。「ロンドンでも、英国音楽協会の演奏会に行くのがわたしの罪深き楽しみでした」

「演奏会を罪深き楽しみと考えるべきじゃないな」ランスはにやりとしながら、彼女をたしなめた。「ぼくは船に乗っている時、ホーンパイプとハーモニカに飽きてしまい、独学でヴァイオリンを弾く練習をした」

「独学で？　そんなこと可能なんですか？」

「簡単ではないし、お勧めもできないが」ランスはしぶしぶ認めた。「いくつかの寄港地で教師を見つけて、奏法の致命的な欠点だけは直してもらった。しかし、それを除けば、あとは本で学び、自分でこつこつと練習する以外はなかった」

「かなり難しいことだと思いますわ」

「ある程度弾けるようになるまでに五年もかかった理由はおそらくそれだと思う」

「ヴァイオリンの音色は大好きですわ。いつか、あなたの演奏を聞きたいです」

「長いあいだ弾いていないから、下手になっているだろう」すべての情報を言わなかったのは、それがいつか役立つことがあるかもしれないと思ったからだ。

もしももう一度求婚することができて、結婚できればの話だがと、ランスは腕で大きく波を掻きながら考えた。

財政状態を明らかにするのに適切な時宜はいつだろうか？　求婚する前か？　それともあとか？　築九百年の城とそれが建つ島を失うことと比較すれば、そこまで仕事が重要でないとキャサリンが思ってくれることを期待していた。むしろいま思いきって言うべきだろうか？

いや、それはまだあまりに危険すぎる。恐れているのは、どれほどうまい言い方を試みたとしても、財政状況を伝えれば、彼女の財産だけが求婚の理由と思われることだ。それは事実と違う。少なくともいまは。

たしかにそれが理由で始まったかもしれない。しかし、彼女を知るにつれ、まったく新しい見方をするようになった。彼女は、美しい顔立ちや姿やマンハッタンほど巨大な持参金よりもはるかにすばらしいものを持っている。なによりも人間的な魅力にあふれている。もしも彼女と結婚できたら、彼は一生涯大切にできる妻を得ることになる。

次に申しこんだ時には受け入れてくれるだろうか？　それは百万ドルの質問だ。彼の心の片隅に巣くい、内臓をむしばんでいる質問。その答えは、彼女の気持ちを確かめるその日までわからない。彼女が彼のことを望み、自分の仕事人生を諦めても彼の公爵夫人になることを選ぶとわかるまでは。

受けてもらった暁には、兄が遺した財政問題を打ち明けることができるだろう。自分が置かれた絶望的な状況を。父と兄が何十年も秘密にしていた秘密を。爵位を継ぐまで彼自身も知らなかった秘密を。困惑のあまりだれにも、実の祖母にさえ言うことができない秘密を。

そしてひざまずき、彼女にも隠していたことに対して許しを請うだろう。

そうなった時、最初から言わなかったことを彼女は心から許してくれるだろうか。


ランスが自室に戻ると、すでに従者が着替えを手伝うために待っていた。

「泳いで爽快だった」ランスはズボンを穿きながら言った。

「兄上さまも、朝の水泳がお好きでした」アイロンをかけたシャツを持ちあげながら、ウッドストンが答える。

「兄が？」ランスはシャツに手を通した。「まったく知らなかった」

「爵位を継がれて数年後に始めたご趣味です。わたくしの記憶では、あなたさまに刺激されてのことだったかと、旦那さま」

「ぼくに？　そんなことがあるか？　ヘイワードのことはほとんど知らなかった。たまにしか会わなかったからね」

「ええ、でも、お手紙のやりとりはされていたと記憶していますが？　あなたさまの手紙に、日々海に飛びこんで体を鍛えていると書いてあって、それでご自分も試してみて、次第に夢中になられたのです」

「そうか。それは知らなかった」ランスは驚いて言った。

シャツのボタンを留め、それからウッドストンが選んだ胴着を着た。ランスは兄についてもっと知りたかった。この男こそ、兄について一番よく知っているとふと気づく。ただし、どんな質問をすればいいかはよく考える必要がある。

しかしその時、まったく違うことが頭に浮かんだ。ランスはそっと従者を見やった。彼は物知りだし、観察力に優れている。常識として、公爵は使用人に忠告を求めない。しかし、ウッドストンはここで二十年近く働いている。海軍で彼に仕えていた当番兵から役立つ意見を得たことは何度もある。

「ウッドストン。きみに質問したいのだが」

「なんでしょうか？」

「女性にいい印象を与えたい時、きみは普通どうする？」

ウッドストンは驚いたらしく、わずかに口を開けた。ためらう様子でそのままうしろを振り返り、そばの椅子の背にかけておいた上着を取る。「ご婦人がたは花束を喜ばれるかと思いますが」ようやく言う。

「この女性は切り花が好きじゃないんだ」ランスは上着を着た。

「ミス・アサートンが特別に好きなものはありますか？」

ランスは凍りついた。「ミス・アサートンのこととは言っていない」

「失礼しました、旦那さま。仮にということです」

「ものは言いようだな」ランスは肩をすくめて苛立ちを示した。自分は正しかった。この男は切れ者だ。「では、もしミス・アサートンだったら？」ぶつぶつ言いながら上着のボタンを留める。「熱心に働いてくれているので、なにか感謝を示したい」

「そうですね、旦那さま」ウッドストンは答えた。「前の質問を繰り返すことになりますね。ミス・アサートンがとくにお好きだとおっしゃっていたものはありますか？　なにか恋しいものか、旦那さまにしてほしいことか？　旦那さまがわざわざそれをあげるか、してさしあげれば、心をとらえることができると思いますが」

ランスは彼を凝視した。その答えによって、彼の葛藤は瞬時に消滅した。

「ウッドストン、ありがとう。きみは天才だ」

キャサリンは鉛筆を置いて目をこすった。まだ午前十一時にもなっていないのに、すでに疲労を感じている。もう何日も朝から晩まで忙しく働き、ほとんど寝ていない。でも、それだけの甲斐はあった。進捗状況には満足している。

建築の図面はすべて仕上がり、改装の相談をしたほとんどすべての部屋に関して装飾の下絵を描いた。それには、大広間の新しい天井の精巧な図も含まれている。まだやるべき仕事は残っているが、完了地点に近づきつつある。すばらしい計画になるだろう。

冷たくなったコーヒーをもうひと口すすり、キャサリンはなにか見残したことがないか確認するために、もう一度六階の図面を眺めた。この階はもっとも変更が少なく、ただひとつの改良点は公爵未亡人の続き部屋の絨毯を新しくすることだけだ。

だが、図面を眺めているうち、なにかがおかしいという感じを受けた。

城の立面図の一枚を引っぱりだして、それを調べる。ふーむ。なにかが間違いなく抜けている。キャサリンの頭のなかに疑念が湧いた。六十年前の改良工事の図面を見つけて、六階の使っていない翼の図面と比較する。そこで見つけたものにはっと息を呑んだ。

数枚の図面を丸めて持ち、急いでテラスのある階まであがった。そしてそこで、城の東側の壁をじっと見つめた。思った通りだ。六階の使用していない翼に入って数分かけて調べたが、どの扉も鍵が閉まっていて、仮説を証明できない。数週間前にこの翼の自分なりの設計を図面に引いた時も、実際に新しい仕事の予定はなかったので、昔の図面の計測をもとにした。だが、いま見ると、どうしても説明がつかない部分がある。

非常に興味深いことだ。いますぐに公爵と話す必要がある。この時間はどこに行けば彼を見つけられるだろう？　彼の書斎を目指して階段をおりていくと、音楽の調べが聞こえてきた。

だれかがヴァイオリンを弾いている。

だれが弾いているにしろ、すばらしい才能を持った演奏者だ。その曲がなにか、キャサリンはすぐにわかった。ブラームスのヴァイオリンソナタ第三番。心を震わせるような哀愁を帯びた美しい曲だ。ランスはヴァイオリンを弾いていたと言っていた。彼が弾いているの？

キャサリンはヴァイオリンの音を追っていき、ついにその出所を見つけた。喫煙室から流れてくる。キャサリンがいつも仕事をしているレディの間から、いくつか扉を過ぎた先の部屋だ。キャサリンは戸口で足を止めてのぞきこんだ。

ランスだった。窓辺に立ち、目を閉じてヴァイオリンを奏でている。音楽の喜びに浸りこんでいるようだ。

キャサリンは音を立てて彼の邪魔をすることを恐れて、微動だにせずに立ち尽くした。これまで数えられないほど演奏会に行ったが、ヴァイオリンの独奏はほんの数回しか聴いたことがない。それでも、専門家と同じ力量とは言わないまでも、ダーシー公爵が非常に優れた技量の持ち主であることはすぐにわかった。舞台でプロの楽団と協演してもきっと輝きを放つだろう。

優しい音楽にこの身がたゆたい、軽やかな調べによって魔法の国に運ばれる。音楽がこれほど心に響いた経験を最後にしたのはいつだろう。

　曲が終わると、公爵はすぐに戸口に立っているキャサリンに気がついた。「キャサリン、申しわけない。ぼくの演奏が仕事の邪魔をしたのかな？」

「いいえ、全然」キャサリンは言い、部屋に入った。「あなたを探している時に音楽が聞こえたんです。とても美しかった」

「そう言ってくれるきみはとても親切だ」

「親切で言っているわけではありません。とても才能があるんですね、ランス。一日じゅうでも聴いていられます」

　彼はその褒め言葉が嬉しかったらしい。「ぼくの演奏で少しでも楽しく感じてくれたなら幸いだ」彼はヴァイオリンを置くと、前より真剣な口調で言った。「ぼくを探していたと言ったかな？」

「ええ。奇妙に聞こえるかもしれませんが……自分が描いた図面を調べていて、食い違いを発見したんです」

「なんの食い違い？」

　キャサリンは手に持った図面を振った。「お見せしてもいいですか？」

「頼む」彼はそばのテーブルを示し、キャサリンはそこに図面を広げた。

「これは城の東側の壁の立面図です」キャサリンは説明した。「どの階にも十個の窓があることを覚えていてください。これが城の六階です。左の図面は前の改修の時のものです。右のはわたしの描いた新しい図面です。東の翼を見てください。何年も締めきったままのところです。昔の図面では、窓が二つある寝室が五部屋が描かれていて、これはまったく問題ありません。でも、わたしの図面では寝室は四つ。廊下を調べた時に四つしか扉がなかったからです」

「それはどういうことだ？」ランスが戸惑った顔で訊ねた。

「この六十年のどこかで、六階に変更が加えられたのではないかと思います。おそらく、部屋のひとつが広げられて、不必要な扉は取りはずされたのでしょう。あるいは、廊下からは入れない別な部屋があるのかもしれません」

公爵が眉を持ちあげた。「この城に秘密の部屋があるということか？」

「その可能性があります」

「それは興味をそそられるな。一緒に行って、きみが正しいかどうか見てみよう」

ランスは呼び鈴を引いてミセス・モーガンを呼び、鍵の束を貸してほしいと頼んだ。六階の未使用の翼のどの部屋がどの鍵で開くかも説明を受けた。キャサリンは胸をわくわくさせながら、ランスについて階上に急いだ。問題の廊下を半分ほど歩き、一族の大きな肖像画が数枚飾られている場所で足を止めた。

「この二つの扉のあいだの空間がほかのところより広いんです」キャサリンは指摘した。

ランスが隣接している二部屋の鍵を開け、ふたりでなかをのぞきこんだ。平均的な広さの寝室は古びていて、家具は白い布で覆われている。どちらも長いあいだ使用されていないことは明らかだ。「両方の部屋の広さを足しても、廊下の長さと差があるようだ」

「疑問に思った通りですね」キャサリンはうなずいた。「つまり、ふたつの部屋のあいだに、もうひとつ部屋があるということです。だれかが作った隠し部屋ですね。だから、扉をはずして壁に替えて、上から全部塗ってしまったんです」

「それが本当ならば、なぜだれも気づかなかったのだろう？」ランスが訊ね、ふたりは廊下に戻って、壁のその部分を眺めた。

「お城のこの部分は何十年も使用されていないからではないでしょうか？　だれかがあがってきても、この絵画を眺めておしまいですわ」

「だが、秘密の部屋を作るような面倒なことをだれがしたんだ？　それになぜ？」

「よい質問です。もしかしたら、ご一族の秘密の宝物の隠し場所とか？」キャサリンが冗談半分に言う。

「そうだったらいいのだが」その声にかすかだが物欲しげな口調が混じったが、公爵はそれをすぐに消し去った。ふたつの隣接する扉のあいだの歩数を数え、真ん中で足を止める。そこに掛けられた肖像画の裏側をのぞき、よく見るようにキャサリンを手招きした。「扉のあとはないようだが」

「ということは、優秀な職人が手際よく隠したのでしょうね」

「ほかに入る方法があるはずだ」ランスはつぶやいた。「両側の部屋のどちらかを通って」

ふたりは左側の部屋に入った。キャサリンはふたりの探検の謎解きが楽しくて、思わず笑いだした。「これまで、秘密の宝部屋探しなんてしたことないわ」

「ぼくもだ」彼が共謀者らしくにやりとほほえみかける。

しかし、ふたりともがっかりしたことに、そちら側の壁は固い一枚の壁だった。絵画のうしろを確認し、家具を脇に動かしたが、別な部屋に入る隠し扉の気配はまったくなかった。

「もうひとつの部屋を見てみましょう」キャサリンは提案した。

ふたつ目の部屋も、最初は解答を与えてくれそうにない様子だった。頑丈なオーク材で作られた大きな本棚ふたつが問題の壁を背に立ちはだかっている。

「まあ、これで終わりだな」ランスはつぶやいた。

「待って」本棚のひとつを調べていたキャサリンが言った。ここの壁に閉じ目があるようです。この本棚が隠された扉なのかも」そう言いながら、本棚の右端を押した。なにも起こらない。手を低くさげてもう一度、何カ所かを強めに押した。

かちっという静かな音がした。

そして、本棚が動きだした。

15

本棚が十数センチほどふたりのほうに動き、そこで止まった。

「入り口を見つけたようですね」キャサリンが驚いた声で言った。

「ぼくが先に行こう。なかで待ち構えているものが安全かどうか確認する」ランスは本棚の扉を引き開け、あいだをすり抜けて姿を消した。一瞬間を置いて戻ってくると、キャサリンについてくるように身振りで招いた。「大丈夫だ。入ってきて」

キャサリンは部屋に入り、そして足を止めた。その部屋が宝でいっぱいとは期待していなかったが、目に入ったものが平凡すぎて、一抹の失望を覚えずにはいられなかった。

ただの寝室だった。たしかに、美しい内装が施されて、この階のほかのどの部屋よりも、その意味では、この城全体のどこよりも近代的な設備が導入されている。

大きな四柱式ベッドには、トルコ石色のサテン地に金糸の刺繍で縁どりされたカバーが掛かっている。彫刻が施されたマホガニーの家具がルイ十四世時代の華やかな装飾品とともに並んでいる。壁は錦織のシルク地で覆われ、大陸の風光明媚な場所を描いた油絵がいくつも掛かっている。背の高い本棚は古典文学の書物がずらっと並べられ、小さいが高価そうな骨董品と、大理石やブロンズの彫像が部屋のあちこちに置かれている。

「ここはなんだ?」ランスが戸惑った声でつぶやいた。

「とても素敵な寝室ですね」キャサリンは感想を述べた。「客用寝室として使うには素敵すぎますね。どなたかの秘密の隠れ家のよう」

「だが、だれのだ？　こんな優雅な部屋は……これだけの芸術品も……父のものだったとしか思えない。あるいは……」彼は部屋を横切って小さな書き物机に近寄った。美しい革製の机で、金色でＨＪＭの文字が刻印されている。「これは兄の頭文字だ。ヘイワード・ジェローム・グランヴィル」

「お兄さま」キャサリンはうなずいた。「それなら納得がいきますね」

「そうかな？」ランスは当惑したように頭を振った。「よくわからないな。兄はこの城全体を自由に使えたはずだ。なぜ労力と金を費やして、秘密の扉の後ろにこんな隠れ家を作ったんだ？」

「自分だけでいられる場所を望まれたのかもしれません。だれにも見られず、使用人にも邪魔されない場所を」

「ぼくがひとりでいたい時は、ただ扉の鍵をかけて、使用人たちに邪魔をしないように言う。そんな理由じゃないだろう。ほかになにかあるはずだ」

「もしかしたら」キャサリンは言ってみた。「ひそかに愛人とここで会っていらしたのかも」

「それでもやはり理にかなわない。ヘイワードはこの邸宅の主人で、しかも未婚だ。いつでも好きな女性と寝ることができたはずだ。なぜ秘密にする必要がある？　やはりわからないな、なぜ……」彼の声が小さくなって途絶え、注意が部屋の美術品に向けられた。眉を持ちあげた様子は、新しい考えが浮かんだらしい。

キャサリンも公爵の視線の先に目を向けた。部屋に飾られた大理石やブロンズの彫像が、古代ギリシャ・オリンピアの神々を模した男性の裸体像ばかりであることにキャサリンも気づいた。壁に掛けられた油絵のうち二枚も、裸体や裸に近いギリシャ神が描かれている。

オレンジと黒の花瓶は、おそらく非常に古くて価値のありそうな品だが、裸で長距離を走るギリシャ人の運動選手たちが描かれている。

キャサリンははっと小さくあえぐのを止められなかった。同じ瞬間にランスが悪態をついた。それは穏やかなものではなかった。彼はベッド脇の小テーブルに置かれた小さな写真立てを凝視していた。

キャサリンは彼のところまで歩いていき、彼の手にある写真を眺めた。それはふたりの若者の写真だった。年はおそらく三十歳くらい、正装用の服装だが、くつろいで、愛情たっぷりに抱擁し合う格好でポーズを取っている。男性たちのひとりは書斎の肖像画で見たことがあったから、キャサリンにもすぐにわかった。ヘイワード・グランヴィルだ。

もうひとりは彼の従者だった。

「なんてことだ」ランスは愕然としてつぶやいた。「あり得るか？　兄が？　そして……ウッドストン？」彼は写真立てをベッド脇のテーブルに伏せた状態で乱暴に置くと、しばし言葉を失って、ベッドの端に坐りこんだ。

「お兄さまは男性とのおつき合いのほうがお好きだったのね」キャサリンが理解したという

ようにうなずいた。その考えに驚いたようだが、衝撃を受けた様子も、ぞっとした様子もなかった。

しかしながら、ランスは——彼女の発言が示唆する真実によってというより、むしろ彼女がその発言をしたことに——衝撃を受けていた。「きみがそういうこともあると知っているほうが、ぼくにとっては驚きだ」

「無邪気な少女というわけではありませんから」キャサリンは言い返した。「ニューヨークにいる従兄弟で、同様の好みの人がいます。だから、そのことはよく知っているし、その従兄弟のことも大好きです。それに忘れないでください。わたしが建築学科で大勢の男性たちと一緒に二年間過ごしたことを。そのなかには、同じ好みの人も何人かいました」

「それで知ったのか……どうやって？」

「男性たちがウイスキー片手にどんな打ち明け話をするか知ったら、あなたもきっと驚きます。打ち明ける相手は、その場にいて、耳を傾けてくれる人なら、だれでもいいんです」

ランスは暗い表情でうなずいた。「ぼくも、士官仲間がウイスキーやエールの酔いに任せて打ち明ける話をたくさん聞いてきた。だが、この件についてはなかった。これは」そう言いながら、片手をまわして部屋のなかを示した。「この国では犯罪だ、キャサリン。三十年前までは絞首台送りの犯罪だった。いまでも、懲役刑が科せられる」

「残念ながら、それは米国でも大した違いはありません」キャサリンも認めた。

ランスはため息をつき、発見したことが消滅するのを期待するかのように一瞬目を閉じた。

「ヘイワードが結婚しなかったのも不思議はない。彼にとって人生はつらいものだっただろう。しかも、ぼくはまったく知らず……」

彼が混乱している様子を見て、キャサリンは胸が締めつけられる思いだった。運んでいた図面を置いて、ベッドの端の彼の横に腰をおろす。どうにかして、彼を慰めることができればと願った。「お兄さまの人生が大変だったことはたしかです。でも、考えようによっては、幸運だったとも言えるのではないでしょうか」

「幸運？　どうしてだ？　そんな秘密を一生持ち続けることを強いられたのに？」彼の青い瞳は苦悩と憐れみに満ちていた。「自分の愛を恥じて、みじめにも、世間からずっと隠さなければならなかったのにか？」

「隠さなければならなかったとしても、お兄さまはここに住んで、この部屋を作る余裕があった。そして、少なくとも、愛を経験することができました。きっとそうだったと思います。それは恵みです」

ランスはキャサリンの言葉を考えた。「たしかにそうかもしれない」

「お兄さまがみじめだったとは思いたくありません。幸せを見つけたと信じたい。日々ずっとではなかったとしても、ここで過ごしたひとときのあいだは」

ランスがキャサリンのほうを向いた。その顔から苦悩の表情は消えていた。「ありがとう。きみの洞察に満ちた言葉で救われた気がする。ぼくもそう考えて兄を偲ぶようにしたいと思う」

「よかった」ふたりはベッドの端に並んで坐っていた。ランスの瞳の青い深みをのぞきこむと、キャサリンは心臓が締めつけられ、湧きあがる愛情に押し流されそうになった。「いけないとわかっていても、愛さずにはいられないこともあります」自分が言うのが聞こえた。

時間が止まったかのように、キャサリンの言葉がふたりのあいだに垂れこめた。

キャサリンは頬が熱くなるのを感じた。他意のない言葉だったが、思わず深い感情をこめたせいで、あたかも彼を愛しているのを認めたかのように聞こえてしまった。事実とは違うのに。本当に違う？

「そうだな」彼がつぶやいた。「いけないとわかっていても、愛さずにはいられない」あからさまな愛着と願望がこもった表情で見つめられ、キャサリンのなかで血が駆けめぐった。

「少し前にした約束を」彼がかすれた声で言う。かがんで顔を寄せたので、ふたりの鼻がくっつきそうだった。「破りたい」

「まあ？」キャサリンの答えは言葉というより吐息に近かった。「なんの……約束ですか？」

「きみにキスをしたり触れたりしないと約束した……」その言葉を裏切って片手があがり、キャサリンの顔を包みこんだ。「きみが望まないかぎり」彼の声は限りなく優しく深かった。

キャサリンはごくりとつばを飲みこんだ。どんなにがんばっても、なぜその約束を要求したのか思いだせなかった。考えられることは彼の近さと耳に鳴り響く自分の心臓の鼓動、そして彼の唇が自分の唇のわずか数センチのところにあるという事実だけだった。

彼とのキスからずいぶん経ったが、そのあと何週間も彼の唇の感触のことをずっと考えていた。ずっと夢見ていた。いけないこととずっと自分に言い聞かせてきた。でも、本当にいけないこと？　そんなこと、だれにわかる？

「望んでいるわ」キャサリンはささやいた。

そう言いながら両手を彼の首にまわし、唇を彼の唇に押しあてた。


彼女に唇を押しあてられて、まるでたいまつで乾いた燃えさしに火をつけるようにランスは燃えあがった。何週間ものあいだ満たされず彼のなかで募りに募った情熱のすべてをこめてキスを返した。

片手で彼女の頭を支え、唇のあいだに舌を滑りこませると、口のなかの熱でとろけそうになった。

キスを深めながら、彼女の体を両腕で包んで引き寄せ、体をぴったり押しつける。彼女の両手が彼の背中と体をまさぐり、抱き返すのを感じた。

すばやい動きで身を返して一緒にベッドの上に倒れこむ。彼女を腕に抱いたまま体をまわして脇を下にふたりとも横たわった。そのあいだも熱く燃える唇は一瞬も離れない。

ランスは片手で彼女の胸を包み、布越しに揉んだ。服が多すぎる。上着なしでも、ブラウスとコルセットが邪魔をしているが、気が急くあまりうまくどかせない。

これまでもこういう状況になるたびに、彼の指は彼女のもっとも個人的な場所に触れたくてうずうずしていた。触れただけで彼女は我慢できなくなるだろう。うずうずする指を今回はどうやっても止められない。

キスを続けながら、スカートを掻き寄せてウエストまで持ちあげ、太腿を覆うブルーマーの柔らかいつるつるの布地に片手を滑らせて、少しずつ脚の頂点を目ざす。地中海全域どこの寄港地でも、扱ったブルーマーはすべてそこに切れ目が入っていた。

だが、ゴールに到達した時に彼の指が見つけたのは、隙間ではなく縫い目だった。ランスは動きを止めて、キスを中断する。「なんだこれは？」

「なにかまずいことが？」彼女が息を切らしながら言う。

「きみのここを触りたい」彼はぶっきらぼうに答え、層になった薄い綿生地越しに彼女の割れ目を指で撫でた。

「あなたは……触っているわ」彼女がなんとか言葉にした。

「これは最新の……形なの」あえぎ声の合間に声を出す。「ズロースの……そこが……開いていない形」

「最悪なのは英国の下着会社と最新型というわけか」彼がゆっくり言う。「それに、きみが最新流行の下着をつけていることだな」そう言っているあいだに、彼の目は目ざとくウエストの引き紐を見つけていた。結び目を引っ張り、下着をほどき、つかんで引きさげる。

キャサリンが腰をあげて彼に協力したから、ブルーマーはすぐに膝までおりた。

獣のようなまなざしで、目の前に横たわる姿を食い入るように見つめる。すでに岩のようだった一物がさらに硬さを増す。彼女のなかに差し入れて濡れた熱い襞に包まれ、上に重なって白く熱い波の逆巻くうねりにふたり一緒に呑みこまれるまで、ただただ貫きたかった。

だが、自分の欲求は後まわしだ。まずはキャサリンを喜ばせたい。

手が先ほどの動きを再開したが、今度は肌に直接触れていた。最初はゆっくり、指先でいじって刺激する。ヴァイオリンの弦をはじくように。中心の小さな突起を指に感じる。

キャサリンがうめき、触れている下で身をよじった。「ランス……」

「気持ちいい？」優しく訊ねる。

「ええ」

彼は指を彼女のなかに滑りこませ、正しい角度に曲げてもっとも快感を引き起こすように動かした。

「お願い……」彼女がつぶやく。「やめないで」

「やめない、約束する。ぼくの手の下できみが粉々になるまでは」この約束ならしてもかまわない。もちろん守る。

手を突起に戻し、奉仕の速度を増した。指を動かし続けるのは、まるで協奏曲を弾いているようだ。太腿の震えが甘いリズムを取るうち、次第に曲想が盛りあがり、音量もあがる。

彼の手の動きに合わせながら高まっていく彼女を見守った。美しいとしか言いようがない。みずから彼に身を任せ、彼女に及ばぬ力に翻弄されている。そんな彼女を見るだけで興奮した。欲望の衝動に屈して自制を失う瞬間に彼女がどんなふうになるかを見たかった。

すでに息遣いは激しかった。喉の奥のほうで、さえずりとあえぎとうめき声を足したような声が発せられる。彼の耳にそれはまさに音楽だった。彼女が絶頂に近づいていることはすぐにわかった。かがみこんで、ふたたび唇を合わせ、深くキスをする。彼女の両手が彼の首を包みこんで強く締めつける。

そしてついに波にとらわれた瞬間、彼女は彼の口のなかに叫び声をあげた。体がぴんと張りつめ、太腿をさらに激しく震わせてついに爆発した。それは数分に感じるほど長く続いた。彼女の味と感触と声によって彼自身もあまりに高まっていたせいで、同時に爆発するかと思ったが、なんとか抑えこんだ。もっといいことがすぐ先に待っている。

彼女の額から金の巻き毛をそっと払ってそこに口づけ、それから彼女を見おろした。頬がバラ色に染まり、口元に物憂げな笑みが漂っている。

「ぼくのレディは楽しんだかな？」

「楽しんだとわかっているくせに」疲れきった口調と目に浮かんだ満足そうな表情が、どれほど楽しんだかを雄弁に語っている。

「興奮のさなかに、鳥のさえずりのような歓喜の声を出していたぞ」彼はからかった。

その言葉にまた顔を赤める。「さえずったりしないわ」

「していたよ」彼はにやりとした。

彼女が彼の股間に視線をさげた。うずいている状態のものを手のひらで包み、こすり始めた。「あなたをさえずらせることができるかやってみたいわ」

ランスは思わず息を呑んだ。「待って」またしても避妊具を持っていない。これからはポケットにひとつ忍ばせておくべきかもしれない。彼女の提案を辞退するつもりはなかった。でもまずは、自分がなにに対応することになるか知る必要がある。

アクアマリン色の美しい瞳を見つめて、彼は優しく訊ねた。「前にも経験したことがあるかい?」

「一度だけ」

それ以上打ち明けたくないようだったから、彼も訊ねたくなかった。「わかった」彼女の手が動き続けているせいで、彼の心臓は太鼓のように激しく打っている。そのまま続けてくれていたら、どのくらい保てるかわからなかった。「ところで、服を全部脱ぐというのはどうだろう?」


キャサリンのスカートはウエストまで持ちあがっている。ブルーマーは膝までさがっている。片手は公爵の大切なものの上に載っている。もっともレディらしくない状況だったが、キャサリンはみじんも気にしなかった。

みだらな情熱に取り憑かれてしまったらしい。キャサリンはいまふたりがやっているすべてを逐一楽しんでいた。次にすることを待ち切れない。以前に自分で楽しもうとした時も満足はしたけれど、いまこの男性の手の下で味わった強烈な体験とは似ても似つかなかった。

熱いまなざしを感じながら、彼の指の魔法によって、彼女の感覚は絶頂まで押しあげられた。いまこうして手の動きに反応してさらに張りつめる彼自身の興奮の証拠を見ているだけで、新たな渇望が湧いてくる。

彼女の内側の、隙間ができるなんて思いもしなかった場所にふいに現れた隙間を彼に満たしてほしかった。

「承知しました、艦長」キャサリンはほほえんだ。公爵のズボンのボタンに手を伸ばした時、彼女の心の縁になにかの音が忍びこんできた。

キャサリンは手の動きを止めた。近づいてくるのは足音？　もしそうなら、大丈夫。わたしたちは秘密の隠れ家にいる。秘密の扉で守られている。

でも、顔をあげてすぐ、本棚の扉を開けっぱなしにしてきたことに気づいた。

「大変だ」公爵が隣りで身をこわばらせた。「だれかがやってくる」

16

慌てふためき、キャサリンはブルーマーを引きあげて結んだ。ランスはベッドから滑りおりて、キャサリンが立つのを手伝った。

急いでスカートの位置を元に戻し、髪を撫でつけようとした。ランスは早足で部屋を横切り、巻いた設計図面をつかむと、それらを開いて持ちあげ、さりげなく彼の……真ん中の部分を隠した。ちょうどその時、ウッドストンがバケツとモップと掃除用具を入れたかごを持って入ってきた。

ふたりを見ると、彼は驚きの悲鳴をあげ、運んでいたすべてから手を放した。かごが逆さまにひっくり返ってタオルやスポンジやぼろ切れが散らばる。モップとバケツががちゃんと床に落ちて、バケツから勢いよく石鹸水が飛びだした。

「やあ、ウッドストン」ランスは絶望的な気分に陥りながらも、まるでこの部屋にふたりでいるところを見つかることなど日常茶飯事であるかのように落ち着いた口調で言った。「驚かせたなら、許してくれ」

「だ……旦那さま」ウッドストンが顔をビーツのように真っ赤にして、つっかえながら言った。ふたりをかわりばんこに眺め、それから散らかった床に目をやった。

「認めよう。きみがバケツとモップを持っているのを見てかなり驚いた」ランスが言葉を継いだ。「それは女中の役目だと思うが？」

「ええ……そうですが、旦那さま……でも、その……わたくしは……」ウッドストンがあやふやな口調で言う。

「気にしなくていい。理解していると思う」ランスは片手を一振りした。「このすばらしい部屋はヘイワードのものだろう。いうなれば、兄の秘密の書斎だな。おそらく、こっそり隠れてひとりで読書をしていたのだろう。きみは間違いなく兄に信頼されていただろうから、掃除してくれていたんだろう？」

ウッドストンは周囲をざっと見まわし、ベッド脇のテーブルで視線を止めた。有罪の証拠写真が表を下にして置いてあることに気づくと、顔の表情が若干緩んだ。「わたくしは……ええと……はい。旦那さまが話してくださいました……この部屋のことを。先ほどおっしゃったように、秘密の書斎です。ほかの使用人に知られたくないとのことだったので、わたくしが掃除をお引き受けしました。お亡くなりになったあとも続けていました……故人を追悼する意味で」

「思った通りだ。兄が一番喜ぶことだと思う、ウッドストン」公爵は従者の背中をぽんと叩いた。「どうかその仕事を継続してくれたまえ。このことは秘密だ、ウッドストン。ぼくもだれにも言わない。それに、どちらにしろ、ぼくたちの用件はもう済んだ。ミス・アサートンはやるべき仕事がたくさんある」キャサリンのほうを向き、戸口を示した。「では行こうか？」

「危機一髪だった」キャサリンが仕事をしているレディの間まで戻り、ある程度プライバシーが保たれていることを確認すると、公爵が言った。なかに入って扉を閉めると、おもしろがっているようにつけ加えた。「ぼくたちはそういうことになるたびに、邪魔される癖があるらしい」

「そしていつも、床に水がこぼれて終わるわね」

ふたりは一緒に笑いだした。ランスがキャサリンの立っているところまで来て、彼女の腰に両腕をまわした。「どうだろう？　今夜遅く、始めたことを終わらせるというのは……今回は適切に、ぼくのベッドで？」

キャサリンは彼の腕のなかでかすかに身をこわばらせた。「いい考えとは思えません」

「ついさっき、すばらしい考えと感じていたのに？」彼がそっと言い、かがんで彼女の首にキスをしようとした。

しかし、キスをする前にキャサリンは身を引き、彼の抱擁からそっと抜けだした。「ランス。わかっているわ。わたしが……始めたことだと。わたしが望んでいると言ったことも、本当に望んでいたから。そしてすばらしかった。あなたはとてもすばらしかった」

「その喜びは相互的なものだ」

「でも、なぜ相互的なのかわからないわ。だって、あなたはそうなってなくて……」彼女は顔を赤らめ、最後まで言えないようだった。「つまり」急いで言い換える。「なにが言いたいかというと……わたしはもうすぐロンドンに帰ります。そして、あなたはここにいて、公爵領を管理し、公爵夫人を探すでしょう」

「ああ、それのことか」ランスはまたふたりの体が触れそうにほどそばに寄った。そしてキャサリンを見おろし、じっと見つめた。いまがその時宜なのか？　いま求婚するべきか？　心のなかで言葉を考えた。公爵の花嫁になることをもう一度考えてくれないか？「キャサリン」彼は言い始めた。

彼女が彼の唇に指を当てて、彼を黙らせた。「台なしにしないで、ランス」キャサリンが彼に甘いキスをする。「さっき起こったことによって、なにか変わることはありません。さあ、まだ仕事があります。再開したほうがよさそうですわ」

三日間がゆっくりと過ぎた。その三日のあいだ、ランスはキャサリンに会えたとしても、たまに廊下ですれ違うか、あるいは仕事の様子を見ようと彼が立ち寄った時に少し言葉を交わすだけだった。

その三日間、彼女はいまいましいレディの間に引きこもって夕食におりてくることも辞退し、ランスが彼女に向けたすべての招待を丁重に断った。

ランスは客間で行ったり来たり歩きながら考えこんでいた。朝の陽光が部屋を明るく輝かせていたが、彼の気持ちは夜のように暗かった。あの女性の心を勝ちとるために、考えつくすべてをやった。一緒に散歩に行った。一緒に話した。彼女のためにヴァイオリンを弾いた。

これまでだれにも話したことがない自分のことを打ち明けた。

兄の秘密の部屋の探索と発見がさらにふたりを近づけた。強い結びつきを築けたと感じ、もう少しで結婚を申しこむところまでいった。これ以上なにができる？　この関係になにか感じているのは自分だけなのか？

この三日間、完全に遠ざけられていたせいで不安はいや増した。自分に向けられていると感じた彼女の好意は、ただの想像だったのだろうか。彼の性的な働きかけに対する彼女の情熱的な反応もなかったことだろうか。しかし、それは実際に起こった。そして、ふたりのあいだにあるものがなんであろうと、彼女もまた感じていることを、ランスは朝に太陽が昇るのと同じくらい確信していた。彼が望んでいるのと同じくらい、彼女も彼を望んでいた。ただ、自分の仕事にあまりに愛着を持っているせいで、それがない未来を思い描くことができないだけだ。

それについて、自分はどうすればいいのだろう？

ランスは深いため息をつきながら窓辺まで歩いていき、きびすを返してまたつかつかと逆方向に戻った。彼女と結婚する方法はただひとつ、彼女が仕事を諦めることだと彼は自分に言ってきた。それこそ社会の要求することだ。それは彼にとって、唯一納得できる方法だった。

しかし、それを考え直すべき時なのかもしれない。実際のところ、世間がなにを思おうが、どうでもよくないか？　ランスは自分がこの公爵位を引き継ぐと考えたことがなかった。しかし、公爵とは、なんであろうと、自分がしたいようにできる立場ではないか？

祖母が正しいのかもしれない。自分が妥協するべきなのかもしれない。

ランスは行ったり来たりする歩みを止めずに、それについて考えた。自分はどれだけの妥協をする用意があるだろうか？　そして、彼女はどんな妥協ならできるのだろうか？

さらに数分行ったり来たりしたのち、ランスはなかなか興味深い結論に達した。頭のなかで計画を組み立て、ひとりほほえむ。イエス、これならうまくいくかもしれない。なぜもっと前に思いつかなかったんだ？

これだけの時間をふたりで過ごし、親密な経験を共有したあとだから、彼女のほうもきっと、最初に、お互いほとんど知りもしないうちに申しこんだ時よりも、結婚という考えを受け入れやすいだろう。今回、彼が万端整えて新しい申しこみをすれば、彼女が受ける可能性はかなりあるという感じがする。

だが、彼女を騙して結婚するのは本意ではない。もともとそのつもりはなかった、これまで財政状態を告げるのを先延ばしにしてきたのは、自分に不利な条件を積み重ねたくなかったからだ。真実を告げる危険を冒す前に、彼女が彼を望むように仕向けたかった。

ふたたび、祖母の警告が耳に響いた。

彼女に素の自分をさらけだしなさい。女性は、自分の弱い面を見せることを恐れない男性を評価するものですよ。

おそらく、先にけりをつけるべきなのだろう。借金のことを率直に話す。あまりに恥ずかしい状況で、とても打ち明けられないとこれまで思ってきた。しかし、むしろ告げたほうが彼女の共感を得られるかもしれない。そして、自分の財産をどんなよいことに使えるかわかってくれるかもしれない。この悲惨な状況をすべて理解したら、もしかしたら彼を助けたくなるかもしれない。彼の味方になりたいと、彼の花嫁になりたいと、未来の子孫のためにこの城を、それとともに村も救いたいと思うようになるかもしれない。

そうだ、とランスは決断した。それが適切なやり方だ。これまであまりに長く引き延ばしてきた。今度こそ、正しいことをする。

彼女のところへ行こう。休憩をしてもらう。そして、崖の小道のお気に入りのベンチに連れていく。前もって、どんな状況に足を踏み入れることになるかを知らせよう。それからひざまずき、結婚を申しこもう。

キャサリンはテーブルにペンを置き、椅子に坐ったまま伸びをした。頭がずきずきする。脳の細胞が小さいナイフの軍隊の襲撃を受けているかのようだ。しかも、あり得ないほど疲れきっていた。

こらえきれずにあくびをして、一瞬目を閉じる。

先代公爵の秘密の部屋でランスと激しいひとときを過ごしてから三日経った。ビリヤード室と浴室がまた繰り返されたわけだが、今回はさらに先の領域に踏みこんだ。これまであれほどの興奮を感じたことはなかった。そしてあれほど……満足したことも。

公爵自身の高まった状態はあまりに明らかだった。あの時ウッドストンが入ってこなかったら、ランスと自分はあの行為を完結していただろうとキャサリンは確信していた。

そうならなくてよかった。少なくともそれが、過去七十二時間ずっとキャサリンが自分に言い聞かせていたことだった。しかし頭のなかでは別な声が、最初の声と同じくらい大きく、ついに愛の行為の真実を発見する機会だったのに、それを逸したと嘆いていた。

最初の二回で経験したことは最初の段階なのかもしれないとキャサリンは感じていた。とても美味しい一皿だが、それでもやはり最高の晩餐の前菜であって、もっと楽しめるさらに美味しいご馳走がたくさん待っているような感じだった。あの秘密の部屋でデザートを食べたけれど、あれはもしかしたら、ランスとふたりですべてを経験して、必然の結末を迎えた時に初めて食べられる最高のデザートの試食に過ぎなかったのかもしれないという気がしている。

キャサリンは両手で目を覆った。自分がこんなことを考えていること自体が信じられない。もう何週間もそれしか考えていないように思える。それほど、公爵に惹かれる気持ちは強くて抗しがたかった。もしもまたふたりだけになったら、先日彼にキスをした時と同じ衝動に従わないように自分を抑えられるかどうか自信がない。

自分は四六時中ランスのことを考え、彼と一緒にいられたらと願っている。どんな内容であれ、彼と話しているのが好きだった。キャサリンを見つめる時に彼の目に浮かぶ表情が、とりわけキャサリンが見ているると彼が気づいていない時の表情が好きだった。彼がそばにいるだけで膝が震える。彼に触れられるたびに全身がどきどきと拍動する。そしてそのたびに、触れるよりもっと多くのことをしてほしかった。

こういう感情は、夫と妻が感じるはずのものだとキャサリンは思っていた。でも、自分は妻になる願望はない！　ダーシー公爵の妻になることは絶対にできない。彼はセント・ガブリエルズ・マウントで喜んで公爵夫人を務め、たくさんの子どもを産んでくれる妻を必要としている。公爵夫人は仕事を続けることを諦めなければならないと、彼は求婚した日にはっきり言った。でも、自分はそうすることができない。どう考えても、やっぱりできない。

自分に残された行動はただひとつであることをキャサリンは知っていた。できるだけ速やかにこの仕事を終えて、この場所を去る。この数日、どうしても必要な寝食に時間を割く以外、昼も夜ものすごい勢いで必死になって仕事をしている理由はそれだった。彼女の見積もりでは、あと数日で全部終えられる。図面すべてを提示し、ランスの称賛を得たのちにロンドンに帰ろう。

目から両手をはずし、ため息をついた。あと数日。数日ならばなんとかなるだろう。なんとか切り抜けるしかない。

頭ががんがん痛むけれど。

しかも、喉がちくちく痛むけれど。

突然胸から咳がこみあげ、キャサリンは激しく咳きこんだ。もう最悪。かなり続いた咳がようやく収まると、キャサリンはペンを取りあげ、目の前のテーブルに広げた図面を見おろした。インクの線が泳いでいる。なにか変だ。

ふいに寒気に襲われた。温かい夏の日の午後早い時間であることを思えば、それはさらに変だった。キャサリンは身震いし、両腕で自分を抱き締めて、この客間にショールを持ってきておけばよかったと考えた。

その時ふいに、だれかが近づいてくることに気づいた。決然とした足音のリズムはよく知っている。ランスの足音。

彼にまた会うと考えただけで頬がかっと熱くなった。体の反応は心の指示とまったく逆だと自分に思いださせる。冷静でいなければいけない。この仕事を終わらせる。そして、家に帰るのだから。

鋭いノックの音が聞こえ、キャサリンは開けてある戸口のほうを向いた。公爵がその前で立ちどまり、なかのキャサリンをのぞいていた。

「キャサリン？　入ってもいいかな？」

「もちろんです」

彼は暖炉まで歩いていき、なにか気を取られている様子で立ち止まった。それから、自分の位置に気づいたらしく、部屋を横切って近づいてくると、キャサリンの坐っているテーブルの脇で足を止めた。「元気かな？」なんとなく緊張しているように見える。

「はい」キャサリンは身震いをこらえようとした。「あなたは？　調子はいかがですか？」

「元気だ」彼は早口で答えた。両手を後ろで組み、真剣な面持ちでキャサリンを眺める。

「散歩に行こう」

「わたしは、ええと……時間がなくて」

「時間を作ってくれないか。頼む。重要なことだ。どうしてもきみに言いたいことがある」

キャサリンは彼の顔を見ようと目をこらした。でも、彼の顔は、まるでガーゼで覆ったレンズを通して見ているかのようにぼやけたままだった。彼は話し続けているが、その言葉がひとつにつながらず、意味をなさない。その時突然、部屋がぐるぐるまわりだして横に傾いた。

公爵の顔に驚きの表情が浮かんだのがわかった。そしてそのあと部屋の明かりが全部消えて、すべてが真っ暗になった。

17

「熱が非常に高いのです、閣下」キャサリンの寝室の外の廊下で、医者が声をひそめて説明した。「肺に炎症が生じたのではないかと思います」

「危険なのか？」不安が骨の髄までしみこんでくる。「治るんだろうな？」

「様子を見ないとわかりません。こうした症状は診断がつきにくい。安静によく休ませ、薬が効くことを期待しましょう」

医師は何種類か薬の瓶を処方し、次の投与をどうするかを指示すると、彼女の熱を制御する方法を説明した。翌日また来ると言い、緊急の場合はすぐに駆けつけると約束した。

ランスがキャサリンの寝室に戻ると、アイヴィがベッド脇の小テーブルに薬の瓶を並べているところだった。キャサリンは薄い上掛けの下で眠っている。顔は真っ赤に火照って汗まみれだった。髪も汗で湿り、金色の波のように枕に広がっている。

ランスは心のなかで自分をののしった。彼女が長時間働いていることは気づいていた。以前から働きすぎる傾向はあったが、最近は許容できる限界以上に自分を追いこんでいた。

それがなぜかは推測できる。秘密の部屋での出来事のあとに、自分が専門領域を逸脱したことに狼狽し、夜遅くまで働き続けて仕事を終わらせ、一刻も早くロンドンに戻ると決めたのだろう。その結果、病気になってここで寝ている。

なんのために？　実現する可能性もない改装の図面を描くために？　これはランスの責任だ。すべては自分の責任だ。

「わたしがそばに坐っていますよ、旦那さま」アイヴィが言った。「弟と妹が六人いて、次々と病気になるのを全部看病して慣れていますから」

「ありがとう、アイヴィ。だが、ミス・アサートンはぼくが自分で看病する」

「ご自分でですか、旦那さま？」アイヴィは心から驚いたようだった。

「自分でだ」ランスは繰り返した。キャサリンの世話をだれにも任せるつもりはなかった。わざとでなくてもへまをされたら困る。

「でも、公爵さまなのに、旦那さま。公爵さまは決して……」

「決してなんだ？　手を汚さない？　自分では働かない？　病気の看病をして自分をおとしめたりしない？　ぼくが十九年間海軍で過ごしたことをきみは忘れている。ありとあらゆる病気の症状を見てきた。船内の診察室で軍医の処置を見守ることに、途方もなく長い時間を費やした。大丈夫だ、ぼくでもできる」

アイヴィはゆっくりうなずいたが、その表情はまた別な論点に関する心の葛藤に移り変わった。その目に浮かんだ表情が彼に、ある問題の可能性を考えていることを告げていた。

「心配しなくていい、アイヴィ。患者とふたりきりになることを意味するとわかっているが」ランスは静かに言った。「不適切なことは決して起こらない。ただ彼女を看病する。そして、その椅子で仮眠を取る」手振りでそばの安楽椅子を示す。

それでもアイヴィの目から懸念が消えないことに、ランスは苛立ちを覚えて眉をひそめた。

「いいか、ぼくは公爵だ。ここはぼくの家だ。ぼくが言ったことに従ってもらう。ぼくはこの女性の世話をする。議論は終わりだ。この家の仕事が大事ならば、いまこの瞬間に顔からその表情を拭い去ってくれ。彼女を介護するうえで、助けを必要とする点も多々あることはわかっている。援助が必要な時は、きみかほかの使用人のだれかに知らせる。さあ、ぼくにお茶と茶碗ふたつと空のグラスをひとつ持ってきてくれ。それからタオルもだ。あとは、水差しをいっぱいにしておいてほしい」

「かしこまりました、旦那さま」アイヴィはすばやくお辞儀をすると、部屋から出ていった。

ランスはキャサリンのベッドのそばの椅子に腰をおろし、両手を組んで彼女の苦しそうな様子を観察した。息遣いは荒く、眠っていても、つばを飲みこむ時に痛みで顔をゆがめている。

「すまなかった」ランスはそっと言った。聞こえているはずもなかったが、それでも話しかけずにはいられなかった。「きみを止めるべきだった。あのいまいましいペンと鉛筆を置いて、前のように毎晩夕食を一緒に食べるように説得すべきだった」頭を垂れる。「だが、きみはぼくを遠ざけた。もう一緒にいたくないのだと思った。無理じいはしたくなかった。だから、仕事道具にきみを任せた。大きな間違いだった」

自分の問題や自分の心配――セント・ガブリエルズ・マウントを救う必要と彼女との結婚に同意してもらう必要――に気をとられるあまり、キャサリンがなにを必要としているかを真剣に考えなかった。

　ぼくの監視下で死なせたりしない、ぼくの美しい人。それは約束する。

　それから丸々二日間、ランスはキャサリンのベッド脇から離れずに看病を続けた。安楽椅子で仮眠を取り、アイヴィが盆で運んできた食事をすばやく食べた。

　祖母が時々立ち寄って、心配そうに声をかけた。「わたくしもなにかできればいいのだけれど」悔しそうに言う。「でも、病人の介護はもともと得意ではないから、仕方なく、看護婦と医師の方々にすべてお任せしていましたよ」

　キャサリンはほとんどずっと眠っていたが、高熱はさがらず、しばしば咳の発作に見舞われた。生理現象が生じた場合は、適切性の観点から女性の使用人に任せた。

　医者の指示はすべて守った。キャサリンの額に冷湿布を当て、目覚めて水をほしがった時はすぐに、頭をそっと持ちあげて飲みやすい角度を保ち、飲むあいだずっとむせないように見守った。

　一度だけ、目をぱっと開き、熱にうなされた様子で言った。「ここはどこ？」

「セント・ガブリエルズ・マウントだ」彼は答えながら、薬が入ったスプーンを差しだした。「これを飲んで、キャサリン」

　彼女は言われるがままにそれを飲みこんだが、それからぼんやりとつぶやいた。「わたしはどうしたの？　病気なの？」

「そうだ。だが、よくなるよ」ランスは言い、彼女の頭を優しく枕におろした。

すぐに眠りに落ちたから、本当に目が覚めていたのかどうか、ランスにはわからなかった。彼の存在さえ気づいていないようだったが、それでも『アイヴァンホー』を朗読した。彼女が好きと言っていたロビンフッドが主役の章をとくに選んだ。ヴァイオリン協奏曲を演奏した。彼女の目は閉じたままだったが、かすかな笑みが顔をよぎったとランスは確信していた。たくさん話しかけた。一言も聞いていないとわかっていても、艦船に乗っていた日々のことをいろいろ話した。

そのあいだに二度医者が診察に来た。どちらの時も、患者はよくなっていないが、ありがたいことに悪くもなっていないと述べた。その知らせでランスの恐怖が和らぐことはなかった。

三日目の夜明け、ランスは疲れすぎて立っていることもままならなかった。キャサリンの容態はいっこうによくならない。死なせたりはしないというランスの明言にもかかわらず、この病気で亡くなってしまったら？　そんなことは耐えられない。しかし、もしもそれが起こるとしたら、嘆き悲しむのが彼だけでいいはずがない。

彼女の家族に伝える必要がある。

ランスはロングフォード伯爵夫人とソーンダーズ伯爵夫人に電報を打ち、ふたりの妹の病気を知らせ、セント・ガブリエルズ・マウントに急行してくれるように依頼した。

両方の夫人からすぐに電報の返信があり、その日の午後のうちに、小間使いも連れて一緒に同じ州内の邸宅からこちらに到着する旨を知らせてきた。

キャサリンは相変わらず眠っていたが、姉たちが到着するほんの数時間前に熱がさがり、医者は患者がとうとう回復に向かったと宣言した。ふたりの伯爵夫人が到着した時にこの知らせを伝えることができて、ランスは心からありがたかった。

キャサリンの部屋でランスも同席して一時間ほど過ごし、妹の容態をいろいろ訊ねて、ようやく瀕死の状態でないことを納得すると、新しい来訪者たちは感謝にあふれるまなざしをランスに向けた。

「あなたがわたしたちの妹にしてくださったすべてのことにどれほど感謝しているか、言っても言い尽くせませんわ」ロングフォード伯爵夫人が言った。

「本当に、一生感謝しますわ」ソーンダーズ伯爵夫人もうなずいた。「それに、電報を打ってくださってありがとうございました、公爵さま」

「すぐに来てくださってありがとう」

同じ部屋に姉妹全員が揃うと、三人がとても似ているのがよくわかった。三人とも美しく、同じようにすらりとした体型で、肌はピンクがかったクリーム色だ。もっとも違う特徴は髪の色だった。レディ・ソーンダーズはつやつやした茶色、レディ・ロングフォードはもっと赤っぽい色合いだ。キャサリンの金色の巻き毛とは対照的だが、姉たちによれば、キャサリンの金髪は父ゆずりということだった。

「ぼくのための仕事をしているあいだに病に倒れたんです」ランスは悔しい思いで説明した。「長時間働きすぎた。それについてはぼくの責任です」

「ご自分を責めないでくださいな」レディ・ソーンダーズが述べる。「昔からずっと、キャサリンはこの仕事のために、ほかの楽しみはおろか、自分の健康まで顧みない傾向がありました」

「子どもの頃、休暇で海岸に出かけた時も、わたしたちはみんな泳いだりピクニックをしていたのに」レディ・ロングフォードが口を挟む。「キャサリンは砂の城を作るのに夢中で、ご飯も食べず、海にも一度も入らなかったんですよ」

「そうそう、丸一日、太陽が沈むまで砂の城を作っていましたわ」レディ・ソーンダーズがつけ加える。

「それはすばらしい城だったでしょうね」ランスは足元がふらふらするのを感じて、腰をおろしたいと思った。

「ええ、それはもう。でも、あの子はひどい日焼けを起こしてしまって」

「そして翌朝」レディ・ソーンダーズが言った。「潮の流れですべてが流されたのを見た時、目が腫れるほど大泣きしましたわ」

「ヴァッサー大学の一年生の時は、歴史の授業の論文を終えるために三日間徹夜をしていました」

「その時出した熱は一週間さがりませんでした。心身ともに疲労困憊だったんですね」

「それより公爵さま、あなたも心身ともに疲労困憊のようですけれど」レディ・ロングフォードが指摘した。

「ぼくは大丈夫」ランスは肩をすくめた。

「この二日間、どのくらいお休みになったんですか?」彼女が追及する。

「そんなに寝ていない」彼は認めた。「この部屋をほとんど離れなかったので」

「それでは、わたしたちがここは引き継ぎましょう」とレディ・ソーンダーズが言った。「あなたは眠らなければいけませんわ、公爵さま。あなたに病気になられては困りますもの」

ランスは自分の患者のもとを去りたくないと主張したが、姉たちは自分たちの手に任せるようにと言い、頑として譲らなかった。疲れきっていたせいでそれ以上反論できず、ランスはその申し出を受け入れて自分の寝室に向かった。そしてそのままベッドに身を投げだすと、瞬時に眠りに落ちた。


「あらあらあら」レクシーが言った。

「たしかに、あらあらあらだわ」マディが同意する。

命が危険なほどの高熱だったとあとで知らされた病からキャサリンが目覚め、ベッドの横に坐る姉たちを見つけてから二日が経っていた。キャサリンは自分が病気だったのと同じくらい、ふたりの姉たちがいることに衝撃を受けたのだった。

ようやくベッドに寝ていた日々の記憶がいくつか、もやのなかから浮上しつつあった。公爵が薬を飲ませてくれたことをぼんやり思いだした。高熱で混乱していた時の記憶にはヴァイオリンの調べが伴っていた。それも公爵によるものだろうとキャサリンは思った。キャサリンが目覚めた翌日、公爵はキャサリンの寝室に数回立ち寄って、挨拶をして、気分がいいかどうかを確認した。公爵未亡人もお見舞いに来て、一日も早く全快するようにと言ってくれた。

けさは、咳もほとんどなく、気分もかなりよかったので、ようやくベッドから出る許可がおりた。

キャサリンは姉たちと一緒に温室に行き、熱帯の植物や花々に囲まれて坐った。しかし、レクシーとマディは熱帯植物を観賞しなかった。窓の外の海の景色にも興味がないようだった。

ふたりの青い瞳はキャサリンだけに注目していた。そして、どちらの顔にも、すべてわかっているという満面の笑みが浮かんでいた。

「ふたりとも、いったい全体なぜそんなふうにわたしを見るの？」キャサリンは訊ねた。

「どんなふうに見ているかしら？」レクシーがなにくわぬ顔で答え、マディと目くばせをし合う。

「なにか個人的な秘密を知っていて、それをおもしろがっているような感じ」

「なんのことかわからないわ」マディが答えたが、その声はいかにも含みのある口調だった。

「わたしも」レクシーがスカートを撫でつけると、キンポウゲのような黄色のシルク地がさらさらと鳴った。

「それなら、なぜふたりして、あらあらあら、って言うの？　なんのこと？」

「そうねえ」レクシーがちゃめっ気たっぷりに言う。「あなたがなにか……前に会った時と感じが違うと思って」

「当然でしょう？　病気だったんですもの。しかも、ひどい病気」

「そのことを言っているわけじゃないわ」

「病気になった時のあなたは、数え切れないくらい見ているものね」マディが坐ったまま身を乗りだした。「でも、もう回復中でしょう。それより、あなたからなにか、これまで見たことがない雰囲気を感じるのよね」

「雰囲気？」キャサリンは戸惑った。

レクシーがうなずく。「心ここにあらずという雰囲気」

「わたしたちが話していても、あなたの心が会話に集中していないのがわかるのよね」マディが言葉を挟む。「心がどこかほかに漂っていってしまっているみたい」

「その状態は、だれよりも理解しているはずでしょう、マディ」キャサリンは言い張った。「あなたも執筆している本のことを考えている時、心はいろんなところをさまよっていて、完全に別世界に行ってしまっている時もあるわ。わたしがそうなるのは、たいてい建築の計画のことを考えている時よ」

「これはそれではないと思うわ」マディが青いスカートのレースの縁どりをいじる。

「あなたの場合、顔にその……表情が浮かぶのよ」レクシーも言う。

「どんな表情？」

「夢見るような表情よ」マディが説明する。

「まさに夢を見ている表情」レクシーがまた同意する。「設計のことを考えている時には絶対に浮かべないような表情」

「トーマスが部屋に入ってきた時に必ずレクシーが浮かべる表情だわ」

「チャールズの名前があがった時にマディが浮かべるのと同じ表情」

「ただし、あなたの場合は」マディがキャサリンに言う。「公爵の名前を言う必要もないのよね——四六時中彼のことを考えているように見えるわ」

「公爵？」キャサリンはシルクの部屋着の襟の下がふいに熱くなったように感じた。「そんなのばかげているわ。公爵のことを四六時中考えてなんていないもの」それは真っ赤な嘘だった。「夢見るように考えるなんて、そんなはずないでしょう？」また嘘。

「ほらほら、わたしたちを騙せるはずないでしょう？　あなたの姉なのよ」レクシーがキャサリンをまっすぐに見つめた。「あなたが生まれたその日から知っているんだから。あなたとダーシー公爵が互いに夢中であることは一目瞭然よ」

「わたしは彼に夢中なんかじゃないわ！」このふたりの観察力が鋭すぎるのは困りものだ。でも、自分は彼に恋しているわけじゃない。それともしているの？「わたしは公爵のお城のために設計の図面を描いているだけだわ」

「それならなぜ、彼が部屋に入ってくるたびにあなたの頰がピンク色に染まるの？」マディが訊ねる。

「彼が話をするたびに、あなたの目がクリスマスツリーに飾ったろうそくのように輝くの？」レクシーが言う。

「あなたはいつも、彼が話す言葉全部に耳を澄ましているわ」

「あなたはいつも、彼を食べちゃいたいような表情で見つめているわ」

「そんなふうにランスを見ていないわ！」キャサリンは反論した。

「ランス？」レクシーがやっぱりねというように、両方の眉を持ちあげた。「つまり、あなたはもう彼と名前で呼び合う関係なのね？」

「そんなの、とっくにわかっていたわ」マディが片手を振る。「彼はあなたをキャサリンと呼んでいるもの」

キャサリンは悲鳴をあげそうになった。「ふたりだけの時にそう呼び合うだけよ」

「ふたりだけの時？」姉たちが思わせぶりに繰り返した声が完全に揃った。

「彼とキスをしたのね、そうでしょう？」マディの声が興奮でうわずる。

「いいえ」キャサリンは叫んだ。それから、罪悪感を感じ、嘘を引っこめた。「わかったわよ。キスはしました。数回だけよ。それに……キス以上のことも。でも……」

「ほら、言ったでしょう？」マディがレクシーに勝ち誇った笑みを向ける。

「彼と寝たということ？」レクシーが訊ねる。

「とんでもない！」キャサリンは言い張った。でも、ほとんどそれに近いことはしたけれど。でもさすがに、自分とランスがそのゴールに限りなく近づいたことを認める心の準備はまだできていなかった。

「でも、キスはしたのね」レクシーが嬉しそうに思いめぐらす。「そして、それ以上のこともね。すばらしいじゃない！」

「あなたもそろそろふさわしい人を見つけていい頃よ」マディがうなずく。

「だれも見つけていないわ。わたしは――」

「まあ、でも見つけたじゃないの」レクシーが叫んだ。「あなたにそれを認める心の準備ができているかどうかはともかく、ダーシー公爵はあなたにぴったりの男性よ」

「彼はとてもすてきだわ。それに洗練されていて、親切で、信じられないほど優しいわ」

「それに思いやりがあって、思慮深いし。しかも明らかにあなたに夢中」

キャサリンはぎょっとして、首をきっぱり横に振った。「彼はわたしに夢中なんかじゃないわ！」

「いいえ、そうよ」レクシーが言い返す。「あなたを見る時の彼の顔にそう書いてあるもの。あなたを最高の女性だと思っているって」

「彼は丸々二日間、自分であなたの看病をしたのよ」マディで指摘した。「そんなことをしてくれる男性がいるかしら？　まして公爵なのに？」

「わたしたちの妹を心から愛している公爵だったら、あるかもしれないわね」レクシーがうなずいた。

「でも……そんなことないわ」キャサリンは反論した。「彼はわたしを愛していないもの」

「愛しているわ」マディが主張する。「そしてもしもわたしたちがその徴候を正しく読んでいるならば、あなたに結婚を申しこもうとしているはずよ」

「もう申しこまれたわ」キャサリンは思わず言った。

「なんですって？」レクシーとマディが同時に叫び、キャサリンを凝視した。

キャサリンは自分の舌を噛み切ってしまいたかった。「ここに着いて三日目のことよ」

キャサリンはしぶしぶ打ち明けた。「わたしを客間に呼んで、求婚したの」

姉たちはまた目くばせをして、驚きと喜びを表明し合った。

「それであなたはなんとお返事したの？」レクシーが訊ねた。

「ノーと言ったわ！　わたしは彼のために働いている建築家なのよ！　しかも会って三日しか経っていなかったわ！」

「そんなに早く求婚したのなら、きっと本気で惚れこんだのね」マディが言い、片手を大げさに胸に当ててみせた。

レクシーが眉をひそめた。「それとも……彼の財政状態はどうなっているの？」

「お金のためではないのよ」キャサリンは請け合った。

「それははっきりと言ったわ。新しく公爵になって、妻が必要だからと。そして、たぶんわたしを……好きだったのね」

「そう。それなら」レクシーがほほえんだ。「質問はひとつよ。彼がもう一度申しこんだら、あなたはなんと言うつもり？」

「彼は申しこまないわ。それに、もし申しこまれても、わたしはまたノーと答えるわ」

「なぜ?」マディが訊ねた。

「彼が公爵だからよ! 彼の花嫁は公爵夫人。つまり、わたしにはなれないの」

「いいえ、なれるわ」レクシーが言い張る。

「いいえ、なれないわ」キャサリンは部屋着を結んだシルクのベルトをいじった。うわのそらだったのは、ふいにランスと分かち合った官能のひとときの記憶で頭が一杯になったからだ。彼の腕に抱かれるたびにとろけてしまいそうになる様子も。彼と結婚したら、これから一生彼とベッドを共にすることになる。そして、きっとできる……もっとたくさんのことを。もっとずっとたくさんのことを。

でも、彼とは結婚できない。

「彼は妻を必要としているのよ」キャサリンは言葉を継いだ。「喜んで家庭に入り、彼のためにたくさん赤ちゃんを産んで、お城を管理し、地域の催しを主催する妻を。わたしはそういう人間じゃないわ! わたしには仕事がある。しかも、公爵夫人は家の外で働いてはいけない。それは知っているでしょう? だから、だめなの」

「わたしたち、あなたがそう言うだろうと思っていたわ」レクシーが優しく答えた。「わたしたちはあなたの状況を理解している。本当よ。あなたはいまの立場になるために、ものすごくがんばったんですもの」

「でも、キャサリン」マディが言う。「英国の伯爵夫人が本を執筆したり出版したりするのも前例のないことだったのよ。チャールズが慣習を破り、許してくれるまでは。実は、公爵のことは以前から少し知っているの。彼はとても先進的な考えを持つ方のように思えるわ。もしかしたら、あなたも仕事を完全に諦める必要はないかもしれない。もしかしたら、時々建物の設計をしたり改築をしたりしても、彼は気にしないかもしれないわ」

「時々設計する？　なぜそんなことを言うの？　わたしは自分の仕事をいっさい諦めたくないの」

「自分が望むものをすべて手に入れられるわけじゃないわ、キャサリン」レクシーが言った。「なにかのためには、なにかを諦める必要がある」

「どういう意味？」

「建築は男性の仕事だわ」マディが言う。「独身女性のあなたは、どれほど優秀で、どれほど仕事ができたとしても、成功する保証はない。でも、もしもダーシー公爵のような立場の男性と結婚すれば、多くの扉が開かれるでしょう」

「社交界の一番上に君臨する人々と会うことになるわ」レクシーもうなずいた。「これまで公爵夫人が働いた前例はないかもしれないけれど、あなたはそれを変える人になれる。信じてちょうだい、英国貴族の妻になるということは――あなたがその人を愛しているならば――最高の人生を送れるということよ」

キャサリンはため息をついた。「あなたたちがわたしを愛しているから、そう言ってくれることはわかっているわ。それに、ふたりが見つけた幸せをわたしにも経験してほしいと願っていることも」

「その通りよ！」姉たちが叫ぶ。

「でも、マディ、あなたは家で静かに執筆していられる。レクシー、あなたは村の学校で教えて、その報酬は得ていない。あなたがたの仕事は、妻、母、そして貴族の奥方としての義務と両立するでしょう。わたしの仕事はまったく違うわ。わたしの仕事の場所はロンドンよ。そこで働くのを諦めて、たまに仕事を受けたとしても、仕事現場に行かなければならないし、時には何週間もそこに滞在しなければならない。寝ないで仕事をすることもあるから、公爵夫人は言うまでもなく、妻や母の役割を務めることも不可能だわ」

「そこがあなたの間違っているところよ」マディが首を振った。「今週の出来事からなにも学ばなかったの、キャサリン？」

「そんなに長時間仕事をするべきではないということよ」レクシーも言った。「健康に悪いもの。あなたは自分の生活のなかでバランスを保つ方法を見つける必要があるわ。自分のために、そしてあなたが大切に思う人たちのために時間を見つけなさい。さもないと――」

「皆さん？」

公爵が部屋に入ってきた。長身で引き締まった体とハンサムな顔を見ただけで、キャサリンは心臓が止まりそうになった。紫色の美しい花がたくさんついたランの大きな鉢を持っている。目の前の光景をさっと見てとり、彼は温かい笑みを浮かべてつけ加えた。「皆さんの邪魔をしたのでなければいいのだが？」

18

ランスはキャサリンと姉たちを見やり、部屋に漂う暗黙の対立に気づいた。「やはり邪魔したようですね？」

「ただ話していただけですわ……建築について」キャサリンが答えた。

「なるほど、それはきみが熟知していることだ」キャサリンの様子を眺めてつけ加えた。

「きょうはずいぶん気分がよさそうだ」

「ええ、ずっといいですわ、ありがとう。それから、あなたがしてくださった看護に改めてお礼申しあげます。義務の範疇をはるかに超えたご厚意に、一生感謝しますわ」

「義務でしたわけではない、キャサリン。むしろ役に立てて光栄だ。みんなかなり心配していた」そう言いながら、持っていたランの鉢を差しだした。「切り花は嫌いと言っていたのを思いだしたので、ほかになにか……鉢植えがいいかと。これで元気を出してほしい」

「ありがとう」キャサリンは顔を輝かせ、彼を見あげてほほえみかけた。「なんて美しいんでしょう。嬉しいわ」

キャサリンの脇の小テーブルにランの鉢を置く時、ランスは伯爵夫人ふたりが椅子に坐ったままもじもじしているのに気づいた。そしてまた、ふたりが、だから言ったでしょうというように、妹に向かってこっそり目くばせしていることにも気づいた。なにを意味しているのだろうかと考える。

「それから」彼はまたキャサリンに向かって言った。「これも元気になってほしいからだが、子どもたちの祭りを中止すると決めたことを伝えに来た」

「なんですって？」キャサリンは見るからにがっかりした様子で彼を見つめた。「なぜ中止するんですか？」

「それが最善と思ったからだ。きみが非常に努力をして計画してくれていたから――」

「一緒に計画したんですわ」キャサリンがさえぎった。

「そうだ。だからこそ、ぼくもこれを主催するには、さらなる努力が必要であるとわかっている。ぼくひとりで百人の子どもたちのための祭りを成功させられるとは到底思えない。きみの病気を考慮すれば、きみがこれ以上携わることも許可できない」

「でも、このお祭りは何カ月も前から告知されていたのよ」キャサリンは指摘した。「子どもたちがとても楽しみにしていると言われたわ。すでに食べ物の手配は終わっているし、ミセス・ペンバーシーがかざぐるまを百個作ってくれています。わたしのために中止なんてしてはだめ」

「きみはまだ完全に回復したわけじゃない」ランスが言った。「たとえ回復したとしても、ぼくは危険を冒すつもりはない。無理をすれば、ぶり返す可能性もある」

「そのお祭りはいつ開催される予定ですか？」アレクサンドラが訊ねた。

「月曜日です」ランスは答えた。

「わずか三日後なのね。それなら、わたしもこちらに残って、喜んでお手伝いしますわ」アレクサンドラが申しでる。「トーマスもわかってくれますわ。その日のために、乳母に指示してトミーを連れてこさせることもできるし。いま五歳ですから、そういうお祭りを初体験するには理想的な年齢だわ」

「エミリーはお祭りを楽しむには小さすぎるけれど」マデレンが考えこむ。「でも、わたしもとどまれるわ。わたしたち三人でお祭りを切り盛りしましょう。四人ですね、もしもご一緒にやっていただけるならば、公爵さま」

キャサリンが嬉しそうに両手を握り締めた。「まあ！　ありがとう、それはすばらしい考えだわ」

ランスはためらった。「お申し出は大変ありがたい。しかし、本当にいいんですか？」

「もちろんですわ」アレクサンドラが答えた。

「ポキプシーの教会で子ども会の手伝いをしていた時も、わたしたち、とても有能なチームだったんですよ」マデレンも言う。

「これは、絶対に楽しいお祭りになるわ」キャサリンが断言する。

三人が夢中になっている様子に、ランスは思わず笑いだした。

これまでセント・ガブリエルズ・マウントで開催された子どもの祭りのなかで、もっともすばらしかったとだれもが褒めたたえた。

何十年も祭りが行われなくても、この地域の多くの人々は昔のことを記憶していた。自分の子どもを連れていったこと、あるいは自分自身が子どもの時に参加したことを思いだす者も多かった。その全員が、今年の祭りはそのすべてをしのぐとだれもが口を揃えた。

その日は夜明けから晴れ渡り、雲ひとつない美しい空が広がった。キャサリンもなんとか間に合って、自分の役目を務めるくらいの体力を取り戻していた。キャサリンと姉たちはみごとに主催者役を務め、ランスも全面的に手伝った。使用人たちのほかに村からの志願者たちの手も借り、午前中をかけて忙しく準備を終えたのち、正午を告げる鐘の音とともに祭りが始まった。干潮のおかげでロスキーの住人たちも歩いて土手を渡ってきた。

予想通り百人以上の子どもたちが、そのほとんどは両親を後ろに従え、やる気満々な様子で山のふもとの広い草地に集まってきた。そこにはケーキとビスケット、レモネード、そしてパンチが並んだテーブルが用意され、さまざまなゲームをする場所があちこちに設けられた。輪投げ、蹄鉄投げ、ローンボウリング（芝生で木球を転がすゲーム）、そしてお手玉。キャサリンと姉たちは目隠しをしてロバの絵に尻尾をつけるという米国の遊びを英国の人々に紹介し、それも大人気だった。

天幕の下では旅まわりの風船芸人が風船で動物を作り、手品師が子どもたちを楽しませ、続いて上演された『パンチとジュディ』の人形劇では、子どもたちがおなかが痛くなるほど笑いこけた。

芝生で行われた競技はその日最高の盛りあがりとなり、線の外側で応援する親たちや友人たちの大歓声が響き渡った。

二人三脚の競技が始まる直前、キャサリンは小さな男の子がひとり、相手が見つからず、不安そうにうろうろしているのに気づいた。

その時、ランスがその子に近寄り、相手になると申しでた。少年が嬉しさに目を輝かせるのが見えた。ランスが長い引き締まった脚を少年のずっと短い脚に紐で結びつけ、一緒に奮闘して一位でゴールする姿に、キャサリンは心を打たれた。

リボンで作った勲章が、まるで金の勲章のようにそれぞれの競技の勝者の胸に留められた。キャサリンと公爵が用意したささやかな賞品も喜ばれた。そしてミセス・ペンバーシーのおかげで、参加賞のかざぐるまはまさに大当たりだった。午後の最後にこの色彩あふれるおもちゃが配られると、子どもたちは自分のかざぐるまがくるくるまわるのを見あげながら、大喜びで走りまわった。

群衆がそれぞれに帰り始めると、キャサリンは満ち足りたため息をついた。そばの村に歩いて帰っていく者たち以外は港に向かった。集められたたくさんの小舟が、海を渡って訪問者たちをロスキーに送り届けることになっている。「とてもうまくいったと思うわ」

「これ以上にうまくはできませんよ」公爵未亡人が同意し、杖にもたれたままにっこりした。

「あなたがたは最高の結果を出しました」

マディが手の甲で額の汗を拭い、浜辺に打ち寄せてきらめいている青い海を眺めた。「とても楽しかったわ。それにここは、お祭りをやるには最高の環境だわ」

「トミーも一日ずっと、とても楽しんだわねえ」レクシーが彼女の金髪の息子を抱きあげ、ぎゅっと抱き締めた。「でしょう？　いい子ちゃん」

「かざぐるまをもらったよ！」トミーが嬉しそうに叫び、体をくねらせて母の抱擁から無理やりおりると、また嬉々として走り去った。

「皆さんは人間発電機のようだ」ランスは言い、言葉を切って、使用人にローンボウリングのピンを片づけるように指示を出し、またみんなのほうを向いた。「夜明けから一度も止まらずにずっと動いていたのだから。一生感謝し続けますよ。とにかくよく休んでください」

公爵は残っている片づけを監督するように自分の従者に指示を出した。そして、キャサリンと姉たち、そして祖母には早く城に戻り、横になって休むように強く勧め、丘をのぼるための馬車を手配した。キャサリンはありがたく馬車に乗った。姉たちは歩きたいと言った。

レクシーとマディが城に向かって歩きだすのを見送ると、キャサリンは足を止め、ランスが一緒に二人三脚をやった少年と言葉を交わす様子を眺めた。ふたりの幸せそうな顔を見るのは喜びだった。

「優しい男性ですよ、わたしの孫は」

キャサリンが振り返ると、公爵未亡人がすぐそばに立って、公爵が少年と握手を交わしたあと、息子を待つ両親の元に少年が走っていく姿を優しい笑顔で見送るのを眺めていた。

「本当にそう思います」キャサリンはうなずいた。

「あの子はいい父親になるでしょう。そして、ふさわしい女性を得れば、よい夫にもなりますよ。あんな若い時に、あんなつらい失恋を経験したとしても」

キャサリンは好奇心に駆られて公爵未亡人を見やった。ランスに求婚された日に、彼が以前にも結婚を申しこんだことがあると推測したが、苦しい失恋を経験したとは思っていなかった。

ちょうどその時馬車が到着したので、キャサリンと公爵未亡人はそれに乗りこみ、席に坐った。石畳の小道を馬車がごろごろと走りだすのを待って、キャサリンは口を開いた。

「公爵に恋人がいらしたことも知りませんでした」

「それが実はいたんですよ」公爵未亡人が秘密を打ち明けるような口調で言う。「若い頃ですよ。ちょうど二十歳の時、ポーツマスで会った娘さんと本気で恋に落ちたんですよ。ベアトリスという名前でね。父親は小さな店を経営していたの。ランスが結婚を申しこみ、彼女もイエスと言った」

「なにがあったんですか？」

「海軍兵学校の士官候補生の給料では結婚する余裕がなく、しかも兄が手当の増額を断ったんです。そこで、ランスは持っていたわずかなお金を事業に投資した。それがかなり危険な投機的事業だとわかった時にはもう手遅れで、一ペニー残らず失ったんです。そしてベアトリスは、自分のお金を管理できない男性と結婚することはできないと婚約を破棄した」

「そうな、ひどいわ」

「ランスはずっと苦しんできました。小さい時に両親を失い、次に心から愛していた女性を失った。そして今回、兄を亡くした。彼の心のなかでは愛と喪失が密接に絡み合っているはず。自分の心を捧げることを恐れたとしても、ちっとも不思議ではないと時々思うんですよ」

「それが本当だとしたら、とても残念なことですね」

公爵未亡人が淡い青色の瞳でキャサリンをじっと見つめた。「あなたが同じ運命に向かわないことを願っていますよ、ミス・アサートン」

「わたしが？　どういう意味ですか？」

「ずけずけと言ってしまってごめんなさいね。この年齢になると、見聞きして学んできたことを、わたしより若い人たちに伝えるのが義務のように感じてしまってねえ。わたしが思うのは、ミス・アサートン、あなたが人と関わることについて、わたしの孫と同じ恐れを抱いているということ」

「わたしは関わりを恐れていませんわ」キャサリンはむっとした。

「たぶんそうでしょう。仕事に関する時は。そして、言わせてね。人生のこの段階であなたが達成したことにわたしは拍手喝采を送りますよ。それでもなお、あなたがまったく違うなにかを恐れていると感じるの。たとえば、自分の心を男性に与えることで、自分自身を失ってしまうかもしれないとか」

その所見があまりに図星だったせいで、キャサリンはとっさに答えることができなかった。言えるようになったのは、ずいぶん経ってからだった。「その通りだと思いますわ。それが、わたしが絶対に結婚しないと決めているもうひとつの理由かもしれません」

「絶対に、とは絶対に言ってはだめよ」公爵未亡人が答える。「意思があるところに道あり。成せば成る」思慮深い口調でつけ加えた。「この現代の世界でいつか、専門家と妻の両方であることが可能になる日が来ることを願わずにはいられません」

翌日の午後、キャサリンはランスとふたりでセント・ガブリエルズ・マウントの港の桟橋に立ち、姉たちとレクシーの息子トミーに別れを告げていた。

「来てくれてありがとう」ランスが言う。「妹さんの病気のあいだと、祭りのことで助けてくれたことも心から感謝します」

「こちらこそ、知らせてくださってありがとう」レクシーが答えた。「妹はわたしたちにとってすべてですから」

「それは気づきましたよ」彼がほほえんだ。

「これからもぜひ親しくさせていただければと願っていますわ、公爵さま」レクシーが言う。

「ポルペランハウスにいらしてくださるのをトーマスとふたりで心待ちにしております」

「おいでくださったら、チャールズとわたしも大歓迎ですわ」マディも言った。「いつでもお立ち寄りくださいな」

「ご招待をありがとう」ランスは小さいトミーに手を差しだした。「会えて嬉しかった」

「ぼくもです、閣下」トミーが答え、未来の伯爵として備わった品格で堂々と握手を返した。

キャサリンは愛情をこめてトミーを抱き締めると、目頭が熱くなり、みんなが帰ってしまうのがどれほど悲しいかを実感した。姉たちのことも順番に抱き締めて別れを告げる。

「彼と結婚しなさい」マディがキャサリンの耳にささやいた。

「心に従いなさい、頭でなく」レクシーが低い声で言った。

家族が乗りこんだ小舟が本土に向けて遠ざかるのを見送っていると、涙ぐみながらも喉に笑いがこみあげた。

心に従いなさい、頭ではなく。通常みんながする忠告とはまったく逆だ。

しかも、その忠告に従うのは難しそうだった。自分の心が本当はなにを求めているのか、キャサリン自身がわかっていなかったから。


ランスは上階のテラスの壁にもたれて身を乗りだし、紺青色に広がる海を眺めていた。満月の光が海面をきらめかせ、まるでダイヤモンドをちりばめたように見える。波があたかもなだめるように眼下の浜と岩の断崖に静かに寄せては引いていく。

この光景が喜ばしさと癒やしの音に満ちていると、これまではいつも感じたものだった。しかし今夜の海はなんの喜びも与えてくれなかった。

神経が高ぶって、全身が張りつめている。キャサリンと曲がりなりにもふたりきりの時間を持ってから十一日が経った。人生で一番長い十一日間だった。彼が心を打ち明けるつもりで彼女の仕事部屋であるレディの間に足を踏み入れた瞬間からあと、彼女は病で眠り続け、目覚めたあとは姉たちに付き添われ、その後は祭り関連でつねに人々に囲まれていた。

昨日の祭りで、彼女は休みなく働いていた。ランスは祭りのあいだじゅう、どこにいようとなにをしていようと、気づくと彼女の姿を探していた。顔のまわりに金髪の巻き毛を垂らし、花を飾った帽子をかぶって白い夏用のドレスを着たほっそりした姿を見ることはなににもまさる喜びだった。キャサリンが仕事を次から次へとこなす姿から、ランスは目を離すことができなかった。子どもたちに優しく接し、みんなから慕われて、しかも、非常に有能かつ効率的にすべてをこなしていた。

この仕事をするために生まれてきたかのようだ。公爵夫人になるために。彼の公爵夫人に。ランスはキャサリンとふたりきりになれる時間を心待ちにしていた。頭を占めている件を話したい。しかし、彼女は午後じゅうレディの間で過ごし、図面の最終確認を行っていた。夜は祖母も一緒に夕食の時間を過ごし、そのあとは、彼ががっかりしたことに、疲れたので部屋にさがると宣言した。

翌朝に彼女と会い、そもそも彼女が雇われた本来の仕事に関して、最終の打ち合わせをすることに同意した。彼が知るかぎり、彼女はあすロンドンに戻る予定らしい。それはつまり、彼女にとって今夜がこの城での最後の夜になるということだ。

キャサリンが去り、もう二度と会えないと思うだけで、胸に貫かれるような痛みが走って息が止まりそうになった。

その日もっと早いうちに、ふたりだけで彼女に会う方法を見つけるべきだった。どこかで、どこでもいいから——思い切ってひざまずき、求婚すべきだった。残り時間はもうほとんどない。

キャサリンは寝室の窓辺に近寄った。カーテンを閉めるつもりだったが、その時、下の階のテラスにいる長身の人影が目に入った。

ランス。

距離があるので表情はわからないが、そこにひとりで立ち、壁にもたれて頭を低く垂れている姿を見て、キャサリンは思わず動きを止めた。彼はとても……悲しそうに見えた。そして苛立っているように。そして寂しそうだった。

キャサリン自身が感じているのと同じように。

彼がふいに身を起こし、敷石を踏んで城のほうに戻っていった。もう遅い、そろそろ十一時になる。おそらく自室に戻り、寝床に入るのだろう。

キャサリンも同じ目的で自室にさがった。でも、彼の落胆し、打ちひしがれている様子を見ると、ただただ心が痛んだ。キャサリンのことを考えているなんて、あり得るだろうか？　一緒に過ごせなくなることを寂しく思っているだろうか？　キャサリンが寂しく思っているように？

キャサリンはカーテンを閉め、思いにふけりながら。部屋のなかをうろうろと歩きまわった。

心に従いなさい、頭ではなく。レクシーにそう言われた。

キャサリンの頭は、賢く振る舞いなさいと言っている。分別を持って現実的に。自分の計画に従いなさい。ロンドンに戻る必要があるでしょう。仕事に戻りなさい。

つまり、孤独でおもしろみのない人生に戻る。

キャサリンははっとした。その考えはどこから出てきたの？

これまで一度たりとも、自分が孤独と考えたことはなかった。おもしろみのない人生と思ったこともない。自分の仕事はただ誇らしいだけでなく、根源的な深い喜びをもたらしてくれた。全身全霊にみなぎる創造欲求を満たしてくれた。何年間もひとりだったけれど、寂しかったことはない。それとも寂しかったの？

自分が孤独であることに気づいていなかったのかもしれない……ランスに会うまでは。

そして彼に恋するまでは。

その真実が稲妻のように心に突入し、キャサリンが自分のまわりに慎重に築いてきた鎧を貫いた。

わたしは彼を愛している。その新しい事実が鐘の澄んだ音のように彼女のなかに響き渡り、キャサリンは思わず息を止めた。自分はセント・ガブリエルズ・マウントに到着したその日から彼に恋している。

彼は類いまれな男性だ。病気の女性を丸々二日間昼夜問わず看病するような男性、切り花が嫌いと言ったキャサリンに鉢植えのランを持ってきてくれるような男性。借家人を大切にし、地域の要望に向き合い、子どもたちのために祭りを開催し、相手がいない子どもと二人三脚で走る男性。

彼はすでにキャサリンの心からの称賛と尊敬を得ている。

そして愛も。

彼女のことをランスはどう感じているのだろう？　求婚した時にキャサリンを愛していなかったことはたしかだ。でも、それからいろいろなことが起こった。ふたりは日々親しくなり、互いに心を打ち明け、さらに……関係を深めた。秘密の部屋から出たあとに、彼はなにか言おうとしたが、キャサリンがそれをさえぎった。それを聞く心の準備ができていなかったから。

彼は明らかにあなたに夢中よ。あなたを見る時の彼の顔にそう書いてあるもの。あなたを最高の女性だと思っているって。

姉たちが正しいのだろうか？　ランスもキャサリンを愛している？　彼がそう言ったことは一度もないけれど、だからといってあり得ないわけではない。

彼と結婚しなさい、とマディは言った。自分はダーシー公爵と結婚できるだろうか？

キャサリンはそれについて考えた。妻となった自分を想像する。このセント・ガブリエルズ・マウントで一生過ごす。彼と一緒に家族を作る。ふたりの子どもたちはきっと父親に似てハンサムで快活で賢いだろう――子どもたちの存在は無視できない。ランスはすばらしい伴侶になるだろう。そして信じられないくらいすてきな恋人に。

心をそそる筋書きだった。そそるどころではない。彼女の一部はそれを強く願っていた。

自分でも信じられないほど深い切望だった。

そのあとに深い憂鬱が訪れた。ふたりのあいだに立ちはだかる難問に対する答えは、いまだに出ていない。自分は困難を承知のうえでこの人生を選んだ。その人生をいまなお望んでいる。

しかし、と考えた。もしかしたら、あくまでもしかしたらだけど、頭と心の両方を同時に追うことが可能かもしれない。少なくともひと晩だけは。

自分は公爵から距離を置き、仕事の関係だけを保つために何週間も戦っていた。そして何度かその戦いに敗れた。でも、ここでの仕事を終えた。明朝行うつもりの概要説明しか残っていない。それはつまり、厳密に言えば、もはや彼に雇われているわけではないということ。

自分はここを去ろうとしている。たぶんあすには。でも、だからといって、愛する男性と最後に快楽の夜を経験しないまま立ち去らなければならないというわけではない。全身あらゆる部分に浸透している彼への切望に自分が屈すれば、それが歓喜の発見につながるとわかっていた。

最後にもう一度彼を味わう。それだけを自分に許そう。その最後の記憶を一生大切にしよう。

でも、それは彼を傷つけること？　本当にキャサリンを愛してくれていたら、期限つきで自分を差し出すことは間違っているのでは？

それを確認する方法はただひとつしかない。

19

ランスはベッドに横になり、天井を見つめていた。

月がとても美しかったから、カーテンは開けたままにしてあった。でもいま、それは間違いだったかもしれないと思っていた。縦仕切りの窓越しに差しこむ明るい月光が、絨毯に不思議な形を作りだしている。そのせいで眠れない。

それがなければ、今夜眠ることができるというわけでもないが。

頭のなかがキャサリンでいっぱいになっている状態では、眠れる可能性は皆無だった。この二週間に交わした機知に富んだ会話が何度も繰り返し浮かんでくる。新しい図面を示す時に必ず活発になる瞳のきらめきをずっと見続けている。一緒にカードゲームで遊んでいる時の笑い声を思いだしている。女性と一緒に過ごすのをこんなふうに、こんなに心から楽しんだことはこれまで一度もなかった。

別な映像が脳裏に侵入する。最後に彼女を両腕に抱いた時の姿。兄の秘密の部屋のなかで。絶頂に押しあげた時に恍惚状態であげた叫び声。その記憶が彼の胃を締めつけ、彼のものを硬くした。ああ、どれほど彼女を欲していただろう。いま、この瞬間にも。もしも彼女が……。

彼の寝室の扉を軽く叩く音が聞こえた。ランスは苛立ちを覚えて顔をしかめた。こんな時間にだれだ？　きっと使用人のだれかだろう。こんな時間に確認しなければならない問題とは、いったいなんだ？

ランスはベッドから出た。「ちょっと待ってくれ」怒鳴りながら、部屋着を来てウエストのベルトを締める。ハメットかウッドストンだろうと思って扉を開けた。「どうした？」

目の前にキャサリンが立っているのを見て、ランスはぎょっとした。袖のない白いネグリジェを着ている。それしか着ていない。長い金髪がゆるく巻いて肩にかかっている。彼女はなにも言わずにただそこに立ち、彼を見つめていた。

ランスはぼう然として、しばらく動くことも話すこともできなかった。しかし彼の一物は別な考えを持っていた。彼女のことを考えただけですでに硬くなっていたものが、彼女を目の当たりにしてさらに目立つように勢いよく跳びはねたのだ。

彼女のネグリジェが上半身に張りつき、呼吸するたび不規則に上下している乳房の丸みを際だたせている。薄い布地越しに乳首の先が見えている。唇はわずかに開き、彼を見つめているその瞳は、ためらいがちだが熱っぽい表情を帯びていた。その輝きが彼女の確信のなさを示すと同時に、ここになにをしに来たのかを明確に語っていた。なにを望んでいるかも。

彼が望んでいるのと同じことだ。彼が何週間も欲してきたこと。

ランスは彼女の手首を握って部屋に引き入れると、背後でばたんと扉を閉めた。

そして、またすばやい動きで彼女を扉に押し当て、両腕で抱いてキスをした。

即座にキスが返ってきた。彼女の唇の感触によって煽られた炎がいっきに血管に燃え広がる。

キスを強め、唇の境目を舌でこじ開け、差し入れて彼女の舌にからめる。彼女は温かくて甘い天国の味がした。シルクのように滑らかで祈りのように清らか。

キスを重ね、さらにキスを強めて、何週間も彼を蝕んできた深い願望を発散させる。彼女がそのキスをキスで迎え、声に出さずに、まさに同じ欲求と願望を伝えてくる。彼女の喉からうめき声が漏れた。これ以上そそられる声は聞いたことがない。それに応えるように彼のどこか奥深くからうなり声が漏れる。

彼女の両腕が彼の首にまわって強く引き寄せる。彼の体が彼女の体にぴったり押し当てられ、ふたりを隔てる薄い布地越しに彼女の熱を感じることができた。

キスを分かち、彼はかすれ声で彼女の口にささやいた。「きみは本当にここにいるのか？それともこれは夢か？」

「現実よ」彼女が答えると、その吐息が彼の唇にかかった。目をあげて、少し恥ずかしそうに彼と合わせる。「こうすべきかどうかわからない……あなたが望んでいるかも……でも」

「もちろん、望んでいる」ランスは請け合った。彼の硬いものはふたりのあいだに挟まれ、彼女の腹部を押している。彼はかすかに動き、その存在を彼女に知らしめた。「どれだけ望んでいるか感じてくれ」片手が彼女の顔を包んでつけ加えた。「何週間もこれを望んでいた。きみのことを。きみのこと以外なにも考えられなかった」

「わたしも同じだったわ」彼女はしばらく黙り、それから小さくささやいた。「持っていますか……避妊具？」

実務的な質問だ。それを聞いてランスは思わずほほえんだ。それを訊ねたことを称賛したかった。率直に伝えてくれたことも。「持っている」

「よかった」月の光を浴びて、彼女の顔は天使のように美しかった。

彼はまたキスをした。強く、長く、深く、どちらもあえぐまで口づけた。片手で彼女の体の脇を上下に撫で、片方の乳房の丸みを指でじらす。これほどすてきな丸みをこれまで感じたことがない。両手でネグリジェをつかみ、かすれ声で命ずる。「これを脱いで」

彼女はその言葉に従い、彼がそれを上にあげて頭から抜くのを手伝った。床に落とし、一糸まとわぬ姿で立っている彼女を眺める。

呼吸が乱れるのを感じながら、ランスはその姿を食い入るように見つめた。月光のなかで肌がみずから光を発しているかのように輝いている。乳房は丸くみずみずしく、彼に触れてと懇願している。形のよい太腿の頂点を覆う金色の毛は、彼を故郷に導く灯台のようだった。

血が熱く激しく駆けめぐる。「きみは本当に美しい」なんとか言葉にする。その声は低く深く、自分の声のようには聞こえなかった。

ランスは急いでローブと下着を脱ぎ、脇に蹴った。それからふたたび両腕に彼女を抱き、片手で裸の乳房を包み、もう一方で彼女を抱き寄せ、唇を重ねた。

「きみのせいでどうにかなりそうだ、キャサリン」彼はキスの合間にささやいた。「どうしてもきみがほしい」

「わたしもどうしてもあなたがほしい」彼女がそのまま繰り返す。息が不規則なあえぎになっている。「でも、ランス……もしもそうしたら――」

「しーっ」ランスは彼女を見おろし、目をのぞきこんだ。「もしもはなしだ、キャサリン。もうこれ以上」そう言うと、彼は両腕で彼女を抱きあげ、彼のベッドに運んだ。

あまりに何度も想像しすぎていたから、これが実際に起きていることだと、なかなか信じられなかった。自分もランスも裸で、彼のベッドに横たわり、彼の両手と唇が体じゅうをまさぐっている。

彼はどんなにしてもしたりないかのようにキャサリンにキスをしている。自分も同じくらい夢中でキスを返している。互いの抱擁が強すぎてどこから自分でどこから彼かもわからない。彼にしがみついて肌と肌を合わせ、その感覚と味わいを楽しんだ。

彼の背中の起伏が好きだった。手のひらに感じるウエストのかすかな湾曲とお尻の丸みも。顔と顎の線を両手でなぞった時の無精ひげのチクチクした感じを愛した。唇の柔らかさも、指の下でかすかに開いた感じも。キャサリンの手をつかんで、指を口に含み、棒つきキャンデーのように一本ずつ舐めるのも。

彼の黒髪に指を差し入れた感覚が好きだった。自分の髪に彼が指をからませ、引き寄せてまたキスするのも好きだった。

彼はいまキャサリンの乳房を愛撫していた。片方の乳首を舐められ、これまで味わった一番美味しいものであるかのように舌で丸く乳輪をなぞられると、電気のような強い刺激が全身を貫いた。

もうひとつの乳房に移り、その頂きを口に含んで吸う。キャサリンは思わずあえいだ。女性の中心の一番深いところが熱く濡れてくる。

「ランス……」キャサリンはつぶやいた。頭のうしろのほうでぼんやりと、言わねばいけないことがあったと思う。彼に理解してもらわなければならないこと。でも、それがなにか思いだせなかった。頭がくらくらして、ただ彼がもたらす快感に入りこみ、その感覚に没頭する。

彼が乳房を離れ、下腹に優しい濡れたキスを押し当てながらさがっていく。キャサリンは震える吐息をついた。次になにが起こるかわかっていない。少し聞いたことはあるけれど、とても信じられないことだった。

予測した通り、彼は両手でキャサリンの脚を開き、そのあいだに体を据えると、太腿のつけ根に直接口を当てた。

「ランス……?」また吐息をついたが、今回のそれは質問だった。

「これは経験したことがないかい、ダーリン?」彼が低い官能的な声で言い、体のなかで一番個人的な秘めた部分を舐めた。

キャサリンはぎょっとしてベッドから飛びおりそうになった。ただ頭を振ることしかできない。

静かだが、おおかみのように物ほしげな笑い声が聞こえてきた。「行くよ、覚悟して」

彼の舌が女性の場所の襞を舐め始めた。キャサリンの息が荒くなった。ああ、どうしよう。すごく気持ちがいい。彼はそこに集中して圧力と速さを増していった。キャサリンは寝たまま身もだえた。彼が手で快感を与えてくれた時と全然違う。もちろん自分で触れた時ともまったく違う。温かくて濡れてとろけていき、彼の口と舌の湿り気が、彼女の体の奥深く芽生えた興奮をどんどん高めていく。

太腿が震え始めた。地震が起こって、一番底の基礎部分を揺り動かしているかのように。子宮がきゅっと締まり、全身が張りつめる。

低い官能のうめきが聞こえ、そのあとに鋭い悲鳴が断続的に続いてようやく、キャサリンはそれが自分の喉から出ているとぼんやり気づいた。呼吸がさらに速まって、ついにはあえぎになった。

彼女のなかの高まりがどんどん募り、解き放たれることを要求する。そしてふいに背中がそり返り、頭のなかで千個のシンバルが鳴り響くなか、ついには絶頂から飛びおりて粉々に壊れ、光と音と空気の小さいかけらとなって飛び散った。

地上に戻ってくるまでに時間がかかった。金色のガーゼに包まれたけだるい感じで横たわり、呼吸がおさまって考える力が戻ってくるのを待った。

ランスがキャサリンの太腿に鼻を優しくこすりつけ、キスを這わせながらお腹のほうに戻ってきた。体を滑らせてキャサリンに身を重ね、両脚のあいだに彼の屹立したものを押し当てる。

「きみは」彼がつぶやく。「なによりもだれよりも美しい」その目は無防備な優しい愛情に満ちていた。

キャサリンの心がぎゅっと締めつけられた。「あなたもすてき」もっと多くのことを言いたかった。愛していると言いたかった。でも、それを言っても面倒なことになるだけ。

恍惚の高みからおりてきて、また考えられるようになってようやく、自分が彼になにを頼みたかったかを思いだした。愛の行為をしてほしいということ、これが今回だけ、一度きりのことだとわかってほしいこと。自分は彼の妻になれないということ。

でももう、その話を持ちだすには少し遅かった。どちらも裸で汗まみれで、彼が飢えたような目つきでキャサリンを部屋に引き入れた瞬間から、もう愛の行為は始まっている。

もちろん、すべてが完了したわけではない。それについて彼に拒否する――あるいは自分に拒否するつもりはなかった。そのためにここに来た。彼も望んでいる――身体的な証拠がある。彼の長くて硬い男性自身が、キャサリンの女の場所の襞に押し当てられて、熱い行為を約束している。

でも、キャサリンの好奇心をそそることがほかにもたくさんあった。経験したいこともたくさんある。そして、そのすべてを彼と経験したかった。

「最後までいく前に」キャサリンは片手で彼を押して、声に出さずに上からどくように要求しながら言った。「もう少し……探求したいわ」

「なるほど」彼がにやりとほほえみ、すぐにその要求に従い、身をずらしてキャサリンの隣りに横になった。

「どういう探求を考えているんだ？」

キャサリンは大胆に手を伸ばし、彼のものをそっと持った。手のなかで、まるでそれ自体に知覚があるかのようにぐいっと動くのを感じてキャサリンは嬉しくなった。石のように硬かった。彼が短いあえぎ声を発するのを見て、ますます嬉しくなった。

彼が片手をキャサリンの手に重ねて、言葉を使わずに望む動きを実演指導する。彼の導くまま手を上下させ、彼の息が興奮で荒くなる様子にキャサリンの興奮もどんどん募った。動かし続けるうち、見つめ合う彼の青い瞳がさらに色濃くなり、きらめきを増して、そこからおびただしい感情——願望や欲求から制御を保とうとする必死のあがきまで——が伝わってきた。

喉ぼとけが動くほど大きくつばを飲み、大きく息を吸うと、彼は最後にキャサリンの手を止めた。「きみのなかに入りたい」その声は荒々しかった。

「わたしもそうしてほしい。でも、まだだめ」

彼が訊ねるようにキャサリンを見やる。「もっと探求するのか？」

キャサリンはうなずき、ゆっくりした笑みを少し開けた口元に浮かべた。そして、気が遠くなるほど立派な男性器官の上にかがんで、張りつめた先端に舌を走らせた。

本で読んだことがほかにもまだあった。それも試してみたかった。

彼がまた大きくあえぐ。

片手でそれを持ったまま、まわりを舌で舐めまわし、それに反応して動く様子に魅せられる。それから口に彼を含み、さっき彼が彼女の指を舐めた時と同じようにその感覚に集中し、棒つきキャンデーをしゃぶるように舌を動かした。

彼が立てる声から推測して、彼女がやっていることを気に入っているらしい。口に含んだ彼の感触が好きだった。彼の息遣いの変化が好きだった。彼が両手で彼女の頭をつかんで、声に出さずに懇願しているような様子も好きだった。

そのあと、彼がまたキャサリンの動きを止めた。「これ以上長くは保たない」ぶっきらぼうな口調で認める。

そしてベッド脇のテーブルに手を伸ばし、引きだしから小さな紙の封筒を取りだした。それがなにかキャサリンはわかった。避妊具の袋だ。

彼がそそり立った自分自身に避妊具を滑らせながらかぶせる様子にキャサリンは魅了され、彼が用意してくれていたことに感謝した。同時に、まったく不合理な理由から、心に小さな痛みを感じずにはいられなかった。公爵で元海軍艦長の男性にとっては、愛を交わす女性たちのために、ベッド脇のテーブルに避妊具を入れていくのは普通のことなのだろうか？

キャサリンはその思いを頭から押しやった。彼は三十二歳で、これまでの女性遍歴はキャサリンに関係ない。どちらにしろ、自分は一夜の快楽だけのためにここにいるのだし、予期せぬ影響を心配せずに済んで幸運だ。

彼はまたキャサリンに半分覆いかぶさるように身を横たえ、唇を合わせると先ほどの行為でまだ濡れている彼女の襞に手を戻した。ほどなくその部分が、また欲求にうずきだした。うめき声を漏らすと、彼も同じような声を出し、キャサリンの太腿のあいだに入りこんで入り口に彼自身を当てた。

「優しくするように努力する」彼がつぶやいた。

そして、実際にそうした。まるでキャサリンの前の経験から長く経っていることに気づいているかのように、ゆっくりと、一度に数センチずつ彼女のなかに入ってきた。「大丈夫か？」

キャサリンはうなずいた。痛みはあったけれど、記憶にあるほどではなかった。さらに押しこむと、キャサリンは彼のお尻をつかんで彼を駆りたてた。痛くても止めたい気分ではなかった。彼が全部を滑りこませる。その摩擦をキャサリンは歓迎した。ほどなく痛みが快感に変化した。ふたりの体がひとつになり、機械のように一緒に動いた。

驚くべきことだった。まさに天国だった。

そしてもうひとつ、キャサリンは試したいことがあった。

「逆になって」

「うん？」

「上になりたいの」

彼は動きを止め、それからまた低い笑い声を漏らした。「ぼくのレディの仰せのままに」

片腕をしっかり彼女にまわし、もう一方の腕で尻をつかむと、体をつなげたまま一緒に体を返して彼が仰向けになった。

「こつがあるのね」キャサリンはほほえんだ。

膝を滑らせてお尻の位置を調整する。そして両手を突いて体を起こし、自分のなかに入ったまま彼の感触を楽しみながら彼にまたがった。

彼がわずかに上に身をずらして枕ふたつを頭と背中の上部に押しこみ、その上にまた仰向けになる。なぜそうしたかは、すぐにわかった。新しい角度のおかげで、キャサリンの乳房の位置が彼の口からわずか数センチに近づいたからだ。

「ぼくを乗りこなしてくれ」

「そのつもり」彼の上で動きだしてほどなく、自分にやりやすいリズムを見つけた。それは彼のリズムとぴったり融合しているように感じた。

彼が両手でキャサリンのウエストを支え、ふたたび至福の表情で乳房の片方を口に含み、強く吸う。彼にまたがったまま、動きをどんどん加速した。キャサリン自身の激しい呼吸と同じくらい、彼の息遣いもみるみる速まり、荒くなる。

「きみが好きだ、大切な人」彼がキャサリンの乳房に向かってささやいた。

大切な人。これまでキャサリンをそう呼んだ人はいない。その響きが好きだった。「わたしも好き」ふたりがひとつになった感動に圧倒されながら、キャサリンもささやいた。体じゅうの全神経がふたたび歓喜の縁に押しあげられていく。

そして、その縁を越えた時、キャサリンの宇宙は火花で満たされた。絶頂に達した彼の叫び声が聞こえ、自分のなかで彼自身が激しく痙攣するのを感じた。


まさに、とランスは思った。天国もこんな感じだろうか。キャサリンは彼の腕のなかで横になっている。ふたりの最高の交わりのあと、どちらも眠りに落ちた。彼女が彼の肩を枕にして、まどろんでいる感覚に幸せな気持ちで浸った。呼吸に合わせて胸が上下している。

ふたりの愛の営みは想像していた通りだった――違う、正直に言えば、想像したなによりも、はるかにすばらしかった。この女性は信じられないほどすごい。自分が望むものを知っていて、それを大胆に追い求める。彼女の願望の受け手となった自分は最高に幸せだった。

目を閉じて頭を下向きに少し傾げ、片手で背中のほっそりした曲線を味わいながら、彼女の柔らかな金髪にキスをした。

ああ、自分はこの女性を愛している。

その言葉が心に、まるで台風のような勢いで突然現れたことにランスは心の底から驚いた。その言葉が同じ勢いのまま何度も繰り返される。ああ、自分はこの女性を愛している。なんてことだ。それは真実だろうか？　どうしてそんなことになった？　ランスは二度とだれも愛さないと自分に約束した。愛は心に痛みをもたらすだけだ。

それにもかかわらず、最初にキャサリンを見た瞬間から、彼女に強い魅力を感じていた。

そのあとの日々でお互いをよく知るようになり、その魅了はゆっくりと、しかし確実に、なにかとても本質的で深いものに変わった。

キャサリン・アサートンの財産が必要だから、彼女を妻にしたいわけでないことは、しばらく前から自覚している。彼女が好きで、尊敬しているから望んでいると。彼女のいない人生を想像できないからだと。

なぜなら、心の底から彼女を愛しているからだと。

心臓が雷のように轟き、彼女が起きてしまうのではないかと心配になるほどだった。

キャサリンもぼくを愛しているだろうか？

キャサリンは彼に自分を惜しげなく与えた。お返しはなにも求めなかった。それでも、彼女の目に映る心の動きをたしかに見たとランスは信じていた。彼女のうめき声も聞いた。すべてのキスと、手と唇の感触を覚えていた。

彼女もぼくを愛している。彼にはわかる。

ランスの鼓動はいまや早鐘を打っていた。いまここで、結婚を申しこむべきだ。愛してくれていたら、ふたりの結婚をうまく機能させるための新しい考えに耳を貸してくれるだろう。そして、イエスと言ってくれるはずだ。

求婚するのにふさわしい瞬間ではないかもしれない――思い描いていたロマンティックな設定でもない。でも、一方で、これ以上ないほど適切とも言える。キャサリンは彼の横で裸で寝ている。そして、ランスはこれから一生彼女に裸で彼のベッドに寝てほしかった。毎晩欠かさず愛し合えるように。

頭の後ろで小さい声がキーキー言っている。彼女の財産が必要なことをまだ話していないじゃないか。

胸がぎょっと締めつけられた。いまここで、財政問題を持ちだすことなどできるか？　一糸まとわぬ姿で、情熱的な愛を交わしたすぐあとに。財政問題を論じるいい機会とはとても言えない。

その議論はあとにしよう。朝になったら。どちらも服を着たあと、手をつないで、海を見おろすお気に入りのベンチまで行ってから。彼女に坐ってもらい、心の内をすべて打ち明け、きちんと説明しよう。

いまは、違う問題について心を打ち明けたい。そして、この女性を自分のものにする。

20

キャサリンはこの瞬間を記憶に残したかった。ひとつ残らずすべてを覚えておくために。ランスの肩に頬を置いていた時の心地よさ。彼の裸体が自分の体にぴったり重なった感触。胸毛に顎がくすぐられたこと。彼の息遣い。彼の肌の湿り気。ふたつの肉体が結合した時、ふたりをひとつにするかのように絡み合った液状の熱いもの。

一時間か二時間前にふたりが愛の行為で結ばれたその瞬間。

ここから去る時に、この瞬間の記憶を持っていきたかった。これから残りの人生で振り返ることができる瞬間を。

ランスがキャサリンの下で動いた。つまり、彼も目が覚めている。彼は体をまわして横向きになると、腕のなかのキャサリンを彼のほうに向かせ、目を合わせた。十五センチほど離れた隣りの枕に頭を載せている。彼が目をぱちぱちさせ、大きく見開いた。

「キャサリン」そっと言う。「ぼくと結婚してくれる？」

キャサリンは彼を凝視した。パニックに陥り、喉が詰まりそうになった。なぜもう一度訊ねるの？　なぜいま？「ランス、そのことはもう答えたわ」

「今回は違う答えをもらえることを願っている」

「わたしがそうできないことは、あなたもわかっているはず」キャサリンはため息をついた。

「愛を交わしたからという理由でそう期待しているのなら、あなたと結婚するためにすべてを諦めると望んでいるのなら……」

「それはまったく期待していない」彼が手の甲でキャサリンの頰を撫でた。「間違っていたら訂正してほしいのだが、きみは仕事を愛するのと同じくらい、ぼくのことも大切に思ってくれている？」

キャサリンはごくりとつばを飲みこんだ。「ええ、あなたのことは大切に思っているわ」

彼がキャサリンの額にかかった巻き毛を優しく払った。「ぼくもきみをとても大切に思っている。愛している、キャサリン」

彼がキャサリンを見つめた。愛情がこもっているとしか形容できないまなざしに見つめられ、キャサリンの心臓がひっくり返った。わたしを愛している？　そんな。彼はわたしを愛しているの？「わたしもあなたを愛しているわ、ランス」キャサリンが認めるのを聞いて、ランスの口元に嬉しそうな笑みが浮かんだ。「でも――」

「きみが愛する仕事を続けることができるならば」彼がキャサリンの言葉をさえぎった。「ぼくと結婚できるかな？」

その質問がキャサリンを窮地に追いこんだ。「わたし……できるとは思うけれど」キャサリンはうなずいた。「でも――」

「それなら、ぼくたちはそれでうまくできると思う」

「どうやって？　公爵夫人は建築家にはなれないわ」

「なぜなれない？」

彼がキャサリンにそう訊ねていること自体が信じられなかった。「なぜって、わからないけれど、なにか昔からの規則に反しているんでしょう？　あなたがそう言っていた。わたしがやっていることは商売と見なされる。みんなが眉をひそめるでしょう」

「みんなには眉をひそめさせておけばいい」

「真面目に言っているの？」

彼がうなずいた。「何度断られても、どうしても諦められない。キャサリン、自分が結婚することを想像できる女性はきみしかいない。一生きみと過ごし、きみと家族を作りたい。きみと結婚する唯一の方法が、仕事との共存ならば、ぼくはそうする」

キャサリンは彼がこれを言っていることが信じられなかった。「どうやってそうするの？　わたしの仕事はロンドンが拠点なのに」

「それなら、一年のうち、ロンドンで暮らす時期を作ればいい」

「どういうこと？」

「セント・ガブリエルズ・マウントは我が家だが、ここに年がら年中住んでいる必要はない。ロンドンにも家がある。ロンドンにいる必要がある時は、一緒にロンドンに行こう。願わくは、時々は、ここに仕事を持ってきてくれればありがたい。建築の仕事に専心しなければならない時はそうすればいい。しかし、それは公爵夫人の務めをやらないということではない」彼は話しながら、片手を滑らせて乳房を包みこむと、親指とほかの指の指先のあいだで乳首を転がした。

「そうなの？」キャサリンはあえぎながら言う。「それで、その……公爵夫人の務めってどんなこと？」

「ぼくは後継ぎが必要だ。できれば第二子も、もうひとりいればさらにいい」彼の声はかすれていた。「それに関しては、間違いなくきみの助けが必要だ」

キャサリンはくすくす笑いを抑えられなかった。こんなことあり得るのかしら？　本当にうまくいくの？　彼がわたしに、きみを愛していると言ったのは夢じゃないの？

「子どもたちを育てる時は、乳母や家庭教師の助けを借りよう」ランスは続けた。「それに城を管理する人も必要だ。地域のことは時々参加すればいい。建築の仕事を受けたければ、病気にならないでできるなら、ぼくはなんの異論もない」

「でも……世間の人々にどう思われるかしら？」

「世間がどう思おうと、ぼくは気にしない。ぼくはダーシー公爵だ。長く公爵をやっているわけではないが、経験から言って、公爵が言うことは、なんであっても必ず通る。ぼくが妻も働けると言えば、そしてもちろんそう言うつもりだが、世界はそれを受け入れるしかない」

その言葉はキャサリンの耳に美しい音楽のように聞こえた。

自分は結婚しないと誓った。でもその誓いをしたのはダーシー公爵に出会って恋に落ちるずっと前のことだ。

そして、彼がキャサリンに恋に落ちる前。

「イエスと言ってくれ」ランスは言い、体を寄せて愛情あふれる様子で、キャサリンの鼻に鼻をそっと触れた。「イエスと言って、そしてどうか、ぼくの妻になってくれ」

「イエス」キャサリンは舞いあがるような気持ちで答えた。「ええ、結婚するわ！」

彼の顔が喜びの笑みで輝いた。キャサリンにキスをする。

そのあと、彼のさまよう両手がまた言葉では言い表せないようなことをやり始めた。深いため息をつき、キャサリンは彼の抱擁にとろけていった。喜びに目がくらみ、本当とは思えないほどすばらしい将来の展望に、五感すべてが踊りだしそうだった。


眠りの濃霧から浮上してようやく目覚めると、寝室は朝の光に満ちていた。

前夜の出来事を思いだし、最高の気分で伸びをする。

夜が明けるまで愛し合った。

キャサリンは驚嘆すべき女性だった。愛し合うたびに、その前よりうまくなり、満足も増した。疲労感が残っているのも無理はない。二時間でも眠れていれば幸運だ。

別な理由については、間違いなく幸運だ。この世でもっとも幸運な男と断言できる。キャサリンが妻になることに承諾してくれた！　喜びが全身を貫き、体のすみずみまで広がった。

人生の伴侶に触れようと手を伸ばし、ベッドの片側が空っぽだと気づいた。急いで体を起こした。キャサリンはどこかに行ってしまったのか？　なぜだ？

彼女の枕の上に四角い小さい紙が置いてあるのが見えた。急いでそれを取りあげる。鉛筆で走り書きをしたものだった。

適切性の観点から、自分のベッドに戻るべきと考えました。あなたを起こしたくなかったので、声をかけずに行きますね。

その下に、小さいハートが描かれていた。

ランスはひとりでほほえんだ。たしかに、彼女は部屋に戻っていたほうがいいだろう。女中が朝食の盆を持ってくる前に。ふたりが婚約したことはだれも知らない。たとえその事実が公表されたあとも、結婚式の前に床を共にしたことが漏れるのは避けたい。

ランスはこの瞬間から、すべてを適切かつ公明正大に行いたかった。

それで思いだした。求婚を受け入れてくれたが、まだ彼女に話さなければいけないことがある。できるだけ早く。

顔を洗い、服を着て、一日を始める準備を終えたランスが、ちょうどウッドストンにミス・アサートンの所在を知っているかどうか聞こうとした時、ノックの音が聞こえてミセス・モーガンが現れ、事務弁護士が階下で待っていることを告げた。

ランスは小さく悪態をついた。よりにもよって、なぜこの朝にメゴワンと会うことに同意したのだ？　とはいえ、と書斎に急ぎながらランスは考えた。むしろちょうどよかったかもしれない。この吉報を告げられる。

キャサリンと話すのが少し遅くなるだけだ。

キャサリンはハミングしながら、ラベンダー色の麻のスカートにブラウスの裾を押しこんだ。

昨夜起こったことで頭が一杯だった。ランスの腕のなかで過ごした時間はまさに魔法だった。現実とは思えないくらいすばらしく、すべてが夢かと思うほどだった。

自分は本当にダーシー公爵と婚約したの？　本当に、彼はわたしを愛していると言ったの？　そして、公爵夫人になっても仕事をすることを認めてくれた？

イエス！　婚約した。彼はそう言った。認めてくれた。すべて本当に起こったことだ。

興奮のあまり目がくらみそうだった。この知らせを聞いたら、姉たちも興奮するに違いない。すでに頭のなかでは、レクシーの声が聞こえていた。だから、彼があなたに夢中って言ったでしょう？

姉たちが、公爵は先進的な考えを持つ人だと言ったのは正しかった。キャサリンの前には、可能性に満ちた輝く未来が黄金色の道のように延びている。必要に応じてロンドンに住み、残りはここで暮らすことになるだろう。建築家として仕事をして、しかも公爵夫人の務めを果たす。きっとすべてうまくいくだろう。

キャサリンは幸せな気分でうきうきしながら階段を駆けおりた。早くランスと話したい。

朝食室に向かう途中で、彼の書斎をのぞくことにしたのは、もしかしたらそこにいるかもしれないと考えたからだ。

廊下を歩いていくと、書斎から話し声が聞こえてきた。ランスが事務弁護士のミスター・メゴワンと話していた。

「借金を完済する財源ができる」ランスが話している。

借金？　なんの借金？　キャサリンはいぶかりながら部屋に近寄った。

「結婚式はいつ行われる？」ミスター・メゴワンが訊ねる。

キャサリンは書斎の扉の数メートル手前で立ち止まった。ランスとキャサリンの結婚式の話をしているの？　立ち聞きするべきではないとわかっていても、足を動かすことができなかった。

「わからない」ランスが答える。「式を行うことを、キャサリンがどれだけ早く同意してくれるかによる。彼女のお姉さんたちはコーンウォールに住んでいるから、この城で挙げるのがどちらにとっても都合がいいと思う。だが、ニューヨークで挙げたいと言うかもしれない。どちらにしろ、彼女は両親に出席してほしいはずだ。それには時間がかかる。できれば、一カ月か二カ月のうちに行いたい。そうすれば、十月の返済期限の前に、余裕を持ってぼくの口座に資金を移せるだろう」

キャサリンは全身の血が凍りついたような気がした。なんの返済？

どうやら、未返済の借入金があるようだ。彼はなにも言っていなかったけれど。

「すぐに彼女の全財産を手に入れられるのだろうか?」ミスター・メゴワンが訊ねる。

「少なくとも、前もって六万八千ポンドが必要であることを、彼女の父親にはっきり伝えるつもりだ」

キャサリンは息が止まった。六万八千ポンド? それだけの金額を借りているということ? なぜ? だれに借りているの?

海軍にいるあいだに積み重なった借金なのだろうか? それとも相続した負債? その両方? どちらであっても同じことじゃない?

「それでは、彼女も同意しているんだな、自分の資産がその用途に使われることを?」ミスター・メゴワンが問う。

「まだその話をしていない。だが、すぐに話すつもりだ」

ミスター・メゴワンが小さく笑った。「だから言っただろう? きみが強く押せば、彼女も公爵夫人になることを選択し、仕事を続けるなんてばかげた考えは諦めると」

「彼女はここやロンドンで仕事を続けられるはずだ、メゴワン。少なくとも、ぼくは彼女にそう言った。時にはだれかに頼んで、彼女に図面を引く仕事を依頼してもらうこともできるはずだ」

キャサリンは胃がもんどり打って飛びだすかと思った。吐き気がした。鼓動している心臓が生きたまま引き裂かれたかのような感じだった。

廊下がぐるぐるまわりだした。キャサリンは向きを変え、目まいでよろよろしながら来た道を戻り始めた。

　ふたりが交わしたキス。情熱的な愛の一夜。仕事を追求していいという言葉。愛していると言った。一生を一緒に過ごしたいと言った。すべてがただの言葉に過ぎなかった。キャサリンに結婚を承諾させるための言葉。

　すべては策略だった。そして自分はまんまと騙され《フォールン・フォア》、恋に落ちた《フォールン・フォア》、すっかり信じこんで。

　でも、彼がキャサリンを望んだのは、ただお金のためだけだった。

　キャサリンはハメットを見つけ、朝のうちに出発して、ロンドンに戻ることを告げた。

「三十分後にわたしの部屋から旅行かばんを取って、ロスキーの鉄道駅に届けるように、どなたかに頼んでもらえますか？」

「かしこまりました」ハメットが答えた。

　二十分のうちに、服とその他の持ち物すべてを旅行かばんに詰めた。いまは干潮だから、土手を歩いて渡り、次の列車に乗ることができる。

　急いで階下におりていく途中、温室の扉の前で立ち止まった。公爵未亡人が長椅子で眠っていた。よかった。起きていたら声をかけないわけにはいかない。公爵未亡人と話をするだけの気力はもはや残っていなかった。キャサリンはしのび足で部屋に入り、急いで書いた礼状を置いた。

　そのあと書斎に行くと、ランスが机に向かって仕事をしていた。今回はひとりだった。

「キャサリン」彼がぱっと顔を輝かせて立ちあがった。「けさのきみはとても美しい」

「お世辞に時間を無駄にすることはありません、公爵さま」キャサリンは冷たく答え、戸口を入ったすぐのところで足を止めた。腕に巻いた図面を抱えている。「仕事はもうしません」

「なんだって？」彼がキャサリンを凝視した。「なぜそんな他人行儀な呼び方に戻ったんだ？　なにがあった？」

深い悲しみが胸を刺したが、必要のない感情は無理やり無視し、代わりに怒りに意識を集中させた。「先ほど、あなたとお客さまが話しているのを小耳に挟んだんです」

彼の顔がビーツのように真っ赤になった。完全に言葉を失ったらしい。「そうか」言えたのはそれだけだった。

「あなたがわたしに照準を合わせた理由がわかりました。六万八千ポンドの借金が頭上にぶらさがっていたら、どんな令嬢でもいいわけではありませんものね。百万ドルの持参金つきの令嬢が必要だった」

「キャサリン、話すつもりだった」

「そうですか？　いつ？　結婚してから？　わたしのお金を管理できるようになって、わたしが異議を唱えたくても、もう手遅れになってから？」

「全部話すつもり——そして、もう一度求婚するつもり——だった。きみの客間に入っていき、きみが高熱で床に倒れた時だ。それ以来、ふたりだけの時は一度もなかった。そして昨夜は……そのことを持ちだす時でも場所でもないように思えた」

「最初に結婚を申しこんだ時に言うべきでした！　そのあとも、いくらでも機会はあったはず」

「きみの言う通りだ。ぼくは――」

「わたしに理解できないのは――」キャサリンは怒りにまかせて、ランスの言葉をさえぎった。「そもそもなぜ、あなたのお兄さまが建築家を呼んだのかってことです。このお城を改修する資金がないのは明らかだったのに」

「兄は……金を借りるつもりだったに違いない。改装すれば、城の価値が上がることを期待したんだと思う。売らなければならなくなった時に」

「そうですか」キャサリンはぴしりと言い返した。「でも、あなたは売る必要がないと計算していたわけですよね？　わたしと結婚すれば、わたしの持参金ですべて対処できると」

「キャサリン」ランスが依然として真っ赤な顔で訴えた。「ぼくは――」

「すべてが壮大な誘惑計画？　正当に評価するべきでしょうね、公爵さま。あなたの演技はたしかにすばらしかった。わたしのためにヴァイオリンを弾き、鉢植えのランを持ってきた。手のひらの上でわたしを踊らせ、あなたがわたしを愛していると信じさせた。わたしが働いても気にしないと断言した。でも、すべては嘘だった。そして、あなたが望んでいたのは、わたしのお金だけ」

「それは事実ではない」その口調には絶望がにじんでいた。「たしかに始めはそうだった。でも、キャサリン、ぼくはきみを本気で愛するようになった」

「あなたが言うことを、いまさらどうすれば信じられると言うの？　わたしがここに最初に着いた時、あなたは財政問題についてなにも言わなかった。もう一度訊ねた時も、あなたはそう主張し続けた。両方とも、わたしに嘘をついた」

「すまなかった。ぼくが……間違っていた。どうか、説明させてくれ。借金について、ぼくが抱えている問題について――」

「聞く必要があることは全部聞いたわ、あの廊下に立っている時に」キャサリンは目をしばたたいて、目の奥にこみあげた涙を押し戻した。気持ちを強く持ち続けなければいけない。つかつかと部屋を突っきり、彼の机の上に、巻いた図面全部をどんと置いた。「これがわたしの描きあげた図面です。多額の持参金つきの富豪令嬢で喜んであなたの公爵夫人になる女性はたくさんいるでしょう。運がよければ、借金の返済期限が来る前にだれか見つけて、残りでお城を修復できるかもしれないわね。すべてあなたの計画通りだわ。相手がわたしでないだけで」

そう言うなり、キャサリンはくるりと背を向けて戸口に向かった。

「待ってくれ！」彼が呼びかけた。「どこにいくつもりだ？」

「ロンドンに戻ります。わたしの居場所はそこだけですから」キャサリンは肩越しにそう言い返すと、部屋から飛びだした。

21

キャサリンはソファに坐りこんだ。熱い涙がこみあげる。コーンウォールからロンドンへの列車の旅で疲れきっていた。

北上する途中でマディとレクシーを訪ねることも考えたが、その思いつきは却下した。怒りと悲しみにひとりで向き合う時間が必要だ。だから寄らずに、代わりに車中でそれぞれに手紙を書いてパディントン駅で投函した。

そして悲嘆にくれながら部屋に入り、腰をおろしたのだった。この数年間、グロヴナー・ストリートにあるチャールズとマデレンの街屋敷《タウンハウス》がキャサリンのロンドンの住まいだった。この客間はいつも温かくて心地よかった。

でも今夜はその部屋も冷たくて空っぽに思えた。この屋敷を維持管理している使用人たちをのぞき、いまはキャサリンが唯一の住人だった。以前なら、現代風に美しく装飾された部屋のすべてが魅力的に思えた。でもいまは、セント・ガブリエルズ・マウントの古城の部屋がはるかに魅力的だと気づいた事実を思いだすだけだった。

そして、そこの住人の公爵をどれほど愛しているかを。

いいえ、愛していた、過去形だ。的確な言葉を使うならば。その朝には深く愛していた人を、嫌いになるなんてあり得るだろうか？　あり得るならば、いま感じている気持ちはそれだった。激しい怒りと魂を貫くような深いうずきが入り混じった感情。

頬を涙が流れ落ちる。ふいに喉からすすり泣きがこみあげた。ついに苦悩を受け入れ、キャサリンは長いあいだ泣きじゃくった。

なぜなにも見えていなかったの？　彼が望んでいるのはお金だけだと気づかなかったなんてあり得ない。警告の徴候はいくつもあった。改装のためにキャサリンを雇うことについて彼が乗り気でなかったこと。お城のかなり荒廃した状態。明らかに修繕を必要とする地域の家々。財産について、キャサリンのほうから持ちださないかぎり、彼がひと言も言わなかったという事実。

これまで求婚した男性は全員がその件に関して率直だった。百万ドルの賞金と引き換えに、彼らが思うところの幸せな暮らしを与えると言った。他方ランスはその話題を徹底的に避けた。そして、それについて嘘をついた。つまり、ほかの男性たちよりもはるかにひどい男だということ。そして彼女の財産ほしさに、計画的に誘惑した。

ランスは秘密裏にキャサリンを自分のものにした。

しかもそれをみごとにやり遂げた。キャサリンの心を盗み、そのあと粉々に打ち砕いた。むせび泣きはさらに数分、キャサリンの全身を苛んだ。それがようやく収まると、キャサリンはハンカチをつかんで目を拭い、鼻をかんだ。

いいわ、とキャサリンは暗い気持ちで考えた。心は砕かれたかもしれない。それでも負けるつもりはない。かけらを拾い集めて、仕事に戻ろう。

少なくとも、自分にはまだ仕事がある。仕事は間違いなく愛していると確信できる。

ランスはセント・ガブリエルズ・マウントの礼拝堂の固い木のベンチに坐っていた。全身が落胆と苛立ちで張りつめている。

キャサリンが去ってからまだ半日しか経っていないのに、彼女がいない城の廊下はうつろな響きが返ってくるばかりだった。

この礼拝堂はほとんど訪れたことがなかった。ここは祈りと告解の場所だ。祈るにはもう遅すぎるが、悔い改めるべきことはたくさんあると、ランスはよくわかっていた。

扉が開いて、祖母が入ってきた。側廊を歩いてきて、彼の隣りに腰をおろした。「なにがあったの？」彼女が問いかけた。

ランスは祖母に話した。自分が相続した財政問題について。この城を失う瀬戸際にあること。なぜそれを祖母に隠していたかについて。キャサリンとのあいだに起こったこと。愛の行為の部分は省略したが、彼女と恋に落ちたことは認めた。そして、彼女がなぜ去っていったかを説明した。

たまに質問したりひと言述べる以外、祖母はずっと厳しい表情で耳を傾けていた。

彼が話し終えると、祖母はゆっくりとうなずいた。「あなたの肩にすべてがのしかかったことをとても残念に思いますよ。あなたがそれを打ち明けられなかったことも ね。でも、なぜ言うのをためらったかは理解しているつもりですよ。ヘイワードがその話をわたくしにできなかったことも」

「本当に？」

「あなたもヘイワードもわたくしを守ろうとした。けれど、わたくしはうすうす感じていました。ヘイワードは決して認めないでしょうけれど。そして、それ以上に彼が認めないほかの秘密もね」

ランスは祖母を見やった。「ほかのとは、なんの秘密ですか？」慎重に訊ねる。

祖母がためらった。「気にしなくていいわ。わたくしが言うべきことではないから」

ランスのほうからなにか言うべきだろうか？　祖母はすでに知っているらしい。「兄とウッドストンのことを言っているんですか？」

祖母の白い眉毛が持ちあがった。「ヘイワードとウッドストンについてなにを知っているというの？」

「六階に秘密の部屋を持っていたことを知っています」

祖母がほほえんだ。「ええ、そうだったわ」

「いつから知っていたんですか？」

「ヘイワードのこと？　あの子が五歳の時からそうではないかと疑っていましたよ。そして、この何十年かは確信していました」

「でもなにも言わなかった」

「物事には」祖母が答えた。「言わないほうがいいこともあるんですよ」

ふたりはしばらく黙って坐っていた。しまいに祖母は重いため息をついた。「セント・ガブリエルズ・マウントについては、わたくしのことは心配しなくていいですよ。なにが起ころうと、わたくしは生き延びられます」それから彼のほうに向き直った。「でも、ミス・アサートンのことは別。あなたの振る舞いは救いようがない大ばか者の振る舞いと同じ、それに気づいてほしいものだわ」

その言葉には反論できない。「気づいています」

「最初に借金について話すべきでしたね」

「ええ、わかっています」彼は言った。「すべてにおいて、間違った判断をした」

「その通りだわ、おばかさん」

ランスは胸のなかでののしった。「ぼくは何十年も、愛は苦痛をもたらすだけのものと自分に言い聞かせてきました。それがまた証明された。ただし今回の責めはすべて自分にある。耐えがたい痛みも、自分自身のばかげた過ちのせいだ」

祖母が厳しいまなざしで彼を見つめた。「では、あなたは本当にあの方を愛しているのね？」

「そうです」おそらく前からキャサリンを愛していたのだと、いまになればわかる。最初の晩にビリヤード台の上であやうく彼女を奪いそうになった時から。彼女がお金を持っていると知る前から。

「いまもまだ、彼女を望んでいるの？」

「もちろん、いまも望んでいます。でも、もう手遅れなんだ。ぼくがすべてのチャンスを台なしにしてしまった」

「本当にそうなのかしら?」

「どういう意味ですか?」

「わたくしが言っているのは、本当に手遅れなのかどうかということ」

「彼女はもういないんです、おばあさま。去ってしまった」

「では、行って連れ戻していらっしゃい」

ランスは首を振った。「彼女はもうぼくを受け入れてくれないでしょう。ぼくが彼女のお金をほしがっていただけと思っている」

「でも、あなたはそうじゃないんでしょう?」

「もちろん! 借金も城の運命も関係ない。たとえキャサリンが一ペニーも持っていないとしても、ぼくは彼女と結婚したい。だが、ぼくは彼女に嘘をついた。もう信頼してもらえない。無理もないと思います」

「信頼は、いったん壊れると、修復は簡単ではありません。でも、できないことではありません」

「どうやって?」

「どうやるかを、わたくしがあなたに言うことはできませんよ。あなたはとても賢いのだから、ランス、きっと自分で答えを見つけられるはず」祖母はランスの膝を軽く叩くと、立ちあがった。「これだけ言っておきましょう。もしもあの方を心から愛しているなら、そして、彼女がいまもあなたを愛してくれている可能性が少しでも残っていると思うなら、いま諦めるのは、ふたりのどちらにとっても損失よ。彼女のところに行きなさい、ランス。自分が壊したものを直していらっしゃい」

そう言うと、祖母は礼拝堂を出ていった。

ランスは長いあいだ黙って坐り、自分が引き起こしたこの混乱について考えていた。祖母の言葉が繰り返し頭に思い浮かぶ。

彼女のところに行きなさい、ランス。壊したものを直していらっしゃい。

祖母が正しい可能性はあるだろうか？　もしかして、手遅れじゃないという可能性が本当にあるか？

自分はキャサリンを愛している。きのうの朝の時点では、彼女が彼を愛してくれていたとわかっている。自分がしてしまったことを償う方法があるに違いない。なんらかの方法で修復する。

どうすればいいかはまだわからないが、これ以上ここに坐って自分を憐れんでいても、なんの得にもならない。これまでずっと、自分は行動力がある男だと自負してきた。なんらかの行動を起こさなければいけない。

しかも、一刻も早く行動することが重要な気がする。

彼女のところに行きなさい、ランス。

それこそ自分がやるべきことだ。ロンドンに行こう。一刻も早く。

「朝の郵便でこれが届きました、ミス・アサートン」執事が言い、銀の盆に載せた一通の手紙を持ってきた。

キャサリンは執事に礼を言い、コーヒーの茶碗を置いた。封筒の差出人を見たとたん、キャサリンの脈がひとつ飛ばしで打った。王立英国建築家協会だった。何週間も前に受けたＲＩＢＡの試験結果に違いない。

封筒を開けると、なかには二枚の紙が入っていた。最初の一枚を読んだ。

親愛なるミス・アサートン

先日のＲＩＢＡの試験の結果を同封いたします。

あなたは試験には合格されましたが、残念ながら、王立英国建築家協会はこれまで、そして現在も男性だけで構成される組織であり、女性に免許を与えることは協会の方針に抵触することをお知らせしなければなりません。

王立英国建築家協会に関心を持ってくださったことに感謝し、貴殿の今後のご活躍を祈っております。

敬具

王立英国建築協会　事務局長代理
H・G・アトウォーター

キャサリンは信じられない思いでその手紙を凝視した。もう一度読み直す。そして、もう一回。

女性に免許を与えることは協会の方針に抵触する？

そのことを前もって知らせることはできなかったのだろうか？　試験のための勉強に何カ月も費やす前に？　そして試験を受ける前に？

一枚目をめくると、二枚目は分野ごとの得点の分析結果だった。すばやく目を通しただけで、すべてにおいて非常によい結果だったことがわかった。そのページの一番下に記入された総得点は、九八パーセントだった。

キャサリンは熱いじゃがいもをつかんだかのように、朝食のテーブルにその手紙を落とした。九八パーセント！　それでもなお、建築家として仕事をするために必要な免許を与えることを拒否するとは。男性の特権としてその権利を確保しておくために。

屈辱と不公正さに対する怒りが、キャサリンの体のなかで炎のように燃えたぎった。英国では女王が玉座に坐り、史上のいかなる君主よりも長期にわたってこの国を統治しているが、結局のところ、歴史の大半は男性が世界を支配してきた――そして明らかにそれを変えるつもりがない。

あまりにも不公平で承服できない。このことをだれかに相談して恩情に訴え、必要とあらば懇願してでも、ＲＩＢＡの理事会に再考してもらう必要がある。

支援を期待できる人物はひとりしかいなかった。


ジョージ・パタースンのもじゃもじゃの黒い眉毛は、彼の設計会社の広々した執務室に、キャサリンが扉をわざと少し開けたまま入ってくるのを見ると、仰天したように大きく持ちあがった。

「ミス・アサートン！」

窓辺に置かれた車椅子に坐っている様子から、一カ月以上前に負った怪我はまだ全快していないらしい。右の腕と手はいまだにギブスで固めて三角巾でつっている。片方の脚もギブスに包まれていた。「戻ってきたとは知らなかった」つけ加える。その声がなんとなくうろたえているように感じ、キャサリンは不審に思った。

「セント・ガブリエルズ・マウントの仕事を終えて、昨夜帰宅しました」キャサリンはそう言いながら彼に近づいた。「けさ、王立英国建築協会から、わたしが九八パーセントの得点で試験に合格したにもかかわらず、免許を与えるのを拒否すると書かれた書簡が届きました」

「そうなのか？　それは残念だ」

「自分の能力を証明するために、免許を受ける資格があると示すために、これ以上どうしろというのでしょうか？」キャサリンは彼の前を行ったり来たりしながら、苛立ちをあらわにした。「女性に免許を与えるのは、協会の方針に反しているということですが、それはおかしいことです」

「こういうことになると、きみに警告したつもりだったがね」声がなぜかうわずっている。しかも、彼の机の上に広げられた設計図面一式のほうにちらちらと盗み見ている。

好奇心をそそられ、キャサリンはその方向にさりげなく近寄った。「ええ、でも、ほぼ完璧な得点を取りました。それはなんの意味もないのでしょうか？」

「それはあるだろう。しかし、それはきみが例外的なのだ。おそらく、きみが合格するとは予想していなかったのだろう。しかし合格した。それでどう扱えばいいかわからなくなったに違いない」

キャサリンは彼の机の上に置かれた図面をちらっと眺め、すぐにそれがなにか認識した。心臓が凍りつく。

それらはロイズ銀行の新社屋のためにキャサリンが作成した図面だった。キャサリン独自の設計であり、自分の能力を示す実例として、時間外に自宅で作りあげたものだ。その図面に最終の文字が押されている。そして、その最後にジョージ・パターソンの署名が記されていた。

キャサリンの口がぽかんと開き、この数日のうち二度目だったが、胃がもんどり打って飛びだしそうになった。くるりと振り返って雇用主と向き合った瞬間、もうひとつの恐ろしい真実がはっきり見えた。「このためにわたしを雇ったんですね？」

「なんのことかな？」ミスター・パターソンが車椅子のなかで落ち着かなそうに坐り直した。

「あなたはわたしを安価な労働力とわかって雇っただけだったんですね。わたしにあくせく働いて最高のアイデアと図面を提供させ、それをあなたは自分のものとして発表するつもりだった」

パターソンの顔に一瞬後ろめたそうな表情がよぎったが、彼はすぐにそれを隠し、怪我をしていないほうの手を持ちあげてなだめるようなそぶりをした。「そんなふうに怒る必要はないだろう」

「これはロイズ銀行のために作成した、わたしの設計です。あなたが、依頼人が考えているものとは違う、とおっしゃったものです」

「その時はそうだった。だが、きみも承知のとおり、わしが思うように仕事ができなくなった。それで依頼人にこれを見てもらったわけだ」

「あなたの名前をそこらじゅうに書いてでしょう、わたしの名前でなく！」

「きみはわしの会社に勤めているのだから、わしのために作成した図面となんら変わりはないだろう」

「まったく違います！」キャサリンは激しい口調で言った。「雇われて仕事をしているのだから、会社でわたしが作成したものはあなたのもの、それは理解できます。でも、これはわたしが時間外の自分の時間に引いた図面です。あなたはそれをわたしに知らせることも、許可を得ることもなく、盗んだんですよ」

　ミスター・パターソンがため息をついた。「現実的になりたまえ、ミス・アサートン。たとえきみが免許を持っていたとしても、ロイズ銀行が、女性の設計で建物を建てるはずがないだろう。しかも、ＲＩＢＡの理事会は免許を与えることを拒否したわけだ。きみは当然、この展開を幸運と思うべきだ」

「幸運？」

「そうだ。きみが思い描いたものが実際に建てられるのだからな。給料が問題ならば、昇給を考えよう」

「わたしは昇給以上のことを求めます、ミスター・パターソン」激しい憤怒に背中を押され、キャサリンは正当な要求を突きつけた。「わたしは自分の貢献が認知され、評価されることを望みます。あなたには、その設計はわたしのものだとロイズ銀行に伝えていただき、わたしが進めている仕事はすべてわたしの業績と認めてください。さもなければ、わたしは辞めます」

　キャサリンは彼をじっと見つめ、心臓をどきどきさせながら、彼の答えを待った。

　パターソンは肩をすくめた。「きみがいなくなるのは残念だな。しかし、それがきみの決断ならば、受け入れよう」

　キャサリンは内心慌てふためいた。どうしよう。わたしはなにをしてしまったの？　まさか、本当に辞めさせられる？　こんなふうに？

明らかに、そうらしい。ミスター・パターソンが片手を振って、キャサリンに出ていくようにうながした。

キャサリンは振り返って、開いている戸口のほうを向いたが、ぼう然としてしばらく第一歩が踏みだせなかった。

ちょうどその時、受付の事務員が部屋に入ってきて、ミスター・パターソンに告げた。

「失礼いたします、ミスター・パターソン。あなたに会いたいという紳士がお見えです。ダーシー公爵とおっしゃいました。コーンウォールから来たと」

キャサリンが驚いてあっけにとられているあいだに、ランスがつかつかと部屋に入ってきた。

非の打ち所がない服装に長い脚と整った体型、そして彼の魅力あふれる存在が瞬時にその部屋の指揮権を掌握した。

「パターソン」彼の口調は鋭く、そのまなざしは氷のように冷たかった。

キャサリンの頭のなかを疑問が駆けめぐった。彼はここでなにをしているの？　なぜそんなに怒った顔をしているの？　キャサリンがミスター・パターソンと話しているのを聞いたのだろうか？　その可能性は大いにある。扉は開けっぱなしにしてあった。

もしそうだとすれば、キャサリンがたったいま仕事を失ったことを知ったわけだ。恥ずかしさが胸から炉火のように燃えあがり、顔がかっと熱くなる。彼はきっと嬉しく思ったに違いない。キャサリンが成功するとは思ってもいないのだから。

ランスが視線を移してキャサリンを見つめた。「ミス・アサートン」

「公爵さま」キャサリンはこわばった声で答えた。ほんの一瞬だけ彼の顔を見やると、キャサリンは彼の横をすばやく通りすぎ、部屋から出ていった。

「これはいったいどういうことだ、パターソン？」

ランスは昨夜遅くロンドンに着いたばかりだった。キャサリンのグロヴナー・ストリートの住所を持っていたが、それはセント・ガブリエルズ・マウントからキャサリンが去る時に、旅行かばんについた名札の住所をハメットが書き留めてくれたものだった。そこに訪ねていき、執事の説明で、キャサリンは雇い主に会うために会社に行っていることを知った。

そしていま、ランスはパターソンの車椅子の前に立ちはだかり、彼の独善的な赤ら顔を殴りつけないよう必死にこらえていた。

「ぼくは一カ月にわたり、きみの会社に仕事を頼んでいた」ランスは吐き捨てるように言った。「ミス・アサートンはきわめて熱心に、かつ類いまれな能力を発揮して仕事をこなしてくれた。それは当然わかっていることと思うが。さもなければ、きみの代わりに彼女をコーンウォールに送るはずがない。そうじゃないかな？」

「その通りでございます、閣下」パターソンが答えた。「お目にかかれて大変光栄に存じ――」

「では、わたしがたったいま聞いたことはなにかな？」ランスは激しい口調でさえぎった。

「銀行の新社屋のために設計した彼女の設計を自分の手柄にするというのは？」

「ええと、それは、閣下」パターソンが口ごもった。「それはつまり、わたしはそういうつもりでは――」

ランスは片手をあげてパターソンに黙らせた。「わたしに向かって言い訳はしないほうがいい。たしかにこの耳で聞いた。彼女の設計図を盗み、それをごまかすために彼女を解雇した。よほどの悪人がやることだ」

「そんなばかな、閣下」パターソンの顔がさらに真っ赤になった。

「気をつけたほうがいい、パターソン。我が一族には高位の友人がたくさんいる。ぼくのひと言で、きみは一分も経たないうちに事業を継続できなくなる」

その言葉にパターソンは黙りこみ、小さい目を床に落とした。

「ミス・アサートンが免許の付与を拒否されたことについても話していたと思うが？　それはどういうことだ？　彼女は試験の結果が出るのを待っていたはずだ」

「彼女……はＲＩＢＡの試験結果をけさ受け取ったそうです」

「それで？」

「それで、その」パターソンが咳払いをした。「つまり、わたしは結果を見ていないのですが、知るところでは、彼女の得点は……」声がどんどん小さくなり、ほとんど聞き取れないほどだった。「九八パーセントだったと」

「九八パーセント？」ランスは繰り返した。驚きもしない。

パターソンはかすかにうなずいた。ランスと目を合わせないように必死に避けている。

「それにもかかわらず」ランスは信じがたい思いでつけ加えた。「協会は彼女に免許を与えない？」

「そのようです」

ランスは胸の前で腕組みした。怒りであごがこわばる。「ＲＩＢＡの理事会の長はだれだ？　きみはその人物に連絡を取れるか？」

「取れます、閣下」

「それはいい。その人の名前と連絡先を教えてくれ。ほかにもいくつかの名前が知りたい」


どうしてあんなことを言ってしまったの？

二人乗り一頭立て馬車はロンドンの街なかの通りをがらがらと走っていた。座席の背にもたれながら、キャサリンは後悔に打ちひしがれていた。ミスター・パターソンに向かってあんなことを言うとは、あの瞬間、なにかに取り憑かれてしまったのだろうか？　なぜそれが当然と思えたの？　このわたしが要求を突きつけるなんて？

これまで働いていられたことのほうが幸運だったのに。その仕事をたった数語で棒に振った。

そしていま、自分にはなにも残っていない。みごとなまでに。仕事なし。建築の学位なし。免許なし。しかも、そのどれも、今後得られる可能性はない。雇ってくれる会社を見つけるのに何カ月もかかった。パターソンの推薦状なしでは、二度と仕事は見つからないだろう。しかも、すべてを失っただけでも悪いのに、それをランスに目撃されるのとは！　キャサリンの屈辱を総仕上げするかのように。

それにしても、ランスはロンドンでなにをしているの？　たしかに、彼は来る理由がある、とキャサリンは推測した。別な花嫁候補を見つけるために。こちらにいるあいだに、セント・ガブリエルズ・マウントの改修についてミスター・パターソンと相談しようと思ってやってきたのだろう。

これ以上悪くなりようがないタイミングだった。自分が出ていったあとに、ふたりが談笑している様子を思い描いた。キャサリンの愚かさを確認し、キャサリンのやった仕事を男のやり方でやり直そうとしているだろう。

キャサリンは心底からミスター・パターソンを軽蔑した。彼は下劣なだけでなく、泥棒だ。考えたくないのに、キャサリンはランスに抱かれて、愛している、キャサリン、と言われた瞬間のことを考えるのをやめられなかった。同じ言葉を返した自分が愚かだったとつくづく感じる。

涙があふれだし、頬を流れ落ちる。ほどなくキャサリンは涙を拭い払い、すすり泣きを呑み込んだ。ふたたび自己憐憫に打ちのめされるわけにはいかない。

ランスに向かって言った言葉を改めて思い返した。少なくとも、彼に対しては遠慮なく意見を言えてよかった。

それによく考えてみれば、ミスター・パターソンに立ち向かったこともよかったと感じる。自分が言ったことは正しい。だれかが言わなければならないことだ。

ミスター・パターソンは、キャサリンのロイズ銀行の設計図を盗み、自分の設計として顧客に販売した。わずかな俸給しか払わずに、キャサリンの何年にもわたる努力の結晶によって大金を荒稼ぎし、すべてを自分の手柄にした。そんな男のために、どうして働き続けられるだろう？

彼が推薦状をくれないからといって、それがなんだというの？　キャサリンはこの二年間、彼の多くの顧客のために最高の仕事をしてきた。彼がその図面すべてに自分の名前を署名していても、キャサリンの署名と日付入りの原本は事務所に保管されている。

ロイズ銀行の設計図の原本も持っている。それを依頼人に見せれば、それが自分の仕事だと証明できるだろう。もしかしたら、だれかがキャサリンの言うことを信じてくれて、推薦状を書いてくれるかもしれない。

それが無理でも、一から始めればいい。以前もそうした。根気よく歩きまわってロンドンの設計会社をすべて訪問しよう。二年前に断られた会社も全部。今回は自分でやった図面の束を履歴書と一緒に見せられる。

ロンドンでうまくいかなかったら、英国のもう少し小さい都市で試してみることもできる。必要とあらば、ニューヨークに戻ってもいい。ニューヨーク市ではいま、ビルの建築が好景気に沸いている。キャサリンが大学卒業後にロンドンにとどまったのは、この街が好きで、しかも姉たちの少しでも近くにいたかったからだ。これまで一度も母国で仕事探しをしなかった。たぶん、そうする時期なのかもしれない。

簡単ではないだろう。時間もかかるだろう。でも、どこかで仕事がわたしを待っているはず。それをなんとしてでも実現させる。

つまり、ミスター・パターソンはもうどうでもいい。

ダーシー公爵も。

22

ランスはクラブの個室に入っていった。彼が招待した八人の男性がテーブルのまわりに集まって、彼を待っていた。

これまで会ったことがない八人の男たち。ランスはその日の午後早いうちにそれぞれに対して短い手紙を書き、夜八時の会合に出向くように依頼した。直前すぎることはわかっていた。しかし、新しい公爵との会見の機会を逃すはずはないと踏んだ。

彼は正しかった。

公爵には力がある。その権限は、英国海軍における艦長とあまり変わらない。しかし人々が公爵に対して示す敬意は並々ならぬものであることをランスは気づいていた。まるで公爵は奇跡を起こせるかのように、あるいは、高位の家柄に生まれただけで、ほかの人々よりも重要で価値のある存在であるかのように、だれもが見なしている。

ばかげた考えだ。しかし今夜は、その考えを最大限に有効活用するつもりだった。

テーブルの上座のだれも坐っていない椅子のそばで立ちどまった。八人の男性たちがいっせいに立ちあがった。彼の右手のみごとな口ひげをたくわえた白髪の紳士が手を差しだして自己紹介した。

ランスはテーブルを一周まわり、全員に順番に挨拶した。紹介が終わると、彼は上座の席に戻り、椅子に坐った。

全員がふたたび席につき、ランスをじっと見守る。

「ここにいる全員を代表して申しますが、閣下」ランスの右に坐る紳士が笑顔で言った。「まずは、こちらにご招待いただきましてありがとうございました。お目にかかれて大変光栄に存じます。ところで、なんの件でご召集いただいたのか、おうかがいしてもよろしいでしょうか?」

「もちろん聞いていい」ランスはあっさり答えた。「ここに集まってもらったのは、ミス・キャサリン・アサートンについて話し合うためです」


会合は、とランスは翌朝の朝食の席で思い返して満足感を覚えた。首尾よく運んだ。それも、きわめてうまく。自分の要求がすぐに実行されると期待できる充分な理由を得ることができた。これでコーンウォールに戻ることができる。

最初の目的――キャサリンに会い、説明して謝罪すること――は達成できなかった。達成どころか、一歩近づくことさえできなかった。

前日の朝にジョージ・パターソンの事務所で遭遇した時、キャサリンはほとんどなにも言わずに部屋から飛びだしていった。グロヴナー・ストリートをもう一度訪れる試みも徒労に終わった。キャサリンが会うことを拒否したからだ。

いまやそこまで憎まれていると思うと、心臓が張り裂けそうな気がする。

ランスは昨夜自分がやったことによって、その怒りがいくらかでも和らぐことを願った。少なくとも、彼女が多少なりとも楽に人生を送る一助にはなるだろう。

ああ、おばあさま、ぼくはやるだけやった。自分とキャサリンが以前のような関係に戻れるという幻想を、ランスはもはや抱いていなかった。キャサリンは二度と彼に会いたくないと思っている。ましてや、彼を愛するとか、結婚するなど論外だ。この話が完全に選択肢から外れたことをランスは知っていた。

いまも借金まみれの状態は変わらない。それについてはいまだにキャサリンに嘘をついている。昨夜の会合を持ってしても、その事実は変わらない。それを解決するのは、魔法の杖でもないかぎり無理だろう。

だがもしかしたら、自分の介入が、彼女にとってもっとも大事な夢や目標のいくつかを達成するための道を開く一助になるかもしれない。ランスは彼女が幸せを見つけてくれることを心から願っていた。それだけで充分だ。

呼び鈴を引いてウッドストンを呼び、そろそろ荷造りをするように指示しようとしたちょうどその時、一通の手紙が届いた。

便箋の刻印によれば、差出人はメイフェア在住のレディ・カーナーヴォン。またひとり、これまで会ったことがない人物の登場だ。

親愛なる公爵さま

つい先ほど、親しい友人のプルーデンス・ファウリントンから、あなたさまがロンドンにご滞在中と聞きました。彼女の夫はロイズ銀行頭取のレジナルド・ファウリントンです。そこで失礼ながら、つい最近、爵位を相続された独身男性でいらっしゃることを鑑み、あなたさまが妻をお探しではないかと推測した次第です。

カーナーヴォン卿とわたくしは今夜八時からささやかな夜会を主催いたします。もしもあなたさまがご出席くだされば、このうえなき喜びでございます。社交シーズンはそろそろ終りですが、今夜も結婚相手にふさわしい若い令嬢が何人か出席することになっており、そのなかでとくに、シンシナティの相当な資産家令嬢のミス・イモジェン・ラッセルをご紹介できればと考えております。

午後の便でご承諾のお返事をいただけること、そして今夜お目にかかれますことを心より願っております。

心からの敬意をこめて
コンスタンス・カーナーヴォン

ランスはその手紙をテーブルの上に放り投げた。気持ちがいっきに沈みこんだ。この招待は驚きもしない。未婚の公爵はつねに需要がある。しかしなぜ、レディ・カーナーヴォンはとくに財産つきの令嬢を薦めているのだろう？

彼が抱えている借金についてなにか気づいている可能性はあるだろうか？　そうでないこ

とを祈るしかない。これがただのお決まりのやり方であることを願いたい。昨今は、大豪邸を所有する貴族でさえも金を必要としている。令嬢の資産に言及するのは日常茶飯事だろう。米国人は大金と引き換えに貴族の称号を手に入れる。

一カ月前は、まさにそういう花嫁を探しにロンドンに来るつもりだった。

だがいまは、金のためにだれかと結婚すると考えるだけで胃がむかむかした。

ランスはただ我が家に帰りたかった。セント・ガブリエルズ・マウントに。そこならば、強いウイスキーのグラスで悲しみを紛らわせることができる。

しかし、ランスは思った。戻ったとしても、そのセント・ガブリエルズ・マウントもほどなく我が家ではなくなる。祖母の家でもなくなる。グランヴィル家の子孫の家でもなくなる。この家系が続けばということだが。それについては、いまの時点では深刻な疑念を抱かざるを得ない。

自分がなにもしなければ、城とその借地のすべては金貸しに差し押さえられる。そして、結果的にはだれかが所有することになる。

ランスは手紙を取って、再読した。シンシナティの令嬢。かなりの財産家。深くため息をついた。一族の遺産が彼の手に委ねられている。自分は義務を全うすると誓った。

少なくとも、その令嬢に会うべきだろう。

その夜会は、ランスが長年、休暇でこの街に滞在中、時間がある時に出席したほかの夜会によく似ていた。客間は着飾った人々であふれ、だれもが飲みすぎて、大声で笑いすぎていた。

ランスは到着するなり、レディ・カーナーヴォンの急襲を受けて腕を絡め取られ、すぐに穀物の取引で財を成したシンシナティの商人の娘、ミス・イモジェン・ラッセルを紹介された。

ミス・イモジェン・ラッセルは小柄で、容姿はまあまあだったが、とても若く（数日前に十八歳の誕生日を祝ったばかりだった）、花嫁候補として考えるだけでも自分が好色漢になったような気がしたし、あまりにほっそりしすぎて、強風が吹いたら飛ばされそうに見えた。貴石が散りばめられた淡いピンク色の夜会服を完璧に着こなしていて、レディ・カーナーヴォンがそのドレスはパリのフレデリック・ヴォルトのデザインと宣言した。

ヴォルトの名前はランスも聞いたことがあり、それが単に服装の話ではなく、この若い令嬢の資産規模を示していることはすぐに理解できた。そして主催者夫人がさりげなく彼の耳元でつぶやいたその資産額は五十万ポンドとのことだった。

五十万ポンド。キャサリンの持参金の半分だが、それでもランスの借金を全額返済してまだ残る。もしもこのほっそりした娘と結婚すれば、セント・ガブリエルズ・マウントを救うことができるだろう。

彼女との会話を試みたが、非常に堅苦しくて気まずいものだった。優しい娘で、彼を喜ばせたがっているのはよくわかったが、共通点はひとつも見つけられなかった。父親の態度は正反対で、あまりに無作法で粗野で話も大仰だったため、ランスは口を挟むことすらできなかった。ドナルド・ラッセルが彼の穀物事業について事細かにしゃべり続けるのを三十分聞いたあとは、その業種の会社を自分も起業できると思えるほどだった。

しかし、そのなかでひとつだけ、ランスの興味を引くことがあった。ラッセルが英国に来ているのは、娘に爵位を持つ夫を見つけるためだけではなかった。彼は地所を購入したいと考えていた。

「すばらしい地所がいい」ラッセルが葉巻を吹かしながら言う。「娘に会いに英国に来た時に滞在できる場所を。あの昔ながらの大邸宅のひとつ、わたしが言う意味、おわかりでしょう？　塔や小塔やその他もろもろが残っているやつですよ。うちの妻はいつも、城のような場所に住むことを夢見ていますよ」

ランスは隅のほうでほかの若い令嬢とおしゃべりをしているミス・ラッセルのほうをちらりと見やった。彼女と結婚することはできない。彼女のようなほかの女性でもそれは同じだ。相手がキャサリンでなければ、とランスは悟った。自分は結婚したくない。

それよりは城を売り、借金を返済して、祖母のために小さな家を見つけよう……そして自分は海に戻る。

ドナルド・ラッセルのほうに向き直り、ランスは言った。「あなたの奥さまはどうお考えになりますかね、本物の城に住むことを」

非常に生産的な二日間だった。

昨日の朝、キャサリンはもう一度パターソンの事務所を訪れた。事務員と秘書しかいなかった。キャサリンが解雇されたことを気の毒に思っているのか、どちらもキャサリンと目を合わせられないようだった。自分の私物を取りに来たとふたりに伝えると、キャサリンは黙って仕事に取りかかった。仕事とは、この二年間に自分が作成した図面すべてを回収することだった。それから自分の机を片づけ、会社をあとにした。

午後は家で過ごし、二年前に初めて職探しをした時に自分で作成したロンドンの設計会社のリストを吟味した。まだ会社があるかどうか、そして同じ人々が担当しているかどうかを知るには、ひとつひとつ訪問する必要がある。

新聞の広告欄を調べていくつかリストに追加し、ビルの新築に関する記事を抜きだし、どの会社が設計を請け負っているかを確認した。

きょうは、履歴書を作成し、それぞれの会社に応募する資格を問い合わせる手紙を書いた。ふさわしい言葉使いをするのが重要だ。男ならば、はるかに簡単だろう。ふと思いつき、署名の名前を頭文字だけにしてみた。雇い主候補がなんの知識もなくK・J・アサートンという名前を見れば、男と思うに違いない。まずは勝負する場を同じにしたい。

寝室の扉を叩く音が考えごとに割りこんできた。

キャサリンは時計を見やり、まもなく夕食の時間であることに気づいて驚いた。もっと驚いたことに、戸口には執事が、届いたばかりの三通の手紙を盆に載せて立っていた。キャサリンは椅子に坐り、手紙の封を切った。

一通目は、王立英国建築協会からだった。

親愛なるミス・アサートン
おめでとうございます！　このたび理事会は貴方のＲＩＢＡの試験における点数に基づき、満場一致で貴方を王立英国建築協会の会員に迎え、商業設計の免許を与えることに決定しました。
正式文書は別便にて後日お送りいたします。ＲＩＢＡにようこそ。貴方の今後のご活躍を期待しています。

敬具
王立英国建築協会　事務局長代理
Ｈ・Ｇ・アトウォーター

キャサリンは思わず口をぽかんと開けた。悲鳴をあげて飛びあがる。自分の目が信じられなかった。受かった！　免許がもらえる！

興奮に全身をどきどきさせながら、二通目の封を切る。差出人を見ると、なんとロンドン造形芸術大学だった。

一通目とほぼ同じ言葉が連なって、キャサリンがかつて二年間における大学の教科課程において優秀な成績を収めたことを改めて検討した結果、大学評議員会が建築学の学位を授与する決定をした旨を知らせていた。

キャサリンはいてても立ってもいられずにぴょんぴょん跳びはね、とても我慢できずにまた悲鳴をあげた。

またたれかが扉を叩いた。今回はキャサリンが大丈夫かどうかを確かめにきた女中だった。キャサリンは女中に問題ないと請け合い、とてもいい知らせを受け取ったことを告げた。

「免許が取得できたの！」キャサリンは叫び、大喜びで手紙を振った。「免許が取れた！」

女中は――この屋敷で働き始めてまだ数週間だった――キャサリンがなにを言っているのかまったくわからず、あっけに取られてキャサリンを凝視した。明らかに、キャサリンの頭がおかしくなったと思ったらしい。「それはよかったです、お嬢さま」そう言うなり、膝を折ってお辞儀をすると来た時と同じくらいそそくさと立ち去った。

三通目の手紙は、信じられないことにミスター・パターソンからだった。事態を再考した結果、ロイズ銀行の新社屋の正式な設計者としてキャサリンの名前を追加する決定をしたことについての説明だった。そのうえ、これまでよりもはるかに高額な報酬でキャサリンを設計者として雇いたいという申し出も書かれていた。

キャサリンは驚きのあまり三通の手紙をぼう然と眺めた。

なにが起こってこういうことになったのだろう？　前の雇い主とふたつの機関がまったく同時に一八〇度方針転換し、これまで断固として拒否していたことを向こうから提示してくるなど、あり得るだろうか？

ただ幸運が重なっただけ？　それともこの宇宙が突然キャサリンのたゆまない努力に気づいたということ？　キャサリンは眉をひそめた。どちらも疑わしい。偶然が重なりすぎていて、とても運とか宇宙の恩恵とは考えられない。はっきりなにとは言えないけれど、このすべてに関して、なにかが正しくない気がする。

それについてよく考える前に、窓の下の道路に馬車が到着する音が聞こえてきた。窓辺に飛んでいくと、ソーンダーズ家の紋章が飾られた馬車からマディがおりてくるのが見えた。

キャサリンはほほえんだ。チャールズが彼の発明品のひとつについて何人かの貴族と打ち合わせがあるので、マディも一緒にきょうロンドンに到着することは、電報ですでに知らされていた。受け取ったばかりの手紙の謎に戸惑いながらも、キャサリンはその朗報を早くマディに知らせたかった。

キャサリンは手紙を持って階段を駆けおり、間に合って玄関広間で姉を出迎えると、その腕に飛びこんだ。

「マディ！　あなたが来てくれて、本当に嬉しい」

「あの列車のなかで書いた手紙を受け取ったら、来るしかないわ」マディは叫び、キャサリンを抱き返した。「胸が張り裂けそうな様子だったでしょう？　あなたと一緒にいられたらと、どんなに思ったことか」

「あの手紙を書いてからあとに、たくさんのことが起こったのよ」キャサリンはようやく抱擁を解くと、そう認めた。「でもそれよりも、チャールズはどちら？」

「彼は駅から来る途中で、カーナーヴォン卿ご夫妻の屋敷に寄りたいと言い張ったの」マディが説明する。「となれば、わたしはもちろん、レディ・カーナーヴォンとお茶をいただき、最新の噂話を聞かなければならなかったということ。それでもわたしだけ先にお暇したのよ」マディはキャサリンの顔を眺めた。「予想していたよりも、ずっと幸せそうに見えるわ。なにかあったの？」

「そうなの」キャサリンはマディと客間に入りながら持っていた手紙を振った。「夕方の配達で届いた手紙になにが書いてあったか、絶対に当てられないと思うわ」

「それなら、あなたが話してくれなくては」

キャサリンはマディに試験の結果と、以前に受け取った拒絶の手紙から事情が一八〇度転換したことについて詳しく説明した。「学位と免許を取得したの！」

「キャサリン、それはすばらしいわね！」どういうわけか、マディは驚いていないようだった。

「それだけじゃなく」キャサリンはつけ加えた。「話す暇がなかったんだけど、実は二日前にミスター・パターソンに解雇されたのよ。ロイズ銀行の設計をわたしの業績にするよう要求したから。それなのに、それを認めて、しかも昇給するから仕事に戻るように言ってきたの。信じられないでしょう？」

マディがソファを軽く叩いてキャサリンに坐るようにうながし、ふたりは隣り合って腰をおろした。「いいえ、できるわ」

「なにをできるの？」

「信じられるということ。キャサリン……こんなに早いとは思っていなかったけれど、そうなるとわたしは知っていたのよ」

キャサリンはマディを凝視した。「どうやって知ったの？」

「レディ・カーナーヴォンが、友人のリディア・ベンソンから聞いた話をしてくれたの。王立英国建築協会理事長のサー・シドニー・ベンソンの奥さまよ。二日前の夜にダーシー公爵が会合を開き、理事会のメンバー全員と、ロンドン造形芸術大学の学長と、ロイズ銀行の頭取を集めて、あなたを公平に扱うように要求したのですって」

「なんですって？」キャサリンは仰天した。とはいえ、その情報には衝撃を受けたものの、考えてみれば、なんらかの形でランスが関与していることは容易に推測できたはずだとすぐに気づいた。彼はロンドンにいた。そして彼は公爵だ。この迅速かつ全宇宙的な事態の転換に対する論理的な説明はそれしかない。「ランスがしたことなの……わたしのために？」

「そうよ」

キャサリンは感謝するべきだとわかっていた。望んでいたすべてを手に入れた。学位、免許、有名な建物の設計者として名前を連ねる。しかも仕事に戻れる――見習いではなく、一人前の建築士として。

しかし、このすべての裏にランスがいることを知り、達成したという喜びがいくらか損なわれたような気がした。キャサリンは悩ましいため息を吐いた。「つまり、彼がいなければ、これは起こらなかった」

「ばかなこと言わないで。彼は公爵の権力と影響力を用いて、ただ、あの大ばかな男たちに正しいことをさせただけ。ここに到達するまで何年も努力を重ねたのはあなたなのよ、キャサリン。あなたは実力でこれを勝ちとった」

キャサリンは顔をしかめた。「そうとは思えない……」

マディは愛情と苛立ちが入り交じったようなため息をついた。しばらく黙っていたが、それから両手でキャサリンの手を包みこんだ。「キャサリン、わたしが処女作を書いた時のことを覚えている？」

「もちろん覚えているわ。すばらしい小説ですもの」

「それをだれにも見てもらえなかったことも覚えているかしら？　文学界にひとりも知り合いがいなかったのよ。お父さまに力添えを頼んだけれど、小説家になるという考え自体を鼻で笑われた。お母さまはいつも、不適切だとおっしゃっていたし。もしもチャールズが出版社の友人に口を効いてくれなかったら、本を刊行することは絶対にできなかった」

この話がどこに進むかは、キャサリンにもうすうすわかった。「つまりあなたが言いたいのは……」

「わたしが言いたいのは、なにかを達成するためにどれほどがんばろうとも、正しい扉を開ける最後の一歩を踏みだすには、だれかの小さな後押しが必要な時もあるということ。公爵は扉を開ける手伝いをしてくれただけ。その扉を通り抜ける権利を獲得したのはあなたなの」

キャサリンはしぶしぶうなずいた。「そうかもしれないわ」それならなぜ、あまり嬉しく感じられないのだろう？「それにしても、彼がなぜそうしたのか理解できないわ」

「それは明らかでしょう？　あなたを愛しているからよ」

「いいえ、彼は愛していない。わたしに結婚を承諾させるために、ただそう言っただけ」

「キャサリン、彼が借金について黙っていたことで、あなたは裏切られたと感じていることは知っているわ。でも、そのことをあなたに隠しておくことは、彼にとってとてもつらいことだったはず。なぜそんな大金を借りているか知ってる？」

「訊ねなかったわ」

「レディ・カーナーヴォンが確かな筋から聞いたところでは――もちろんずっと極秘にされてきたわけだけど――、セント・ガブリエルズ・マウントは完全に抵当に入っているそうよ。ダーシー公爵の借金はすべて、甲斐性のないお兄さまから相続したものなの」

「まあ」借金のある程度は相続したに違いないと推測していたが、ほかは彼自身の運用の失敗や散財によるものと想像していた。

「深刻な財政状態から公爵はお城を失う危機に瀕しているとレディ・カーナーヴォンは考えているわ」

「そんな」キャサリンは心臓が止まりそうになった。ランスが現実に城を失うかもしれないとは考えもしなかった。「彼はなぜわたしにそう言わなかったのかしら？」でも、その質問を声に出しながらも、キャサリンは公爵未亡人が言っていたことを思いだし、それが答えだとわかった。「待って——なぜかはわかっているかも。それを恥と感じていたからだわ」キャサリンはマディに、ランスが最初の恋人に、彼の借金と運用の失敗のせいで婚約を破棄されたことを話した。

「それですべてが理解できるわ。おそらく公爵は、もしもあなたに知られたら、あなたの尊敬を——そしてあなたの心を勝ちとり、結婚の承諾を得る機会を——失うことをひどく恐れていたのね」

キャサリンはそれについて考えた。ランスの巨額の借金について知ったら、自分は彼を軽蔑しただろうか？　いいえ、とはっきり否定する。彼が気の毒だと感じたはず。でも、彼を結婚相手として考えることについては？

キャサリンはあの地域の窮乏を目の当たりにした。あのお城に惚れこんだ。そして、あの男性と恋に落ちた。すべての事情を知っていたら、彼と結婚しただろうか？　自分の持参金がセント・ガブリエルズ・マウントを救う助けとなるように？

たぶん結婚しただろう。もしも彼が本当にわたしを愛していたならば。でも、その真偽をキャサリンが知ることは永久にない。

「彼はたしかに、そのことについて嘘をついたでしょう」マディは言葉を継いだ。「でも、わたしもダーシー公爵に会ったわ。彼が名誉を重んじる人だと信じている。そして紳士だと。

彼はセント・ガブリエルズ・マウントの仕事のためにあなたを雇う必要はなかった——金銭的余裕がなかったことは明らかなのだから——でも、雇った。あなたが富豪令嬢と知る前に。優しい気持ちからそうしたのだと思うわ。あなたに機会を与えたかったのよ」

キャサリンはため息をついた。「そういうふうに考えたことはなかったわ。でも、そうだとしても、なにも変わらない。彼はわたしの持参金のためにわたしとの結婚を望んだのだから」

「それが真実とは思わないわ。彼はあなたが死にそうになった時、丸二日間あなたのベッドの横から一歩も離れずに看病した。ええ、たしかに一族の住居を救うためにあなたの持参金が必要だった。最初にあなたに惹かれた理由の一部はそれかもしれない。でも、どこかで、あなたを愛するようになったのよ」

キャサリンは心がざわつくのを感じた。「彼はまさにその通りのことを言ったわ。始めはそうだった。でも、ぼくはきみを本気で愛するようになったと。わたしはその言葉を信じなかった」

「彼はあなたに真実を言ったのよ」

「でも、彼が事務弁護士に言うのを聞いたのよ。彼は明らかに、結婚したあと、わたしに仕事をさせるつもりはないようだったわ」

「行動は言葉より雄弁というでしょう、キャサリン。公爵がこのあいだの夜にみんなを招集した時、彼自身がその会合から得るものはなにもなかった。つまり、あなたが人生の目標を達成できる手段を得るためだけにそうしたということ。なぜなら、あなたを誇りに思っていたからよ。そして、あなたを愛していたから」

キャサリンは胸が締めつけられて息もできないほどだった。マディが言うすべてが真実だと感じた。「本当にそう思う？」

「思うんじゃなくて、わかっているの！　あなたも彼を愛しているでしょう？」

「ええ」キャサリンはささやくよりも小さい声で認めた。「愛しているわ」

「それなら、優先順位を整理しなさい。あなたは何年も、ひとつのバケツ、つまり仕事の道にすべてを注いできた。でもいまは、それを一度止めて、深呼吸する時よ。死ぬほど働くことだけが人生の答えじゃない。あなたにも休みは必要なの。それをだれよりも知っているのはわたしよ。執筆の手を止めるだけでなく、仕事以外のことに費やす時間を削りだすことも学んだわ。愛する人々のために時間を使うことで、あなたがその人たちを大切に思っていることが伝わる。そしてその結果、ずっと幸せな、そしてずっと創造的な人生を送れるようになるのよ」

キャサリンは気づくと熱心にうなずいていた。仕事を休んでランスと一緒に過ごすたび、活力を取り戻すことができた。しかももっともすばらしいアイデアのいくつかは、その休みのあいだに思いついたものだ。「わたしはなにも見えていなかったんだわ。あなたの言う通りよ、マディ。すべての点で」

「彼を愛していて、彼を望んでいるのなら、彼のもとに行きなさい、キャサリン。手遅れになる前に。セント・ガブリエルズ・マウントを救いたいのなら、すぐに行動しなければならないわ」

「なぜ?」

「レディ・カーナーヴォンの話によれば、公爵はセント・ガブリエルズ・マウントを、シンシナティの大富豪の別荘用に売却しようとしているの。しかも、その買い手はお城を見るために、あしたコーンウォールに向かうそうよ」

23

列車の旅は通常九時間かかるが、その九時間が九週間にも思えた。

ランスはくれなずむ夕日のなか石畳の道をのぼりながら、ここをこうして歩く機会があと何回残されているだろうかと思った。この道を山の上の城まで歩くのは、長い航海や列車の旅から戻るたびに彼がいつも楽しみにしていたことだった。

富裕な屋敷所有者のほとんどは馬車で玄関前まで乗りつける。しかし、それはあまりにつまらない。山の上の城に住むのは非常におもしろい。しかも自分の足でのぼるとなれば、それ以上にすばらしいことはあるだろうか？

暗い気持ちで、ランスはもうすぐここで行われる会合について考えた。まもなく、城を購入したいかどうか見るためにラッセルが到着する。この地所の詳細とその歴史はすでに知らせており、ラッセルは非常に関心を持ったらしい。彼が口にした、うずうずするぞ、というのは、まさにそれを示す言葉だろう。

あの大声の米国人にセント・ガブリエルズ・マウントを売却すると思うだけで胃がむかむかした。だが、昨今はラッセルほどの現金を持っている人はあまりいない。どちらにしろ、だれかには売らねばならない。それなら、ラッセルでも同じだろう。

ラッセルが城を気に入り、互いに公正な価格で同意できれば、あとはメゴワンに任せて書類を作成してもらうことになる。売却したあとは、借金を全額返済しても、祖母のためにどこかに小さな家を購入するくらいの資金は充分に残ると確信している。

あとは、海軍本部に出向いて復帰の意思を伝えた時に、元の地位に戻れることが望ましい。だが、その保証はどこにもない。デファイアンスの艦長の任務はすでにほかの男が担っている。おそらく、別な艦船の指揮を任されるようになるには何年もかかるだろう――それほどたくさんの艦船が航行しているわけではないからだ。しかし、しばらくはそれより低い地位に甘んじて、幸運が手に入る《ヒズ・シップ・ケイム・イン》という意味の慣用句通り、船が入港するまで待つこともできる。

目の前にそびえ立つ巨大な城を見あげ、ランスは重いため息をついた。この場所を恋しく思うだろう。最初に戻ってきた時は、残りの人生をこの土地で過ごすという考えにまったく魅力を感じなかった。捕らわれたように感じていた。落ち着けないだろうと予想していた。

だが、次第に好きになった。むしろここのほうが心地よいと感じるようになった。

地に足をつけていること、とくにその土地が自分のもので、とりわけセント・ガブリエルズ・マウントのような場所であれば、それは明らかに特権だ。たしかに、ここは古くて時代遅れで、隙間風が入ったり、崩れたりしている部分もある。たしかに、ほとんどの時間は潮流によって本土から孤立している。

しかし、自分がどこにいるか、つねにわかっているのはいいことだ。海の気まぐれでベッドが揺れたりうねったりすることもない。食事は一貫して美味しいものが食べられる。何百年も家族のものであり、おそらくは自分より長く存在し続ける場所で暮らすことには、ある種の満足感がある。しかも、何カ所もある見晴らしのよい場所からの眺望は紛れもなく世界一だ。

重い足取りでのぼっていきながら、ランスは客間の窓辺でキャサリンが自分の隣りに立ち、一緒にそのすばらしい景色を眺めているところを想像した。思いはさらに漂い、キャサリンが夕食の席につき、その日の出来事について話したり笑ったりする様子が浮かんだ。そして彼のベッドの彼の腕のなかで、情熱的な愛を交わしている時のキャサリンも見えた。

いい加減に、そのことを考えるのはやめろ。もう二度と起こらないことなのだから。

ランスの心に失望の波が押し寄せた。キャサリンを失っただけではない。セント・ガブリエルズ・マウントも失うことになる。自分はその管理を委ねられた。そして失敗した。家族を失望させた。期待に沿うことができなかった。

おまえの落ち度ではないと自分を納得させようとする。おまえが相続した地所の借金はあまりに巨額すぎたから、そもそも救うことは不可能だった。

しかし、それが部分的な真実であることをランスは知っていた。救うことはできた。ただミス・イモジェン・ラッセルと結婚すればいいだけだ。あるいは、彼女と同じようなだれかと。

突然、息をすることも困難になった。それは、急坂をのぼっていることとは関係なかった。キャサリン・アサートン以外のだれかと結婚するという考えが万力のように彼の肺と心臓をきつく締めつけ、息をできなくしたのだ。

彼が直面している難問を解決する方法がほかにもあればいいのだが……しかしひとつもない。

だから、すべてが順調にいけば、ランスはまもなくドナルド・ラッセルと握手し、セント・ガブリエルズ・マウントを売却する契約を結ぶ。

物語はこれでおしまい。

キャサリンは旅行かばんの取っ手をいじりながら祈っていた。胃が締めつけられてきりきり痛んだ。

すべてを放りだして荷物をまとめ、朝の六時にパディントン駅を出発する列車をつかまえた。セント・ガブリエルズ・マウントの購入に関心を持っているという米国人より先に到着するというほとんど見込みのない希望を抱いて。マディの話が正しければ、ミスター・ラッセルという名前だった。

キャサリンを乗せた列車がガタゴトと線路を走り、一キロずつセント・ガブリエルズ・マウントに近づくにつれ、キャサリンの不安と期待はどんどん募っていった。

ランスが巨額の借金を負っているとわかっても、この事態は思いつかなかった。彼が本当にあの美しい城とそれが建つ島を売るなんて。

前の晩、あの三通の手紙が届いた——自分の手に未来を、夢見ていたすべてをつかんだ——瞬間、なにかが正しくない気がした。信じがたい偶然というだけではなかった。よくわからないなにかが気になった。

それがなにか、いまやっとわかった。

自分の仕事を妨害していた障害物はついに全部飛び越えたが、その成功が意味することは以前と同じではない。なぜなら、いまはダーシー公爵ランス・グランヴィルを愛しているから。

いまは、人生と成功を彼と分かち合うことができないかぎり、本当に幸せにはなれないと知っているから。

マディは正しかった。キャサリンは建築家になるために、その目標だけに焦点を合わせて、必死に、文字通り死ぬほどがんばってきた。その努力の成果として、最高の仕事を雇用主に盗まれ、お払い箱にされた。

二度と同じ間違いはしない。そうよ、仕事はいまも同じように愛している。でも、それだけではない、満たされた人生を送りたい。バランスが取れた人生を。そして、ランスがいない人生など想像できない。

折り合いをつける方法はあるはずだ。仕事の夢をかなえることと、彼の妻になること。

これからの一生をランスと過ごしたかった。彼の住んでいるところで――それが彼の城でも月の上でも――一緒に暮らしたい。ランスに話しかけてほしい、抱いてほしい、すべての瞬間を分かち合ってほしい。キャサリンは彼の子どもたちを産みたかった。自分たちに喜びをもたらし、グランヴィル家を引き継いでいく息子たちと娘たちを。

でも、自分自身が彼を愛し、望んでいることは自覚できても、彼が同じように感じているかどうかはわからない。

キャサリンを愛していると彼は言った。でも、キャサリンの持参金を得られないとわかり、海に戻るために城を売ると、すでに決意しているかもしれない。彼は海軍での生活が懐かしいと何度も言っていた。

あるいは――城を売ると決めたのは後悔していたとしても、キャサリンと結婚するのは間違いだと悟ったのかもしれない。キャサリンの仕事を擁護したからといって、働く妻を心から望んでいるとは限らない。あの晩にベッドで言ったことが、キャサリンに結婚を承諾させるための言葉だった可能性もないとは言えない。そして嘘がばれた後ろめたさを軽減するために、公爵という切り札を使ったのかもしれない。

どちらの筋書きを思っても胸が痛かった。でも、ふたつ目のほうがもっとつらい。どちらも真実でないことを祈るしかない。なぜなら、ランスと結婚するのは、そしてランスに愛されるのは、いまのキャサリンが世界中のなによりも望んでいることだったから。

列車がロスキー駅に到着した瞬間に、キャサリンは車両を飛びだし、波止場までずっと走った。いつもの場所に小さな渡し船が係留されていた。でも、がっかりしたことに、船のなかに漕ぎ手はおらず、そばで待ってもいなかった。

こんな暑い夏の午後に、退屈した船乗りはどこに行っているだろう？　道を少し行ったところにある〝王の頭〟という名前のパブを眺め、キャサリンは直感的にそちらに向かった。

古い建物の扉を押し開け、思い切ってなかに入っていった。バーには無愛想な老人たちが六人坐り、ビールを飲みながらしゃべっていた。知っている顔はいなかったが、それでもキャサリンは彼らのところまで歩いていき、息を切らせながら声をかけた。「皆さん、セント・ガブリエルズ・マウントまで乗せていってくれる船頭さんがどこにいるかご存じですか？」

「それはおれだよ」男たちのひとりが答え、もじゃもじゃの白髪頭にかぶった縁なし帽を持ちあげた。

「それなら、いますぐに島まで乗せてもらいたいのです。お願いできますか？」

彼がうなずいた。「このビールが終わり次第行くよ、奥さん」彼はひと口大きくあおると、またほかの男たちとしゃべり始めた。

キャサリンは苛立ちのあまり悲鳴をあげたかった。「すみません、急いでいるんです。本当に、いますぐに島に行かなければならないの」

「ああ、そうなのか？」男が言葉を返し、もうひと口飲みながら、キャサリンを眺めた。「それであと数分待てないってのは、どんな用事だね？　城が火事とか？」彼は仲間たちに向かってにやりと笑い、男たちも大声でばか笑いをした。

「それに近いことが起こるわ、わたしが急がなければ」キャサリンは必死に言い張った。

彼女の必死の口調がようやく船頭の関心を引いた。彼はグラスの残りを飲み干すと、口のまわりの泡を手の甲で拭い、立ちあがった。「それじゃ仕方ねえ。行くとするか？」

十分後、キャサリンは男の小さな船に坐り、島に向かっていた。頭上のもやがかかった夏空に、たくさんのカモメが飛び交っている。船頭は潮の流れに逆らって懸命に進んでいたが、そのスピードはカタツムリのように遅く、遠くの城は絶望的なほど近づいてこなかった。

この情景はどこかで見たことがあった。キャサリンはふいに、セント・ガブリエルズ・マウントに到着して数日後に見た悪夢を思いだした。小舟に乗り、ダーシー公爵の身になにか恐ろしい惨事が起こるのを防ぐために、セント・ガブリエルズ・マウントに着こうと必死になっていた。

この瞬間、キャサリンはまさに悪夢を実体験していた。

キャサリンの心臓があせりでどきどき高鳴っている。ダーシー家の伝統が、どこかの米国人実業家の手によって断たれようとしている。実業家の妻が年に数週間滞在するだけのために。キャサリンはそうなるのを見るのが耐えられなかった。彼女の財産で救えなければそうなってしまう。

でも、キャサリンには、ダーシー公爵のもとに行くもっと大事な理由があった。

彼を愛していると言わなければならない。


ランスは崖の小道をおりていって木のベンチに腰をおろすと、海を見つめた。二度とセント・ガブリエルズ・マウントにグランヴィル家の人間が足を踏み入れることはない。この大好きな小道をおりていくこともない。それはあまりにもつらい現実だった。

それも充分につらいことだが、最悪の部分と言うにはほど遠い。ランスは自分にとって、この城やこの島よりもはるかに貴重なものを失った。愛する女性が、指のあいだからするりと抜け落ちた。しかも、それについて、もはや自分にできることはなにもない。

ランスは足元に広がった雑草から葉を一枚取って指で細かくちぎりながら、自分の前に横たわる未来を思い描こうとした。一生海で過ごす。装甲艦の上で、男たちに囲まれた人生。さまざまな寄港地に停泊する。指令を出す、あるいは指令を受ける。訓練を指導する。銃を磨く。

以前にその人生が寂しく退屈と思ったことはなかった。しかし、これからはきっと思うだろう。おそらく死ぬまで毎晩、心にぽっかり穴が開いたような痛みを抱えながら眠りにつくことだろう。いまこの瞬間に心がずきずき痛んでいるのと同じように。

日々の一瞬一瞬に彼女を思いだすだろう。いま彼女はどこにいるのだろうかと考える。なにをしているだろうか？

そのことを考えずにはいられなかった。家にいるだろうか？　ロンドンの大学から手紙を受けとっただろうか？　王立英国建築協会は彼女に連絡しただろうか？　そろそろ、自分の力で獲得した結果を手にしている頃だろうか。そうであってほしいとランスは願った。そしてそれらが彼女にふさわしい成功と喜びをもたらしてくれることを。

ランスはまた、自分が背後にいることを彼女に知られないように願った。それは、彼が念を押したもうひとつのことだった。称賛や感謝はほしくなかった。ただ、彼女に幸せになってほしかった。

その時なにかの音が彼の注意を引いた。さらさらという音だ。風にそよぐ葉の音だろうか？　いや違う。彼の足元の草は音もなくそよいでいる。そのさらさらという音はむしろ……スカートが風にたなびく音のようだ。

振り返ると、キャサリンが崖の小道を彼のほうにおりてくるのが見えた。ランスは凍りついた。彼女はここでなにをしているんだ？

キャサリンは上品な仕立ての赤ワイン色のスーツを着ていた——最初に会った時に着ていたのと同じだとランスは思った。金髪がフェルト地の帽子の下にまとめられているせいで、どちらかと言えば男っぽい装いに見える。

しかし、この女性本人に男性的なところはまったくなかった。むしろ、彼が会ったなかでもっとも女らしい女性と言えるだろう。

ランスは立ちあがり、どういうことになるのか確信を持てないまま、彼女のほうに向かって小道をのぼりだした。心臓が早鐘を打っている。

「ランス」彼の数メートル手前で立ち止まり、キャサリンが呼びかけた。アクアマリン色の瞳に不安そうな表情を浮かべている。

「キャサリン」ランスは彼女の名前を祈るように口にした。なぜここに来たのかを訊ねたかった。心の思いを打ち明けたかった。自分が彼女をどんなに感じているか伝えたかった。

しかし、口がからからに乾いているうえに言葉が見つからない。

「お願いだから、まだ署名していないと言って」

「署名ってなにに？」

「セント・ガブリエルズ・マウントを売却する予定だと聞いたわ」

「ああ、それか。そうなんだ。購入希望者があしたやってくる」

「あした？」キャサリンがほっとしたようにため息をついた。「売らないで、ランス。お願い」

その言葉が意味することに思わず期待しそうになる自分をたしなめる。「ほかに選択肢がないんだ、残念ながら」

「いいえ、あるわ。わたしと結婚して。そうすれば、あなたはお城を救うことができる」

ランスの心臓が不規則に高鳴った。聞き違いだろうか？　キャサリンはいま本当に、自分と結婚してと彼に頼んだのか？

「あなたはわたしに二回申しこんでくれた」キャサリンが言葉を継いだ。「だから、今度はわたしが申しこむ番。あなたがまだわたしを望んでいれば、ということだけど」

「もちろん望んでいる！」ランスは思わず叫んだ。そして、大股二歩でふたりのあいだの距離を縮めて、両腕で彼女を抱きあげた。信じられない思いと恥ずかしさが入り交じる。「しかし……キャサリン、ぼくにその資格はない。あんなひどいことをしたあとで――先に話すべきだった――」

「なぜ話さなかったのかはわかっているわ。おばあさまがベアトリスのことを話してくださったの」

そうだったのか。「それでも、ずっと前にぼくの借金のことを打ち明けるべきだった」

「あなたの借金ではないわ、ランス。あなたの家族の借金でしょう。だから、いまはわたしたちの借金よ」

わたしたちの借金。その言葉にランスの心臓がどきんと跳びはねた。この重荷がすでに彼女の一部と思っているかのように、あまりに自然な言い方だった。何週間も彼を押しつぶしていた重みが彼の肩から魔法のように消えた。「本気で言っているのか？」

「ええ。わたしたちで一緒に解決できるわ。あなたはわたしの財産を全部得る。借金を返済して。お城を改修して。村を管理して。あなたが望むことをなんでもやって。お金はあなたのもの。わたしもあなたのもの。もし望んでくれるなら」

「それなら……イエスだ、イエス。ありがとう、ぼくの愛する人！　そうするよ！」ランスはキャサリンに深くキスをして、自分の感じている思いすべてを無言で告白した。彼女が両腕を彼にまわしてさらに引き寄せたから、ふたりのキスはさらに深まり、情熱的なキスになった。ずいぶん経ってからキャサリンはようやく体をわずかに引き、あえぎながら上を向き、彼をじっと見つめた。

「愛する人と呼ばれたのは初めてだと思うわ。その響きがとても好き」

「覚えておくよ。これからはできるだけ頻繁に言う。きみを愛している、キャサリン。心の底から愛している」

「わたしもあなたを愛しているわ」

その言葉による喜びが、ランスの体のすみずみに広がり芯まで温めた。「打ち明けるが」またキスをしたあとにランスは言った。「ぼくはきみを、きみがぼくの城を改築しようと張り切って城の戸口に現れたその瞬間からきみを愛していた」

「そうだったのね。そのことだけど」キャサリンが一息ついて言う。「あなたがロンドンでしてくださったことにお礼を言いたいの。学位と免許を手に入れたわ。そして仕事にも戻れる——もしわたしが戻りたければだけど——あなたのおかげで」

「だれに聞いたんだ？」ランスは眉をひそめた。「それは秘密のはずだった」

「わたしたちのあいだにこれ以上秘密はあってはいけないわ、ランス」

彼は思案し、それからうなずいた。「きみの言う通りだ。ぼくはただ、借りがあるときみに感じないでほしかっただけだ」

「わかっているわ」キャサリンがためらった。「それに、免許を得たとしても……あなたの公爵夫人として、それなりの振る舞いを求められることもわかっているわ。できれば……それについてあなたが広い心で考えてくれることを願うけれど」

ランスは彼女を見つめた。「前に言ったはずだ、ぼくは全面的に賛成だ。きみが仕事を諦めることなど、夢にも考えていない」

「あなたが本気とは思えないわ。ミスター・メゴワンに言っている言葉を聞いたから」

「なんと言ったかな？」

「あなたはこう言っていたわ。彼女はここやロンドンで仕事を続けられるはずだ。少なくとも、ぼくは彼女にそう言った。時にはだれかに頼んで、彼女に図面を引く仕事を依頼してもらうこともできるはずだ」

ランスはたじろいだ。「ひどい言い方をした。どうか許してほしい。だが、きみを軽視するつもりではなかったんだ、キャサリン。きみは非常に才能があるが、それを生かすための道は険しい。ぼくは扉を開ける手伝いができる。それは両方の歩み寄りによってのみ実現できることだと思う」

「ええ」キャサリンがうなずいた。「歩み寄りね」

「きみが長時間仕事に没頭することは理解している。しかし、四六時中続けないでほしい。ぼくと結婚したら、きみがこれまでやってきたのと同じ速度で仕事をすることはできないだろう」

キャサリンはうなずいた。「それもわかっているわ。セント・ガブリエルズ・マウントに初めて来た時からいろいろ学んだもの」

「興奮した時にさえずることとか？」

彼女が顔を赤らめた。「それだけじゃないわ。仕事だけの人生にするべきではないことを学んだの。そして、愛する人と一緒にいるべきだということも。あなたと、そしてわたしたちの子どもたちをつねに最優先にする。約束するわ」

「そう言ってくれてとても嬉しい」彼は手のひらでキャサリンの顔をそっと撫でた。「それと同時に、ぼくは英国初の女性建築家と結婚することを心から誇りに思っている。その建築家がたまたま公爵夫人になるわけだ。きみは新しい伝統を作るんだよ、キャサリン。病院や学校の建設に資金を集める代わりに、新しい病院や学校を設計するんだ」

「それはまさに、長年の夢が現実になることよ。でも、あなたは本当にいいの？」

「きみの夢はぼくの夢だ、ぼくの大切な人」

キャサリンは彼の目を合わせ、その目を輝かせた。「夢といえば――考えていたの。借金を完済したあと、残りの財産を運用して、その利息で生計を立てることができれば、わたしが自分の仕事で得る収入は必要ないでしょう？　だから、少しでも稼いだお金で公爵夫人らしいことができるわ。つまり、その全額を慈善事業に寄付するの。そういうことは初めてでしょうけれど、でも――」

ランスは――その考えに感動し、ふたたびキャサリンにキスをした。「すべてのことに初めがある。きみとぼくで新しい規則を作ろう」

エピローグ

二カ月後

ふたりの結婚式の日は、爽やかな秋のそよ風と、海からの新鮮な風が吹いて、まばゆいほどに晴れわたった。

キャサリンの両親はこの日のためにニューヨークから渡航した。レクシーとマディはもちろん花嫁付き添い人となった。ヘンリー・メゴワンは、ランスがデファイアンスに勤務していた時の副長で、休暇を取って出席した海軍士官とともに、花婿の介添人を務めた。

式はセント・ガブリエルズ・マウントの礼拝堂で執り行われた。キャサリンは、マディがコーンウォールの結婚式で着用した真っ白なドレスとベールを着た。ヴォルト製作の夢のように美しいドレスはほぼぴったりで、わずかな寸法直しと数年の流行の変化に合わせた微調整しか必要なかった。

ランスは英国海軍の礼装を着用し、脇に剣を差して、頭には帆船の時代から受け継がれる伝統的な三角帽をかぶった。父の腕に支えられて通路を歩きながら、キャサリンは彼のその姿を見て、誇らしさで胸が破裂するかと思った。

「その制服を着たあなたは、想像していた通り、本当にすてき」司祭がふたりを夫婦と宣言し、誓いの言葉を封じこめるキスをしたあと、キャサリンはランスの耳元でささやいた。

「そのドレスを着たきみもずっと想像していたよりさらに美しい」ランスもつぶやき返した。瞳の輝きが心からの称賛を示していた。

手に手を取って礼拝堂をあとにし、陽の降り注ぐテラスに出ると、キャサリンはランスに言った。「あなたが海の生活から引退するという考えと折り合いがつけられるかどうか心配だわ」

「大丈夫だ」ランスは答え、またキャサリンを抱いてキスをした。「戻りたいとは感じない。ふたりで一緒に築く人生を楽しみにしているから」

キャサリンは彼の紺青色の瞳をのぞきこんでほほえんだ。そこに映る愛情を見るたび、驚くとともに感謝を覚えずにはいられない。

お祝いの朝食会は大広間で開催された。キャサリンはここの天井をいつか改装したいといまも願っていたが、とりあえずはキャサリンの監督のもと大掃除を実施し、壁も白いペンキで輝きを放つまで塗りあげた。花飾りを垂木につるし、テーブルにもふんだんに飾って、室内を甘い香りで満たした。演奏者たちが陽気な音楽を奏でるなか、人々は食事をし、おしゃべりし、ダンスをし、笑い合った。

「この家族にようこそ、キャサリン」公爵未亡人がそう言い、大きな帽子の下で嬉しそうにほほえんだ。「きょうのあなたは輝くように美しいですよ」

「人生で一番幸せな日ですもの、奥方さま」キャサリンはうなずいた。

「そのばかげた敬称はやめてちょうだい」公爵未亡人が言う。「これからは、おばあさまと呼んでね」

「はい、おばあさま」キャサリンは公爵未亡人の頬にキスをした。こんなにすてきな人物と家族になれたことに感動するとともに、心から感謝していた。

キャサリンの母は一週間前にこの城に足を踏み入れてから、ひとときも笑みを絶やさなかった。

「あなたがたをどれほど誇らしく思っていることか」ジョゼフィーヌ・アサートンは祝いの会を眺めながら笑顔で言った。「アレクサンドラは伯爵夫人、マデレンは夫が継承したあとは侯爵夫人になるでしょう。でもあなたは、キャサリン、そのふたりをはるかに追い越したんですよ。公爵夫人なんだから！」

「それがわたしの目的や希望だったことは一度もないわ」キャサリンは答えた。「でも、わたしが公爵夫人になることでお母さまが幸せになれるなら、わたしも嬉しいわ」

「幸せ以上ですよ、あなた。信頼できる情報によれば、ミセス・アスターはニューヨークの新聞であなたの婚約の記事を読んだ時、ショックでぼう然としたそうよ。そしてすぐに着替えて、招かれてもいないのに、ウォード・マカリスターの屋敷を訪問したんですって。彼女が信頼していた友人のなかで、まだ生きているただひとりの人。考えてもごらんなさい。ダーシー公爵！　そしてこのセント・ガブリエルズ・マウントに住む！　もちろん、あなたのお父さまとわたしはアレクサンドラの結婚以来、ミセス・アスターの四百人会のリストに入っているけれど、これで格づけは最高まであがりますよ。永久会員になるはずだわ」

キャサリンはミスター・パターソンからの仕事の提示を断り、仕事を盗んだ男に雇われるよりは、多少の不安はあっても、自分で自由契約を結んで働くほうがいいと決断した。嬉しいことに、家の近くにもかなりの仕事があることがわかった。そのほうが、ランスとより多くの時間を過ごすことができる。

ふたりは城の改装をしばらく延期して、まず先に村の建物の修繕を進めることに決め、ランスはその事業計画をすべてキャサリンに委ねた。そして、それは始まりにすぎなかった。ロイズ銀行の新社屋と履歴書に添えた過去二年間の図面に加え、ランスがこの地域でどんどん知り合いを増やして支援してくれたことにより、キャサリンはロスキーやファルマスで多くの依頼人候補者たちと会合を持ち、翌年にペンザンスで新築する家の設計については、すでに契約を終えていた。

その晩遅く主寝室に戻ってようやくふたりきりになり、情熱的に愛し合ったあと、キャサリンは夫の腕のなかに心地よく寄り添いながら言った。「ランス、質問したいとずっと思っていたことがあるんだけど」

「なんだい、マイラヴ？」

「その呼び方、とても好き」

彼はほほえんでキャサリンにキスをし、そのキスはそのまま継続して心地よい数分間をもたらした。

「あなたにキスをされていると、なにも考えられないわ」ようやく息を切らせながら言う。

「それなら考えなくていい」彼は目をきらめかせ、片手でキャサリンの乳房を包んだ。「ただ感じて」

「でも、気になることがあるのよ」ふたたび切望が湧きおこって体じゅうがぞくぞくしてくるのを感じながらも、キャサリンは言い張った。「ロンドンでの晩のこと……クラブに皆さんを集めた時にあなたはなにを言ったの？」

「きみは本当にいま、それについて話したいのか？」彼が喉の脇の敏感な肌にキスをしながら訊ねる。

「全員が即座に黙って従ったことが、どうしても腑に落ちないの。もしかしたら、あなたが……お金を払ってそうさせたのかとずっと心配で」

ランスは首にキスをするのをやめて、キャサリンを見つめた。「金を払う？　とんでもない。それは一度も思いつかなかった」

「では、どうやって、あの人たちを説得したの？」

「まずきみが信じられないほど賢くて才能があり、完璧な仕事をして稼いできたと言った。それから、もうすぐ二十世紀になるのだから、女性も組織に入れる頃合いだと提案した」

「それだけ？」

「そうだな、公爵の権限を少しばかり匂わせたかもしれない」

キャサリンは笑いだし、彼の唇の境目を指でなぞった。ああ、どれほどこの唇を愛しているだろう。「お金が絡んでいないと知って安心したわ。あの人たちにそうさせるために、あなたが権威を振りかざさなければいけなかったのは残念だけど」

「この地位を有益に利用しなかったら、公爵でいてなにがおもしろい？」彼はにやりとすると、つけ加えた。「信じてほしい。きみが資格要件を満たしていなければ、いくら公爵位を持ちだしても、なんの助けにもならなかっただろう。きみは歴史を変えたんだ、ダーリン。英国で最初の女性建築家になった。それをぼくは、言い表せないほど誇らしく思っている」

彼はまたキャサリンにキスをした。両手は探求を続けている。

「あなたがいなければ、成し遂げることはできなかったわ」彼が触れるところが全部熱くなって火花が散るのを感じながら、キャサリンはなんとか理性を保とうとした。「公爵って神さまみたい。あなたが希望すれば、サーカスの火の輪くぐりをする動物みたいに、みんななんでも従うのね」

「きみもぼくのために火の輪を跳んでくれるか、マイラヴ？」かすれた低い声で言いながら、ランスは体を動かしてキャサリンの上に身を重ねた。

「ええ、跳ぶわ」キャサリンはあえいだ。

「よかった」彼が優しく言う。「でも、今回はむしろ……突き進むのはぼくのほうだな」

その瞬間、頭から理性も考えもすべて消え去り、キャサリンは愛する男性と愛し合う快感に没頭した。

訳者あとがき

シリア・ジェイムズの大好評シリーズ〈挑戦するレディたち〉の第一作『伯爵家の家庭教師は逃げだした令嬢』、第二作『侯爵家の居候は逃げだした令嬢』に続き、第三作の『公爵家の建築家は逃げだした令嬢』をお届けいたします。

本三部作のヒロインたちはニューヨークの大富豪令嬢三姉妹。姉ふたりは、娘たちを英国貴族に嫁がせることしか頭にない野心家の母が押しつけてくる縁談からからくも逃げだし、愛する人とめぐり合いました。かたや本作のヒロイン、三女キャサリンは、何年も前に結婚という概念自体から逃げだしました。母の猛反対を押し切り、ロンドンに渡って建築家になる道を選んだのです。当時建築は男の仕事で女性の設計士は世界的にもごくわずか、英国にはひとりもいませんでした。大富豪令嬢が働いて生計を立てるなんて非常識で恥ずかしいという一般常識に逆らい、娘三人を貴族に嫁がせるという母の野望もきっぱり退けて男社会に飛びこんだキャサリン。最優秀の成績で終了した大学から前例がないからと学位授与を拒否されるなど、多くの困難や偏見と戦いながら、唯一雇用してくれた設計会社で二年間、社交はもとより、寝食も忘れて仕事に励んできました。そんなキャサリンにようやくチャンスが訪れます。ダーシー公爵から仕事の依頼を受けた上司が落馬で脚を折ったため、代理として、コーンウォール南端の古城に派遣されたのです。古城の修復！　胸をわくわくさせながら城の玄関を叩いたキャサリン。執事が出てくると思いきや、キャサリンの目の前に現れたのはあり得ないほどハンサムで素敵な男性でした。

兄ヘイワードの急逝により、長年勤めた英国海軍の艦長職を辞して急遽故郷に戻ってきたランスは、第十代ダーシー公爵となり、前日に兄の葬儀を終えたばかりでした。執事に休暇を与えたために来客の応対に出たランスは、地元の学校教師と思いこんだ美しい女性がロンドンからやってきた建築家と知って驚きますが、そもそもなぜへイワードが改修の依頼をしたのか見当もつきません。公爵位を継ぐことなど考えもせずに長年海の生活を続け、たまにしか故郷に戻らなかったランスを待っていたのは巨額の負債と破産の危機でした。金もないのに、兄はなぜ設計会社に仕事を依頼したのか？　改修で価値を高めて売却しようと考えたのか？　修復などしないと端から断るつもりだったランスは、陰鬱な書斎を明るい部屋に変える画期的な改装図案をすばやく描いてみせたキャサリンの才能と熱意に感銘を受け、さらには美しい彼女自身に魅了されたこともあって、まずは城を見て、いくつかの案を出すというキャサリンの提案に同意します。

滞在が許可され、古城の修復案を作るという夢にまで見た仕事に取りかかったキャサリン。仕事に専念するはずが、思いはなぜかハンサムな新公爵のことばかり。

一方の公爵もキャサリンのことが気になって仕方ありません。しかし、代々受け継がれてきた古城とこの地域の人々を救うためには、時流に乗って米国人大富豪令嬢と結婚する以外に方法はありません。やむなく花嫁探しのためにロンドンに行くことを考え始めますが、そんな時、キャサリンがまさにその大富豪令嬢であると知り……。

新公爵となったヒーローのランスは、子どもの時に海軍の養成学校に送られて以来ずっと海軍で過ごし、社交界とは無縁だったせいもあり、英国の貴族的な慣習や偏見にとらわれずに、キャサリンの仕事に対する熱意を理解し、その才能を客観的に評価できる知的な男性です。地域の素朴な人々との交流や、祖母との会話、キャサリンに対する心遣いなどが著者の温かな筆致で描かれて彼の優しさがひしひしと伝わってきます。ついにキャサリンの心を得ることができないと悟った時に彼が取った行動は、まさに彼の懐の大きさ、愛情の奥深さを表すものであり、キャサリンでなくても、だれもが惚れこんでしまうに違いありません。

ヒロインのキャサリンは今で言うおたく気質でしょうか。子どもの時に海水浴に行っても、海に入らずに一日中砂の城を作っていて、背中の日焼けが大変だったというエピソードからも、生来建築の才能に恵まれていることがわかります。大富豪令嬢として礼儀作法を仕込まれ、祭りの企画など公爵夫人として求められる役割も見事にやってのける有能さを兼ね備えながら、新しい考えを持ち、新しい生き方を模索するキャサリン。世界の海を渡り歩いてきた公爵にまさにふさわしい女性でしょう。

ところで、本書でも描かれているとおり、建築の世界で女性の仕事が認められたのはかなり最近のことです。女性が建築学を勉強することが許された最初の国はフィンランドですが、それでも、シグネ・ホーンバーグがヘルシンキ工科大学から特例として建築学の学位を受けて先駆者となったのは一八九〇年でした。摩天楼で有名な米国でさえ、イーズ・ブランチャード・ベシューンが最初の女性設計士として働き始めたのは一八七六年で、製図者として長年働いて男性建築家に引けを取らないことを証明したのち、一八八八年にようやく米国建築家協会初の女性会員に選ばれました。英国で王立英国建築家協会《RIBA》に初めて会員として認められた女性はエセル・チャールズで、さらに遅れて一八九八年のことです。本書の舞台である一八九四年にキャサリンが建築の仕事をしようとがんばっているのがいかに大変なことであるか、それを後押ししたフランスがいかに進歩的な考え方の持ち主だったかがよくわかります。

本書のもうひとつの魅力はその美しい景観でしょう。舞台となるコーンウォール南端の潮間島《タイダルアイランド》、セント・ガブリエルズ・マウントのモデルは、コーンウォール地方に実在するセント・マイケルズ・マウントです。普段は海によって隔てられた島ですが、干潮時には陸続きとなり、グレートブリテンのマラジオン町から土手道沿いに歩いて渡ることができます。潮間島でもっとも有名なのはフランスの世界遺産モン・サン＝ミッシェルですが、このセント・マイケルズ・マウントもよく似ていて、英国版モン・サン＝ミッシェルと呼ばれています。モン・サン＝ミッシェルは大天使ミカエルのお告げにより礼拝堂を作ったのが始まりと言われますが、英仏どちらも訳せば聖ミカエルの山という同じ名称で、どちらも聖ミカエルを祀った修道院が建っています。しかも、モンサンミッシェルから船に乗って北にまっすぐ進むとセント・マイケルズ・マウントに到着するという不思議な位置関係とか。セント・マイケルズ・マウントの城と礼拝堂は一六五〇年以降セント・レヴォン男爵セントオービン家の所有で、現在はナショナル・トラストによって管理されています。英国に旅行した際にぜひ訪れたい風光明媚な名所のひとつです。

さて、名残惜しいですが、〈挑戦するレディたち〉シリーズはひとまずこれでおしまいです。アサートン姉妹の愛あふれる冒険物語、心ゆくまでお楽しみいただけましたでしょうか？　もし前二作が未読でしたら、お手に取っていただければ幸いです。また三作目刊行に伴い、一作目の『伯爵家の家庭教師は逃げだした令嬢』がＫｉｎｄｌｅ Ｕｎｌｉｍｉｔｅｄに入ることになったので、そちらでもお読みいただけます。ぜひご覧ください。

いつかまた、シリア・ジェイムズの作品を皆さまにご紹介できることを願いつつ。

二〇二一年一月　旦　紀子

公爵家の建築家は逃げだした令嬢
2021年2月17日　初版第一刷発行

著 …………………………… シリア・ジェイムズ
訳 ………………………………… 旦紀子
カバーデザイン ………………… 小関加奈子
編集協力 …………………… アトリエ・ロマンス

発行人 ……………………………… 後藤明信
発行所 ……………………… 株式会社竹書房
〒102-0072 東京都千代田区飯田橋2-7-3
電話：03-3264-1576（代表）
03-3234-6383（編集）
http://www.takeshobo.co.jp
印刷所 …………………… 凸版印刷株式会社

定価はカバーに表示してあります。
乱丁・落丁の場合には当社までお問い合わせください。
ISBN978-4-8019-2547-2 C0197
Printed in Japan